The Main Characters in Nieh Chung's Novels

倪匡筆下的一百零八將

The Main Characters in Nieh Chung's Novels

小說人物點將錄

王錚（藍手套）——著

書　　名　倪匡筆下的一百零八將——小說人物點將錄

作　　者　王　錚（藍手套）

封面設計　上揚Design／戴東尼

作者造型設計及攝影　閆雪松

責任編輯　吳惠芬

美術編輯　郭志民

出　　版　天地圖書有限公司
香港皇后大道東109-115號
智群商業中心15字樓（總寫字樓）
電話：2528 3671 傳真：2865 2609
香港灣仔莊士敦道30號地庫／1樓（門市部）
電話：2865 0708 傳真：2861 1541

印　　刷　亨泰印刷有限公司
香港柴灣利眾街德景工業大廈10字樓
電話：2896 3687 傳真：2558 1902

發　　行　香港聯合書刊物流有限公司
香港新界大埔汀麗路36號中華商務印刷大廈3字樓
電話：2150 2100 傳真：2407 3062

出版日期　2019年5月初版・香港

ISBN：978-988-8547-59-3

倪序

小友藍手套（好古怪的名字，其藍家峒人乎？）者，衛斯理專家也。對衛斯理故事之熟知，宇宙三名之內，而本人區區在下，反而不在這三名之中，這種怪事，也只有在衛斯理故事周圍才會發生。他對小說中各色人等，都有深厚感情，作有系統的評議，或妙趣橫生，或令人嗟嘆，或令人扼腕，或令人唏噓，讀之竟勝原著，誠小說衍生作品中之傑作也。

倪匡

二〇一八、十、二十二

香港

自序

眾所周知，倪匡先生是金庸的頭號大粉絲，但眾所不知的是，我卻是倪匡先生的頭號大粉絲。説頭號雖然略有誇張，但我自詡對倪匡作品的喜愛及熟悉程度，絕不在倪匡之於金庸作品之下。

倪匡的小説勝在「奇」、「巧」二字。「奇」指設想奇特，匪夷所思，絕非常人所能；「巧」則指故事佈局精巧，情節跌宕，引人入勝。

倪匡小説中的人物，更是星光熠熠。無論是系列故事主角的衛斯理、木蘭花、原振俠，還是僅出場一兩次的小人物，每一個人，都有自己獨特的個性，令得故事更加精彩動人。

除了這些人物，倪匡筆下的外星生物，無論忠奸，也都顯得多姿多彩。有令人驚懼的「維奇奇大神」、「紅人」；也有令人喜歡的「亮聲」、「康維十七世」；有令人唏噓的

「米倫太太」、「寶狐」；也有令人苦笑的「牛頭大神」、「三千年老貓」。

這些人物，令我產生強烈共鳴，於是陸陸續續寫下一些文字，以抒發自己內心的感受，不知不覺中，竟已積累了百餘篇。

我將這些文字整理修改，定名為《倪匡筆下的一百零八將》，一則為倪學研究拋磚引玉，二則也向倪匡先生致以最誠摯的敬意！

王錚（藍手套）

二〇一九、二、十八

上海

作者像　攝影：閆雪松

目錄

倪匡筆下的一百零八將

——小說人物點將錄

001

小郭
——普通青年的成功之道

（一）

在倪匡筆下眾多人物中，我對小郭情有獨鍾。

小郭的魅力，在於他的普通。他第一次出場亮相，是在《地底奇人》這個故事中。小郭沒有顯赫的身世，也沒有盈萬的家產，更沒有超特的能力，他一開始的身份，僅僅是衛斯理進出口公司中的一個小職員。

但是，他有着極其靈活的頭腦，他的理想和目標，就是做一個偵探！這樣的小郭，就像是我們身邊隨處可見的年輕人，有志氣、有理想、有能力，一步步踏實地朝着自己的目標而努力奮鬥。

小郭是有自己的名字的，他的名字叫做「郭則清」。不過這個名字，只在《地底奇人》這個故事中出現過，以後，便全用「小郭」來稱呼他。

我喜歡「小郭」這個名字，比起「郭則清」甚麼的，聽上去親切多了！

（二）

小郭在衛斯理的眾多好友中，和衛斯理的相識時間最久長，他和衛斯理相識，甚至還在白素之前。

小郭對衛斯理是極為崇敬的。倒不是因為衛斯理曾是他的老闆，而在於衛斯理的傳奇經歷。一般來説，傳奇人物的朋友總以傳奇人物居多，而小郭以區區一個公司小職員的身份（雖然後來成了大偵探），能和一個傳奇性人物交朋友，他心中未必沒有一種自豪的情緒存在。

（突然想到自己當年和倪匡先生結識時，和小郭的心情是多麼地相似。）

小郭在《地底奇人》中身受重傷，昏迷不醒，衛斯理也為了忙於追查紙猴的秘密而忘了小郭的存在（估計連倪匡先生自己也忘了），於是小郭就這麼一直昏迷着（真可憐），直到相隔二十個故事以後的《合成》，才再次出場。

也許是為了彌補小郭，他再次出場時的身份已是大名鼎鼎的郭大偵探了。也為了和之前的情節銜接上，倪匡先生補充了一段小郭這些年來的經歷：

小郭本來是我掛名作經理的出入口洋行中的職員，為人十分機警，曾跟着我幹過一些冒險的勾當，有一次，受了重傷，差點送了命。在那次傷愈了之後，別人一定要退縮，但是他卻不那樣想。他說，反正這一條命是撿回來的，就只當這次死了，那又怎樣？說甚麼也不肯再過平穩的生活。組織了一個私家偵探事務所，三四年來，業務鼎盛，在一般人的眼中，他已是大名鼎鼎的郭大偵探了！我在經過他的事務所之時，總喜歡上去坐坐，而小郭也不斷和我保持着聯繫，有許多疑難案件，實際上全是我替他在出主意。

原來這些年，小郭並不是一直在病床上躺着，而是早已自立門戶，成為名偵探了。這消息對喜歡小郭的人來說，很是值得高興！

但令人不高興的是，衛斯理又在那裏吹噓自己了。甚麼叫「有許多疑難案件，實際上全是我替他在出主意」？小郭分明是靠着自己的努力才獲得的成功，哪有衛斯理甚麼事？大家都知道，衛斯理的強項是與外星人打交道，可不是做偵探，連衛斯理也曾承認自己並不是一個好偵探，怎麼一個名偵探還要一個不好的偵探來幫忙出主意呢？唉，真不知道衛斯理是謙虛還是自大。

不過，小郭對此並不介意，還是一如既往地保持着對衛斯理的崇敬。他覺得替衛斯理做事，永遠都會有想不到的結果。在《鬼子》這個故事中，這種堅持，為他帶來一個十分美好的結果。

小郭生命中的另一半，唐婉兒，出現了！

唐婉兒是旅行社的導遊，親切和藹，容貌端莊，小郭會對她一見鍾情，真正合情合理。而當了大偵探的小郭儀容非凡，喜歡修飾，注意衣着，內外兼修，討女孩子喜歡也不是甚麼奇怪的事。

在機場時，小郭、衛斯理、唐婉兒三人見面會談那一段，小郭的表現，十分有趣！忍不住摘錄於下：

唐婉兒搖了搖頭：「難道我那麼可怕！」

坐在旁邊的小郭，忽然十分正經地道：「不，誰敢那樣說，我要和他打架！」

我向小郭望去，看到小郭直望着唐婉兒，像是在他的眼前，除了唐婉兒以外，再也沒有別人一樣。

……

唐婉兒對我客氣，只是淡然一笑，道：「不算甚麼，而且我還認識了你。」

小郭又陡地冒了一句話出來：「還有我啦！」

唐婉兒笑得很甜：「自然還有你，大偵探！」

小郭得意地笑了起來。

小郭和我相識，將近八九年了，我還是第一次看到他對一個女孩感到這樣大的興趣。

《鬼子》這個故事很沉重壓抑，本來看了心情十分鬱悶，但好在小郭和唐婉兒帶來了一些喜慶氣氛。到故事的結尾，小郭和唐婉兒，已到了不可一天不見的程度。

而在《貝殼》這個故事中，唐婉兒更是成為了小郭的新婚太太！

(三)

雖然小郭時常在衛斯理故事中出場，但大多是擔任偵探這一功能性角色，很少有出彩的時候。

《大廈》可以說是第一個小郭擔任重要角色的故事。

小郭的婚後生活，極其幸福美滿，於是想購入一套新房提升一下生活質量。但就在去看房的那幢大廈中，發生了怪事。大廈的電梯不斷上升，將小郭帶到了一個奇怪的地方，在那裏，表面上看來仍是大廈的頂樓，但向下望去，到處都是霧濛濛一片，甚麼也看不到。更要命的是，小郭再也無法回到原來的世界……

當然，小郭最後還是回來了，通過了衛斯理的幫助，他們一起離開了那個奇怪的地方，也揭開了事件的真相。

這個故事，詭異莫名，十分好看，是我心目中排前五位的衛斯理故事。

故事中有一段衛斯理調侃小郭的對話，頗為有意思。

當衛斯理看到小郭開了一輛意大利手工製造，特別設計的車子時，取笑他排場大，小郭卻高興地說：「有那麼多人願意花大價錢來請我，我有甚麼辦法！」看到這裏，我不禁也笑了，小郭這話，完全就是倪匡先生本人的口吻嘛，哈哈！

小郭比較出彩的另一個故事是《到陰間去》。

在這個故事裏，小郭作為老友，他對衛斯理的熟悉，被描繪得淋漓盡致，也展示了小郭作為大偵探的超強能力。小郭設計跟蹤衛斯理夫婦這一段，極為精彩！

小郭處心積慮，料定了衛斯理和白素在這件事上，所知之多遠在各人之上，必然會採取單獨行動，而他們的車子又被李宣宣借走了，如果他們要單獨行動，也就會照老習慣，在路邊去「借車子」——一個人的老習慣若是叫他人掌握了，實在不是好事，連衛斯理也不能例外。

小郭也知道衛斯理會揀甚麼樣的車子下手——那又是另一項老習慣，而他的車子正是衛斯理喜歡的那一型。

（可見小郭對衛斯理要比衛斯理對小郭熟悉的多，衛斯理自認和小郭是老友，卻連小郭的車子都不認識，着實該罵！）

所以，小郭在離開了衛斯理的住所之後，轉過了街角，向二樓書房的窗子看了一眼，又料中了陳長青必然會賴着不走，衛斯理大有可能跳窗離開，所以他就把車子停在適當的街角，自己躲進了行李箱之中！

這一連串預料之正確，後來衛斯理和白素兩人，也大是嘆服，衛斯理絕想不到在自己「借」來的車子中，小郭正躲在車上！

衛白二人後來在礦井的升降籠底部，看到了那個「郭」字，心知小郭下了礦井，但是怎麼也想不出小郭是如何跟蹤而來的。

（讀到這裏，不禁暗爽，衛斯理你再厲害，終於也栽在小郭手上了吧，哈哈！）

在《到陰間去》這個故事中，還有一段很有意思的情節，倪匡先生這樣寫道：

「人和人之間的關係，十分奇怪，有的，一見如故，有的，不論有甚麼力量想把他們扯在一起，也都不會成功。」

小郭和陳長青同是衛斯理老友，但他們之間的關係，就十分糟糕。兩個人第一次見面，僅僅為了對方沒有先伸出手與自己相握便互生厭惡，而後又不時地爭吵鬥嘴，像小孩子似的處處鬧着彆扭。小郭稱陳長青「神經病」，陳長青稱小郭「油頭粉面」，完全不像是兩個成年人應有的行為。這段細節，讀之令人發噱不已。

（四）

小郭其實離我們很近，他就是我們身邊隨處可見的一個活生生的成功典範。小郭的形象正面，事業有成，家庭美滿，偶爾還能和衛斯理冒一下險，調劑一下平凡的生活（當然，小郭的平凡是相對於那些傳奇人物而言）。這樣的日子，無可挑剔！這些，是普通人通過努力也能夠達成的（除了和衛斯理去冒險），並不遙遠。

難怪亦舒也十分中意小郭這個人物，在她的小說中，時常可以見到小郭的身影，他的受寵可見一斑。

小郭出場故事：

《地底奇人》、《合成》、《叢林之神》、《再來一次》、《湖水》、《影子》、《多了一個》、《聚寶盆》、《鬼子》、《老貓》、《貝殼》、《大廈》、《尋夢》、《茫點》、《追龍》、《十七年》、《電王》、《生死鎖》、《黃金故事》、《血統》、《招魂》、《報應》、《錯手》、《真相》、《從陰間來》、《到陰間去》、《大秘密》、《陰魂不散》、《許願》、《還陽》、《運氣》、《開心》、《轉世暗號》、《暗號之二》、《遺傳》、《前世》、《病毒》、《算帳》、《洪荒》、《買命》、《賣命》、《未來身份》、《本性難移》、《另類複製》、《解開密碼》、《乾坤挪移》、《財神寶庫》、《一半一半》、《非常遭遇》、《只限老友》

002

典希微——妙齡女郎的現代愛情故事

（一）

在後期的衛斯理故事中，典希微是難得讓人眼前一亮的人物。

倪匡先生筆下的典希微，是個相貌清秀、身形苗條、動作斯文的妙齡女郎。但這位清秀女郎的職業，卻是空手道教練，很是讓人跌破眼鏡。

許是練就了一番好身手的緣故，典希微的膽子很大，當她和男伴在蓄水湖邊散步時見到了鬼，男伴嚇得昏死過去，她卻反而迎上前去，仔細打量鬼的模樣，還向鬼點了點頭。

當衛斯理問她為何不怕時，她居然回答：「不是常常有機會見到鬼的，難得看到了當然要看仔細一點，不看白不看啊！」

這話聽了真是令人絕倒，也讓讀者立刻就對這位姑娘產生了極深刻的印象！

(二)

典希微興趣極為廣泛，生活也多姿多彩，她文武雙全，尤其喜歡周遊列國，知道了哪裏有甚麼探險隊的行動，就千方百計要求參加。雖然絕大多數都遭到拒絕（人家探險隊需要的是專家，並不歡迎只為了興趣或好玩的人來攪和）。

當然，也有探險隊接納她，但條件是要她捐贈十萬美元。十萬美元雖不是甚麼鉅款，可是對於一個年輕女子來説，也是一大筆錢了，典希微居然眉頭也不皺一下地就拿了出來。

當張泰豐勸她小心別上當的時候，典希微的反應很是有趣，她道：「世界上還沒有騙徒高級到知道利用探險來行騙——行騙是最卑鄙的行為，而探險是最高貴的行為，兩者扯不到一塊。」

多麼奇怪的理由啊，也只有典希微這個妙人才想得出來！

典希微在《天打雷劈》這個故事裏，還展現了她的機智。

當她參加的探險隊全體被神秘力量帶走的時候，她一路上冷靜地留下了標記，也使得追踪而來的衛斯理等人逐步揭開了事件的真相，原來又是外星人的傑作！

但是，典希微自己的底細，卻沒有人知道，連和她熱戀的張泰豐也不知道，只知道金錢對她而言，絕不是甚麼問題。

（她的身世，很是值得探究，可惜倪匡先生後來並沒有繼續寫她的故事。）

（三）

典希微不僅為人有趣，在愛情上也極其主動熱情。

她對張泰豐有好感，就大方地表明心跡：「叫我希微就好——你第一次聽到我的名字時的反應和所說的話，有資格直接叫我名字。」

反觀張泰豐，倒是紅了臉，沒做手腳處。

（一直好奇典希微的名字到底是何來歷，後來上網查了一下，「希微」二字有很多解釋，個人覺得最符合的解釋應出自《老子》：「聽之不聞名曰希，搏之不得名曰微。」河上公註：「無聲曰希，無形曰微。」後以「希微」指空寂玄妙或虛無微茫。）

（後來，找倪匡先生求證，果然是出自《老子》。）

他們兩人的愛情，是故事中的亮點。

兩人幾乎是同時對對方產生好感的，女方的熱情主動很大程度上化解了男方的木訥羞澀，兩個人都是外形亮麗俊美的年輕人，也都有着很好的工作和出色的能力，令人禁不住讚嘆一聲：好一對金童玉女！

兩人的感情進展迅速，當他們分別多日再重逢時，典希微一見到特地飛去巴拿馬接她的張泰豐，來不及卸下身上的裝備，便一頭撲進張泰豐懷裏，緊緊相擁熱吻起來。

與這麼好玩的一位姑娘談戀愛，循規蹈矩的張泰豐，你可要抓牢啊！

典希微出場故事：
《本性難移》、《天打雷劈》、《另類複製》

003

柏秀瓊

——熊熊燃燒的貪婪之火

（一）

倪匡先生筆下的狠毒女子不少，像柏秀瓊那樣，冷酷又聰明的，卻不多見。

柏秀瓊的冷酷狠毒，源自她的貪婪。

她本是富豪駱致遜的妻子，長相清瘦秀氣，行動溫文爾雅，一看便知是一個十分有教養的女子。這一切，給她帶來了很好的生活環境和社會地位。

一個女人，能擁有這樣的生活，應該知足，但是，柏秀瓊偏偏不。

當沒有機會的時候，她也許還能安於現狀，一旦機會降臨，她就不甘寂寞了。

機會來自駱致遜的同胞兄弟駱致謙。

（二）

駱致謙在二戰時，便失蹤在茫茫南太平洋中，駱致遜一直堅信弟弟還活着，多年來一直不惜血本地進行搜索尋找。經過了二十多年的努力，終於找回了弟弟，而悲劇，也在此時開始。

從報紙新聞中，大家得知的是駱致遜在找回駱致謙的第二天，便把弟弟從懸崖上推落，於是駱致遜立刻被捕，並被判處死刑。

但大家不知道的是，其實，被推落懸崖的是哥哥駱致遜，兇手正是弟弟駱致謙。兩兄弟因為長得一模一樣，甚至連指紋都一樣（有可能麼？），駱致謙便趁機頂替了哥哥的身份。

可光是這樣可不行，三小時後駱致謙便要被送上電椅，他，必須越獄！

於是，衛斯理出場了。

（三）

衛斯理是受託來監獄探望駱致謙的（但他以為那是駱致遜），然後，他接到了一個特殊的請求，幫助駱致謙越獄！

衛斯理自然不會答應，這時，柏秀瓊開始發揮她的演技。

在故事中，柏秀瓊一直是以不知情形象出現的，雖然倪匡先生沒有點明，但我一直認為，她才是整個事件的主謀！她的演技，她的眼神，都使衛斯理無法招架，雖然她沒有開口說一句話，衛斯理便已在心中答應了。

越獄後，她與駱致謙立刻拋開了衛斯理，逃得不知去向。多漂亮的過河拆橋之計！這樣高超的計劃，又豈是剛回到文明社會的駱致謙能想得出來的？

在船上，當駱致謙和柏秀瓊被衛斯理追到的時候，柏秀瓊依然裝作甚麼也不知情的樣子，繼續做戲給衛斯理看，而衛斯理也依然被柏秀瓊騙過，讓他們再次從容逃走。直到帝汶島上，衛斯理又一次與駱致謙柏秀瓊碰面，才知道事件的真相。

（衛斯理，你真是個笨蛋！）

(四)

駱致謙在失蹤的那些年裏，在南太平洋的一個小島上發現了「不死藥」。這種藥，喝了便不會死，但有個後遺症，就是不能停藥，否則就會變成白癡。（倪匡先生是用「不死藥」暗喻毒品的危害麼？）

當他把「不死藥」帶回文明世界之後，柏秀瓊內心的貪婪之火立刻被點燃，這是多好的發財機會啊，大把大把的票子已然在她心中飛舞起來。

駱致謙要殺害駱致遜，多半是因為駱致遜不同意他的發財計劃，用類似毒品的「不死藥」昧着良心去賺錢，但其後的推動力，一定是來自柏秀瓊！

駱致謙要賺黑心錢，大可遠走他鄉，不必要殺死哥哥，而柏秀瓊則不同，她是駱致遜的妻子，不可能離開他，唯一的辦法就是殺死他。

為了金錢（她又不缺），柏秀瓊冷酷且無情地殺害了自己的丈夫，她原本是有機會做一個幸福的女子的，但是，她的貪婪，毀了這一切。

她的下場是極悲慘的，當失去了不死藥之後，她變成了白癡。

雖然悲慘，卻絕不令人同情！

柏秀瓊出場故事：

《不死藥》

004

安小姐——脫衣舞女的悲慘命運

（一）

安小姐這個人物，別說是資深倪匡粉絲，恐怕就連倪匡先生本人，也未必想得起來。

（二）

安小姐是個悲劇人物。

她原先是美國一所大學考古專業的中國留學生，有着光明的前途和無限的希望，可是不知甚麼原因，當衛斯理見到她的時候，她已淪落為一家低級夜總會的脫衣舞女。

雖然低劣的化妝和庸俗的打扮使她看起來像鬼多過像人，但若仔細看，她其實是個十分美麗動人的女子。

一個接受過高等教育的人，無論身處何方，身上總是會不自覺地流露出一些知性氣質的。

安小姐的命運一定極悲慘，否則絕不會從一個大學生淪為脱衣舞女。倪匡先生沒有詳寫，也無需詳寫，因為像安小姐這樣的人物，在現實社會中實在太多太多，多到已令人麻木！

說實話，安小姐的命運其實不算最慘，至少還能在淘汰率極高的脱衣舞圈子裏闖出一點名氣，她的美麗固然是一大原因，她的東方面孔所帶來的獵奇心理也是原因之一吧。然而，就因為她的中國人身份，卻使她的同胞對她極為鄙視。他們鄙視她，並不是因為她從事了脱衣舞女的工作，而是因為她是中國人！

他們的心態很奇怪。

別的國家的女人跳脱衣舞，他們會看得津津有味，還會評頭品足：這洋妞兒真不錯。

可是輪到中國女人也表演脱衣舞，他們就會像臉上重重被摑了一掌那樣地難過！這種心態，不能不說是中國人的劣根性之一。

（三）

幾千年來，中國都處於父權社會，女人基本就是男子的附庸和玩物；即使在現代，號稱婦女解放的時代，女人依然普遍受到歧視。

安小姐便是這種父權社會中男人扭曲心理下的犧牲品。

本來她就命運多舛，好不容易靠自己的努力，做了紅牌舞女，又被同胞排斥唾棄（他們的理由又是那樣地滑稽），對她而言，這是多麼大的心理打擊，這種打擊，有時候，是可以令人崩潰的！

同屬異國他鄉客，本來應該加倍團結，愛護自己的同胞，可是這些中國人（雖然不是每個中國人），對於自己的落難同胞，更多的是給予冷眼和嘲笑，而不是熱心和幫助，這種行為，十分令人心寒！

這話，可能很多中國人都不愛聽，但實在，這種現象，直到如今，依然存在於中國人的社會之中！

安小姐出場故事：

《古聲》

005 鐵頭娘子——初嚐愛情滋味的烈性女子

（一）

一提起鐵頭娘子，腦海中立刻跳出一幅畫面來：一個黑俏的江湖女子，身子緊貼向白老大，雙手緊緊抱着白老大的腰，把她的臉，緊貼在白老大寬闊結實的胸膛之上。白老大急忙後退，沒想到他一退，女子順勢撲將上來，雙手勾住了他的頭，雙腿就勢盤住了他的腰……

好一幅旖旎的風情畫，只可惜，這幅畫面帶來的，卻是一個悲傷的故事！

（二）

鐵頭娘子的故事，最精彩的，是那兩場打戲。

第一場，是她與大滿老九的打鬥。

鐵頭娘子膚色黝黑，眉目姣好，身形嬌小，她的那一雙柳葉刀，出了名的狠辣，只要一出鞘，不見血絕不收回！

鐵頭娘子一入哥老會總壇，全壇上下，沒有娶妻的，無不想把她佔為己有，可是鐵頭娘子誰都不理，而且手段極辣。

大滿老九喝了酒，趁醉想輕薄鐵頭娘子，鐵頭娘子的回答是：「想摸，就請動手，不過得看看是你的手快還是我的刀快。」

大滿老九自恃武功高強，疾伸出手，可鐵頭娘子的刀更快，精光一閃，一隻右手已然落地。大滿老九想也沒想，左手又疾伸出去，又是精光一閃，可這次並沒有血花飛濺，只見大滿老九的手，離鐵頭娘子胸脯最鼓起之處，硬是還差了半寸，可鐵頭娘子的柳葉刀，卻已平壓在老九的手腕之上。若不是鐵頭娘子手下留情，大滿老九的另一隻手，也就已落地了。

鐵頭娘子替大滿老九包紮好禿腕，勉強止住了血，這才對僵立着的老九淒然一笑道：「九爺，你拼着雙手不要，也要摸我奶子，我就讓你摸個夠。不過九爺要明白，我可不會跟你。」說完，胸脯向前一挺，閉上了眼睛。

鐵頭娘子的性格，經此一幕，給人留下極深的印象。

這場戲，極為緊張刺激，原本香艷的場面，一下子變得鮮血淋漓，其間變化之快，令人喘不過氣。

第二場，是在白老大獨闖哥老會的時候，鐵頭娘子和白老大的孽緣，便始於此。

白老大的武功極其高強，為人又豪氣干雲，在幾招之內便擊敗了鐵頭娘子，也因此在這個心氣極高的女子心中種下了情根。

而當白老大生受大麻子三掌時，由於受了內傷，臉上的神情變得古怪，笑容輕佻，看起來就像是在調戲婦女一樣，看在鐵頭娘子的眼中，自然便產生了誤會，以為白老大對她眉目傳情。

鐵頭娘子在白老大離開總壇以後，不顧一切，棄哥老會而走，到處找尋白老大的蹤跡。幾年以後，當她在苗疆山區中偶遇白老大，心中蘊藏多年的情感頓時噴發而出，於是就有了本文開頭的那幅畫面。

但是，她不知道的是，白老大當年身受內傷離開哥老會總壇之後，另有奇遇，他被大將軍府的陳大小姐所救，兩人一見傾心，結為夫婦，後又在苗疆當上了「陽光土司」，幾年間，生下了白奇偉和白素一雙兒女。

鐵頭娘子只顧發洩自己的情感，殊不知她緊抱白老大的那一幕被陳大小姐看在眼裏。陳大小姐也是個烈性女子，一看此情此景，不問青紅皂白，只當白老大背叛自己另結新歡，便拋下兒女跳崖自盡，結果被外星人所救，於是索性跟隨外星人離開地球，白奇偉和白素也從此失去了母親。

一切的變化，竟然全由誤會而起，不禁令人感嘆萬分，人一生的際遇，究竟蘊藏着多少的未知數！

(三)

鐵頭娘子在被白老大狠狠拒絕以後，心灰意冷，跳崖自盡，卻被跟隨而來的大滿老九捨命相救。

在幾番生死掙扎之後，鐵頭娘子終於明白了，一個肯為自己而死的男人是多麼可貴！她接受了大滿老九的愛意，兩人攜手離去，徒留白老大一人，孤苦伶仃地拖着一雙未成年的子女。

白老大情何以堪！

鐵頭娘子出場故事：

《繼續探險》、《圈套》、《烈火女》、《禍根》、《陰魂不散》

006

賽觀音

——女大王的美麗與哀愁

（一）

倪匡先生筆下武林人物，多奇女子，前有鐵頭娘子，後有賽觀音。

賽觀音原名喚作竇巧蘭，人稱「女諸葛賽觀音」，從這外號就可看出，她是個聰穎且富慈悲心的女子。

賽觀音一生極其多姿多彩。她的前半生，是伏牛山的女寨主女大王，風情萬種，令無數英豪競折腰；她的後半生，是傳奇將軍於放的妻子，被極權組織迫害，飽受折磨，慘然度過餘生。

這樣一個傳奇色彩極濃的女性，如何不引人遐想聯翩！

(二)

賽觀音年輕時，文武雙全，長得貌美如花，不知道顛倒了多少眾生。葫蘆生就對賽觀音癡情之極，賽觀音沒有接受葫蘆生的愛，但為了讓葫蘆生答應不傷害毒刃三郎，賽觀音特地為他發起了十八歲生日大會，並請了白老大當主持。有她登高一呼，才有那麼多人聚集在伏牛山下。（賽觀音為甚麼要救毒刃三郎，是一個謎，倪匡先生始終沒有在故事中給出解答。）

這場生日大會，熱鬧之極，賽觀音為葫蘆生準備的禮物，是一隻極為精巧的手工製作的蒼蠅，蒼蠅雖小，但五臟俱全，打開機括，還能飛上天去。這是玲瓏巧手仙的傑作，世上罕見的珍品。

可葫蘆生更珍惜的，卻是賽觀音的畫像。

畫中的美女當真美麗之極，比照片更傳真，艷光流動，美目顧盼，巧笑嫣然，像是隨時會開口向你訴說衷情一樣。

他將畫像仔細藏於竹筒中，多少年來一直貼身收藏着。

畫像是白老大畫的。據說畫的時候，賽觀音雖然沒有說話，可是眉目體態，無不充滿了挑逗。葫蘆生在一旁看了，不禁心跳如狂，汗出如漿，但白老大卻硬是視若無睹，真叫人不知道是佩服他，還是應該罵他瞎了眼。

（當然是瞎了眼，哈哈！）

那麼多英雄豪傑為賽觀音傾倒，可賽觀音偏偏喜歡對她流水無情的白老大，女人的心態，就是這樣奇怪。

在白老大離開之後，賽觀音把對白老大的思念，都化作練功夫的力量，將白老大傳授給她的功夫，練得滾瓜爛熟。

（三）

在時代的變遷中，每個人都身不由己地被歷史的巨輪推向前。

賽觀音的命運，也驟然改變！

抗戰時期，賽觀音帶領群豪浴血奮戰，為趕走日本鬼子立下汗馬功勞。在戰鬥中，她認識了傳奇將軍於放，並為這位將軍的英勇神武深深折服，最後嫁給了他。

賽觀音跟隨着丈夫加入了組織，一心想着跟隨組織開創一個能讓老百姓安居樂業的新世界，沒想到組織背叛了她！

在那一場全世界矚目的全民大瘋狂中，組織以她的土匪出身為由，想盡一切辦法來折磨她、消滅她。於放愛妻心切，不願屈服，被組織綁起來毒打，據說打斷了四根銅頭皮帶，最後，於放被捆在柱子上活活餓死。

賽觀音也遭到了極可怕的待遇——其可怕的程度，遠在任何人的想像之上，她熬了過來，極不容易。

他們兩夫妻，不願離開對方，寧願遭受非人的刑罰，寧願犧牲性命，他們的愛情，是多麼堅貞和偉大！

雖然於放死後，被組織平反，賽觀音也恢復了往日待遇，但是，這時的她，早已看透了組織的真面目。哀大莫過於心死，賽觀音從此心灰意冷，再也不問世事，當衛斯理和白素見到她的時候，她已是一個垂死病人。

不過，傳奇人物畢竟是傳奇人物，賽觀音雖然已是九十六歲高齡，依然有着異樣的神采：

> 她的臉上當然有皺紋，可是配合她秀麗的臉和那雙顧盼之間，仍然神采流轉的眼睛，也顯得十分和諧。
>
> 這是難以形容的容顏和神態，總之是使人一看就覺得舒服無比，所謂「如沐春風」，大抵就是這種情形了。

這位賽觀音女士，令我傾心不已！

賽觀音出場故事：

《人面組合》、《偷天換日》

007 宣保——非典型官二代的氣派與風光

（一）

倪匡先生筆下，好玩的配角甚多，宣保，便是其中之一。

宣保是個官二代。擁有「官二代」這個稱號，在當今社會，絕不是甚麼值得誇耀的事。這個群體，雖然也有知書達理之人，但大多數，還是蠻橫無理之徒。

不過宣保卻有些不同，宣保是個「非典型官二代」。

在宣保身上，雖然有着官二代的種種劣習，但他卻不會去做傷天害理的事。他有着良好的藝術品味，對友情也極為重視，甚至還極富幽默感，更多的時候，他只是極權社會中的一個優哉遊哉的小公子哥兒。

這樣的一個「官二代」，是無法令人產生厭惡感的。

（二）

宣保的外號十分特別，叫做「小命不保」，衛斯理去見他的時候，他正在自己房中「小命不保」。

他身材瘦削，赤着上身，肋骨根根可數，房中還有兩個妖裏妖氣的女子，衣衫淩亂，正神情尷尬，站也不是，坐也不是。

他將兩個女子趕走後，向衛斯理一笑：「漂亮妞兒太多，遲早小命不保！」多會自嘲的一個人，瞬間對他有了那麼一絲好感。

宣保的住所，是有氣派的舊建築，所有的佈置，華麗宏大，非俗人所能辦到。他的屋中，各式各樣的人都有，有的在下棋，有的在看書，還有一個畫家正在替一個幾乎全裸的模特兒作畫。

這場景，典雅趣致中又透露出一些奢華糜爛來。

（三）

衛斯理告訴宣保，自己是鐵天音介紹來的，宣保很高興，他告訴衛斯理，他和鐵天音是拜過把子、砍過血的兄弟。他管衛斯理和白素叫做叔嬸，對衛斯理提出的要求，無論多困難，總能想出辦法解決（雖然不知是甚麼辦法）。這樣一個重義氣講信用的人物，在極權社會中極難一見，這也是宣保討人喜歡的一大原因。

宣保向衛斯理要的報酬也很特別，他希望衛斯理把他帶到「外面」去。他知道「裏面」不是長久能呆之處，極權獨裁的社會，毫無常理可言，別看此時風光得緊，天知道哪一日就大禍臨頭！

宣保想在「外面」過前呼後擁、大大吃得開的日子，衛斯理諷刺他：「容易，外面很多人在找攀上你這種衙內的機會，要一夜之間，成為社會名人，也不是難事。」

倪匡先生這番話，當是有感而發，借了衛斯理的嘴來諷刺人的劣根性。

完全有不做奴隸的自由，但偏有一群充滿了奴性的人，奔走豪門，自願為奴。可悲乎？可恥乎！

宣保出場故事：

《闖禍》

008

莎芭——天使臉龐與魔鬼心腸

（一）

倪匡先生早期作品中的人物，性格比較簡單，好人即好人，壞人即壞人，一看便知，極易分辨，莎芭便是其中一個。

莎芭是集天使與魔鬼於一身的女人，她的臉兒宜嗔宜喜，白裏透紅，吹彈得破，而且，水蛇般的身材，高聳的胸脯，也使人一見便想入非非。

但若是真的開始想入非非，那你離死神也就不遠了。

莎芭的手中，經常握着一柄殺傷力極強的德國製點四五口徑手槍，隨時可以朝你開槍！

（二）

莎芭是個混血兒，她的美麗，在衛斯理眼中，甚至還在白素之上。

莎芭知道自己的美麗，也懂得施展自己的魅力，所以，她在野心集團中的地位並不低，她對她的下屬，也極有約束力。

但是，美麗的女人，容易自傲自大，目空一切，以為自己就是世界的主宰。

當有機會抓住衛斯理時，莎芭就像是一頭兇狠的雌豹，長髮披散，衝在最前面。

> 在莎芭美麗之極的臉容之上，現出了一個極其得意，極其殘酷的微笑。

這種微笑，出現在一個美女的臉上，是很煞風景的。

莎芭為抓到衛斯理而得意，她大笑時露出整齊而潔白的牙齒，本來十分迷人，但在衛斯理的眼中，卻和噬人鯊的牙齒一樣。

（三）

對付莎芭這樣的人，只有先激起她的怒火，使她失去理智，才能打敗她，衛斯理很明白這道理。

所以，衛斯理故意輕佻地觸碰她柔軟的腰部，閃電般偷吻她的櫻唇，目的就是要激起她的怒火，這樣，才有機會逃走。

果然，在衛斯理的挑逗下，莎芭違抗了野心集團的命令，不願一下子處死這個膽敢不把她放在眼裏的男人，她要慢慢地折磨他，衛斯理終於等到了機會！

那一陣亂槍掃射，將莎芭和她的手下射成了蜂窩。

橫七豎八的屍體中，莎芭的身子最遠，她穿着一套馴獸師的衣服，手中握着一根電鞭，看來是準備打衛斯理的。（果然變態！）

衛斯理已經沒有法子知道她死前的神情是怎樣的了，因為她已沒有了頭顱，至少十顆子彈，恰好射中了她的頭部，令得她的屍體，使人一看便想作嘔。

好端端的一個美女，從使人一見便想入非非到使人一看便想作嘔，實在是浪費了上天給予她的這份美麗！

莎芭出場故事：

《妖火》

009

大滿老九——江湖漢子的兒女情長

（一）

大滿老九是個真性情的江湖漢子！

他本是富家子弟出身，出了名的風流種子，人也長得長身玉立，算得上是美男子，後來入了哥老會，做了總壇的九爺，更是呼風喚雨，地位顯赫。

可當見到鐵頭娘子那一刻起，他便再也不是甚麼「九爺」，而只是一個情竇初開的普通青年。

鐵頭娘子並非絕色美女，只不過是個膚色黝黑、眉目姣好、身形嬌小的普通女子，唯一有點特別的是，她善使一雙柳葉刀，她的刀出鞘後，不見血絕不收回。

但是，江湖兒女的情意，卻不是普通人能夠理解的。

鐵頭娘子一入總壇，全壇上下，沒有娶妻的，無不想把她佔為己有，大滿老九也不例外，可是鐵頭娘子誰也不理。

平日裏，口頭輕薄鐵頭娘子的漢子們，討來的只是她的幾個巴掌。

慣了白刀子進紅刀子出的剽悍漢子，捱她的打，竟然也會上癮，輕薄的話，故意在她面前説，就是為了要捱耳括子——捱她的打，也算是和她有了肌膚之親了。

這一類莽莽蒼蒼的江湖漢子，別看他們粗魯，行為不文明之至，可是對於異性的那份情意，只怕比文明人更加浪漫，更加動人。

大滿老九對於愛情，就有着自己獨特的表達方式。

大滿老九愛上鐵頭娘子，借着酒勁，他的表白方式居然是想要「摸奶子」。鐵頭娘子沒有拒絕，但提出了要求，要和大滿老九比一比，看是他的手快，還是她的刀快。

在眾人的注視下，大滿老九輸給了鐵頭娘子，他的右手，被齊腕斷下！

鐵頭娘子也不失豪氣，話也説得很明白：你既然拼了手不要，也要摸我奶子，那我就讓你摸個夠，但是，我是不會跟你的。

大滿老九的左手，劇烈地發起抖來，但他又怎會在這種情形下再去佔鐵頭娘子的便宜？

他一腳把地上的斷掌踢得飛了起來，朗聲道：「列位哥兄哥弟都親眼目睹，是我不自量力，和任何人無關。」

雖然成了廢人，但大滿老九仍不失是一條鐵錚錚的漢子！

（二）

後來，大滿老九走遍五湖四海，尋找能工巧匠為他製造了一隻金手，因此得了個「金手九郎」的外號，但是，等他再回到哥老會總壇時，鐵頭娘子已追隨白老大而去。

大滿老九沒有怨言，也沒有氣餒，開始遊歷江湖，尋找鐵頭娘子的下落。他甚至已在心中想好，見了她，就對她說：「別再戀着姓白的下江漢子了，你看，你叫『鐵頭娘子』，我叫『金手九郎』，連名字都是現成的一對，還東挑西揀作啥子？況且，我這個外號，還是拜你所賜的。」

大滿老九的愛情，是如此的執着，如此的堅定！

他再次見到鐵頭娘子的時候，正是鐵頭娘子被白老大狠狠拒絕後跳崖的那一刻，大滿老九連想都沒有想，便向懸崖外撲了出去，極力伸手想抓住鐵頭娘子，但始終差了一點，幸得外星朋友相救，他們才揀回一條性命。

（在武俠故事中突然冒出了外星人，很突兀，也很有戲劇效果。）

經過這一番生死糾纏，鐵頭娘子終於明白，誰才是值得她愛的人，她哭着撲向大滿老九懷中。

一個肯為你而死的男人，在女人的心目中，還有甚麼比這更可貴的？

至此，大滿老九功德圓滿，和鐵頭娘子終成眷屬。

像他們這樣的江湖兒女，有自己的一套發洩感情的方法，未必會有甚麼花前月下，但是必然更原始，更認真。而他們的故事，也更叫人蕩氣迴腸！

大滿老九出場故事：

《繼續探險》、《圈套》、《烈火女》、《禍根》

010

陳月蘭——被害者與加害者的角色轉換

（一）

陳月蘭是我十分討厭的一個人物！

（二）

陳月蘭原是陳天豪督軍府的大小姐，青絲披拂，美目流盼，肌膚賽雪，玉臂粉致，是一個絕色佳人。她不但人長得美，而且念的是洋書。她天性不羈，沒有一點架子，喜歡和底下人談天說地，是女中豪傑。

而且，陳月蘭的身手也極為了得，她自幼服食了靈丹妙藥，再得邊花兒的傳授，習得一身絕世武功。

陳月蘭的生活，本來十分舒適，但她十分洋化，脾氣又不好，和父親陳大帥屢有頂撞，終於離家出走。

當她在江邊救了身受重傷的白老大，兩人一見傾心，結為伴侶。

白老大和陳月蘭都是如此出色的人物，看在別人眼裏，真有如神仙眷侶一般。

那幾年，白老大和陳月蘭在苗疆馳騁，生兒育女，過着快樂無比的生活，那是只羨鴛鴦不羨仙的好日子，風光之旖旎甜蜜，可想而知。

本來，這樣的日子可以一直過下去，但由於陳月蘭性格上的缺陷，導致了以後一連串的不幸事件。

（三）

陳大小姐這個人，性格上有着嚴重的缺陷。

她雖然武功絕頂，美麗動人，可並不是一個可愛的人物。她行事極度任性，把自己當作全世界的中心。

後來的悲劇，也正是由這種性格引起的。

當白老大和鐵頭娘子相遇時，白老大起初根本認不出她是誰，可是鐵頭娘子熱情如火，多少日子的相思之火，驟然噴發，她的嬌軀，纏在白老大偉岸的身子上，這樣的親熱，被身在暗處的陳大小姐看在眼中，絕對是一個可怕之極的打擊。

陳大小姐當時懷着白素，情緒本就容易衝動，而她的脾性又是驕縱慣了的，那一刹那的痛苦，正有如同五雷轟頂、萬箭攢心、天崩地裂一般！

如果她是一個普通女子，或許會立刻現身出來，叱喝責問，那樣的話，一切誤會，也可冰釋。但她性格高傲，豈肯服輸，終於釀成悲劇！

陳大小姐在傷心欲絕之餘，狠心拋下了年幼的白奇偉，也拋下了深愛她的白老大，不知道到甚麼地方去了。也因此，她一直不知道那一幕是一場誤會，只是鐵頭娘子的單相思，並非白老大移情別戀或是有心欺瞞。

（陳大小姐是個太沒有責任心的母親了！）

白老大痛苦莫名，他和陳大小姐感情深厚，一想到她雖有絕頂武功，卻身懷六甲，不知流落何方，又有着這樣的誤會，一定也是傷心欲絕，更是令他心如刀割。

這樣看來，白老大和陳大小姐的關係起了天翻地覆的變化，其間的責任，只怕一大半是要陳大小姐負責的！

（四）

陳大小姐是在滿懷怨恨之下，和白老大分開的，過了半年之久，只把白素送回去，自己仍堅持不和白老大見面，心中的恨意竟是如此之深！

在人跡不到處隱居逾二十年之後，陳大小姐的外表雖然仍是絕色佳人，但她的心理狀態，不正常到了駭人的地步，於是做出了一樁更令人瞠目結舌的事——她把衛斯理和白素的女兒紅綾偷走了！

本來，陳大小姐對白老大的恨意還能令人理解，即使棄夫拋子，總算尚可原諒，但偷走自己的外孫女，令得衛斯理和白素遭受失女之痛，幾乎發狂，這是絕對無法原諒的！

倪匡先生借故事中的心理學家之口，分析了陳大小姐的心理。

> 那是基於極複雜的心理因素，她又有愛，又有恨，知道抱走小人兒，會給衛斯理和白素帶來痛苦，也會給白老大帶來痛苦，那是一種復仇心理的宣洩。
>
> 也或許，她以為自己本領高強，把小人兒帶走，可以使小人兒日子過得更好。更或許，她生活寂寞，需要有人作伴。

小孩子在別處日子過得再好，也不如在自己父母身邊的好。我看陳大小姐根本就是寂寞了需要人陪，找甚麼理由！

基於這種複雜心理因素所產生的行動，連行動者本身，都無法說得出一個明明白白的原因來，旁人就更難以推測了。

雖然陳大小姐後來脱胎換骨去了外星，也幫紅綾改造了大腦，使紅綾獲得了遠超人類大腦所能獲得的知識，但我卻仍然很討厭她。

（五）

陳月蘭是個受害者，但更是一個加害者！

陳月蘭出場故事：《探險》、《繼續探險》、《圈套》、《烈火女》、《禍根》

011 陳月梅——二小姐的命運悲劇

（一）

陳月梅的故事，雖然沒有陳月蘭那樣傳奇，也不如陳月蘭那樣充滿戲劇性，但姊妹倆的一生卻同樣不幸和充滿了悲劇色彩。

不同的是，陳大小姐的悲劇在於自己的性格缺陷，而陳二小姐的悲劇，只能視作是命運的安排了。

（二）

陳二小姐和姐姐一樣，也是個美麗女子，瓜子臉，白皮膚，細眉鳳眼，天然秀麗，雙眼十分水靈，顧盼之間，令人神奪。

但她和姐姐又不一樣，她脾氣溫和，知書達理，不會武功，也沒有特殊技能，只是一個普通的官家小姐。

陳二小姐自幼喪母，是陳大小姐將她撫養長大，所以，她對姐姐的感情，極為深厚。

在她八歲那年，遇到了改朝換代的歷史大變故，父親被敵人所殺，她則被邊花兒救出帥府，一家人從此失散。

（三）

等陳二小姐再出場時，她的身份已是「韓夫人」。她是如何與丈夫相識相戀的，故事中並沒有透露，只知道她的丈夫韓三死得很早。

陳二小姐（韓夫人）一直想念着她失散的姐姐，聽說姐姐曾在苗疆出沒，便出面請衛斯理幫忙去苗疆找人，遭到衛斯理的拒絕後，陳二小姐只能親自前往苗疆，由韓三的下屬何先達陪伴着入川尋姐。

之後的故事，顯得有些老套。

在苗疆多年，陳二小姐並未找到姐姐。可她花容月貌，何先達又血氣方剛，對她心有愛慕，孤男寡女相處多年，一直相安無事已是極為不易，多年來，何先達克制了又克制，卻在一個晚上，喝了苗酒後，再也克制不住，侵犯了陳二小姐。

他有一身武功，是一個壯漢；二小姐只是一個弱質女子，當一個壯漢撕破了主僕關係，一個弱質女子除了接受命運的安排之外，還有甚麼別的辦法？

陳二小姐不願再見到何先達，趁他酒醉昏睡時，一個人悄然離去。

沒想到那一場孽緣，使二小姐懷了孕。

陳二小姐是個極偉大的母親，在難產之際，能忍住一口氣不死，全是為了那小生命。

（比她姐姐強太多了！）

臨終前，她遇到了蠱苗的首領猛哥，將小嬰兒託付給猛哥後，這位紅顏薄命的二小姐便溘然仙逝。

機緣巧合下，這個小嬰兒後來竟成了降頭術的一代宗師，這不得不說是老天對二小姐的一種補償。

陳二小姐是個可憐又可敬的普通人，比起她的姐姐要可愛得多！

陳月梅出場故事：

《探險》、《繼續探險》、《圈套》、《烈火女》、《禍根》

012

何先達——朝霞腐葉只在一念間

（一）

何先達這個人，令人充滿了惋惜。

（二）

何先達本是韓三堂主的下屬，韓三死後，他便一直陪伴在主母陳二小姐身邊。他心中一直對陳二小姐仰慕之至，但他識得分寸，愛慕而知禮，是他的一貫作風。多年來，他一直默默地把自己的感情，深深埋在心底。在他的心目中，陳二小姐宛如天仙，他會盡一切力量去保護她，一切都是純潔和美好的。他陪二小姐赴苗疆尋姐，雖然倪匡先生沒有留下隻言片語，但苗疆這種窮山惡水的地方，若沒有何先達細心服侍，柔弱的二小姐又怎能一待數年，毫髮無損？

陳二小姐花容月貌，何先達血氣方剛，在苗疆的那些年，始終相安無事，不得不敬佩何先達的定力，但何先達畢竟不是超人，在一個晚上，由於喝了一大竹筒苗人留下來的酒後，他再也克制不住了……

實在是那一竹筒酒害了他！

第二天何先達酒醒後，不見了二小姐，只有夜來被他扯破的半件衣服留在身邊，他立刻感到了極度的後悔，並跌進了痛苦的深淵。由此可見何先達並非天性邪惡之徒，雖然侵犯一個手無寸鐵的弱女子，是件極卑劣的事，但他實在不是不能原諒的！

(三)

何先達三十上下年紀，方臉濃眉，一臉的精悍之色，左頰上，有一個十分明顯的新月疤痕，更顯得他有一股天蒼蒼野茫茫的不羈性格。

他出身哥老會，極重義氣，侵犯兄弟或上司的女眷，在他看來，是十惡不赦的死罪，腦袋落地不算，還要為人不齒。

他武功高強，本來可以大有所為，可是一夜之間，卻改變了一切——他犯了這樣的錯誤，而且再也無法補救。

何先達為了自己曾犯下的罪，而陷入無窮無盡的懺悔之中，他不斷以高難度、高強度的各種鍛煉折磨自己，用他的手指，在堅硬的石上抓着，抓出一道一道的深痕，也留下了難以磨滅的血跡。

他的手背上，全是各種各樣傷痕結成的疤，有的還是疤上加疤，猶如生滿了瘤。在那種情況下，對他來說，身體上的任何痛苦，都算不上甚麼了。

多年來，他一直想在苗疆找到陳二小姐，但始終未果。何先達以為她一定在危機處處的苗疆之中，遭到了不幸，自覺罪孽深重之極，就再也沒有離開過苗疆，要以有生之年，在苗疆長伴芳魂。

一般來說，罪孽深重的人，很少會懺悔，相反地都會以為自己的行為十分正當。何先達此時的行為，很是值得敬佩！

（四）

當他在衛斯理的引領下，找到了陳二小姐的墓，他雙眼睜得老大，胸脯起伏，呼吸急促，雙手緊握。他抱住了墓碑，把頭抵在石碑上，抵得很緊，不一會，鮮血就滲了出來。

雖然事實殘酷，但總算是「找到了」，何先達的悲痛也有了着落。當他得知自己還有一個女兒時，心中的驚喜實在是難以形容的。

他們的女兒，藍絲，不僅是對陳二小姐的救贖，同樣也是對何先達的救贖！

（五）

多年來，何先達一直住在苗疆的山洞裏，過着非人的生活。

不論這個人曾犯過甚麼罪，他這種自我譴責的行為都可以作為補償了。

何先達出場故事：

《繼續探險》、《烈火女》、《禍根》

013 韋鋒俠——紙上談兵的超級犯罪者

（一）

倪匡先生筆下的小人物眾多，韋鋒俠是極好玩的一個。光看名字，會讓人覺得，這大概又是一個類似原振俠般風流倜儻的瀟灑人物，但是，繼續看下去，卻發現原來大跌眼鏡。

這位韋鋒俠先生，雖然家財萬貫，但外形卻讓人看了無法不發笑。

他腦袋很大，五官擠在一起，頸卻又細又長，心理學家說頸細而長的人富於幻想，那麼韋鋒俠可以說是這一方面的典型人物了。

不僅外形可笑，韋鋒俠的嗜好也非常古怪，絕對出乎旁人意料之外。

韋鋒俠是一個極怪的怪人，可以說是一個第一流的「犯罪者」。但是卻不要被他這個銜頭嚇退，他是一個千萬富翁，凡是千萬富翁，大都有一些奇怪的嗜好的，有的喜歡搜集名種蘭花，有的喜歡蓄養鯨魚，而韋鋒俠，就喜歡犯罪。

正確一點說，他喜歡在紙上列出許多犯罪的計劃來，今天計劃打劫一間銀行，明天計劃行劫國庫，後天又計劃去打劫郵車。

他在計劃的時候，全是一本正經的，不但實地勘察，而且擬定精確的計劃，購買一切的必須品，但是，到了真正計劃中應該行動的時候，他卻並不是去進行犯罪，而是將一切有關這件計劃的東西，全都在一間房中鎖了起來，然後，在那間房間的門口，貼上「第×號計劃」等字樣，如果在他暫時還沒有新計劃的時候，他仍會走進去陶醉一番的。

這種嗜好，還頗讓人嚮往，但遺憾的是，普通人絕難有財力培養這種嗜好，大概也只有家財萬貫才有機會。

(二)

韋鋒俠是衛斯理的朋友，也是極富戲劇色彩的一個人物。

衛斯理邀他參與幫助駱致謙越獄的行動，他很高興；衛斯理要他化妝成神父以營救駱致謙，他很高興；衛斯理說他是行動計劃中的主要人物，他很高興；但當衛斯理告訴他，這一切不只是計劃，而是立刻就要化為真實行動時，他不高興了，害怕了，畏縮了。他的神情轉變，令人發噱。

不過韋鋒俠的心情，也是可以理解的，雖然衛斯理已經替他想好脫身之計，但紙上談兵畢竟和真實行動不一樣，許多突發事件，事先考慮得再周詳也不一定能想到，韋鋒俠會感到害怕，也屬正常。

然而就像衛斯理所說的那樣，像韋鋒俠這一類的人，心理多少有些不正常。衛斯理為了哄他參與行動，便拍他馬屁：「你想想，明天，所有的報紙上，都會刊登你的名字，在表面上看來，你是一個無辜受害的，但實際上，你卻正是這件事情的主謀人之一，這是多麼快樂的事！」韋鋒俠立刻飄飄然起來而忘記了害怕。

等到真正行動起來，韋鋒俠倒也有模有樣。他不需要衛斯理的攙扶（開始入戲了，哈哈），他裝扮的神父，就這樣大搖大擺地走進了監獄，倒也讓衛斯理感到意外。

衛斯理的越獄計劃能夠順利完成，韋鋒俠居功至偉。有這樣一個朋友，多麼好玩！

韋鋒俠出場故事：

《不死藥》

014

黎明玫——無可奈何花落去

（一）

在倪匡先生筆下千百個人物中，我從來沒有掩飾過對黎明玫的喜愛。

我對她的喜愛，甚至遠在白素之上！

（二）

黎明玫是個傳奇人物，十九、二十歲的時候，就已經名馳大江南北，令得武林中人，不論黑白兩道，盡皆為之失色。她武功造詣之高，猶在北太極掌門人之上，是北太極門長輩之中，最年輕的一人！

她芳蹤到處，所向無敵，衛斯理曾特地趕到上海，想會她一面，但是她懲戒了上海黑社會七十二黨的黨魁，從數百人的包圍之中，從容脱出之後，便不知所終。

這件事，年輕的衛斯理一直以為憾事，當時，他是頗想向她領教一番的，但是很遺憾，黎明玫這個人，像是突然消失了一樣，怎麼樣也找不到她的下落了。

衛斯理不知道的是，黎明玫之所以消失，是因為後來她被石軒亭誘姦，並被污衊為北太極門的叛徒！

她無法在江湖中立足，只能選擇隱名埋姓，消失於江湖。

那麼多年來，人們只知道她風光艷麗的一面，又有誰了解，她心中那不為人知的辛酸與苦澀！

（三）

當她再次現身的時候，是作為衛斯理的對手出現的。

為了奪取「沙漠之狐」隆美爾的寶藏，各路人馬紛紛出動，也因此，使得衛斯理與黎明玫相遇了。

但是，與其說黎明玫是衛斯理的對手，不如說他們是惺惺相惜的一對。初次見到黎明玫時，衛斯理就感覺到她的與眾不同，她華貴優雅，是個需要以極度的禮貌來對待的女子。

碼頭惡戰那一段，衛斯理和黎明玫攜手合作，這是衛斯理對黎明玫愛情的開始，卻也是他失去黎明玫的開始。

當黎明玫不慎被子彈擊傷，衛斯理要將她送去醫院的時候，她微閉着雙眼，低聲道：「不……不用，我……願意靠……着你……」

衛斯理呆了一呆，將黎明玫抱得更緊一點，又輕輕地在她額角，吻了一下。她嘴角上，泛起了一個極其神秘、難以捉摸的微笑。

正因為衛斯理年輕時對黎明玫曾是如此仰慕，所以此時他的愛，多少有些「我終於能幫到你了」的少年意氣。

衛斯理那種傻小子般意氣用事的愛情，對黎明玫飽受滄桑的心來説，是一種安慰，但是，卻不是她渴求的愛情。

（四）

除了衛斯理，「死神」唐天翔是另一個深愛黎明玫的人。

唐天翔對黎明玫的愛，比較像成年人之間的愛情，雖然他擄走黎明玫，並利用她來對付衛斯理，但唐天翔對黎明玫的愛，卻是極認真的。相信黎明玫在和唐天翔相處了一段時日後，看到了這一點，才會答應嫁給唐天翔，雖然說是為了救衛斯理，其實不過是自己騙自己。

黎明玫對衛斯理的愛情，始終只是心靈空虛時的幻影罷了。

海邊大戰那一場戲，當石軒亭一掌擊向黎明玫之際，唐天翔不顧警方的追捕，立刻開槍射死石軒亭，但仍是晚了一步，沒能救下黎明玫。

像他這樣的大匪徒，殺人不眨眼，願意為了黎明玫而犧牲自己，實是心中對黎明玫愛得極深之故。

衛斯理眼裏看着，心裏明白，所以在法庭上，他出人意料地為唐天翔辯護，使他免遭牢獄之災，原因便是「為了你也真愛黎明玫！」

衛斯理也相信，失去了黎明玫，唐天翔再也不是以往那個無惡不作的「死神」，他的心已死，再也泛不起一絲漣漪。

兩個情敵，在這一刻，終於放下互相仇視的心，他們的心，都交給了一個叫做黎明玫的美麗女子。

（五）

很喜歡故事最後的那一段：

「我在開始的一個月，幾乎每天都徘徊在黎明玫的墳前，低聲地叫着她的名字，回憶着她和我在一起時的每一件細小的事，而每每在不知不覺中，淚水便滴在她的墓碑之上。」

而我每每讀到這裏，淚水也總在眼眶流轉……

黎明玫出場故事：

《鑽石花》

015

石菊——青葱少女的苦澀初戀

（一）

衛斯理的首本戲《鑽石花》中，人物不少，很多角色，令人印象深刻，如倪匡先生所言，「像石菊，應該十分可愛，可以再現」，但終於，沒有再現。

個中原因不得而知，十分可惜。

（二）

若不是石菊會武功，她只是一個極普通的都市少女。

她任性，她胡鬧，她不顧一切地去愛，但她，始終只是一個小女孩。

石菊對衛斯理的愛，就像衛斯理對黎明玫一樣，帶着很大的意氣用事。

她愛上衛斯理，只因衛斯理機智、勇敢，為了救她可以不顧自己的安危，但其實，她還根本不懂得甚麼是愛，她對衛斯理的愛情，只是一種少女式的、幻想多於現實的感情。

她叫衛斯理「衛大哥」，也正說明了她的對衛斯理的愛，兄妹般的純愛多於男女間的情愛。

然而石菊的可愛之處也正在此。

她看到衛斯理對黎明玫的癡情而感到生氣、難過，但她依然會為了衛斯理去救黎明玫。

當黎明玫故意逃避衛斯理的時候，衛斯理傷心痛苦，石菊也跟着傷心痛苦。在她心中，是多麼希望衛斯理幸福快樂，即使要她犧牲自己，也心甘情願。

在大海中遇到虎鯊時，石菊為了救衛斯理，而主動游向那些海中霸王。其實，她的這種自殺行為，只是一種自暴自棄。

她顯然是將自己，假設了一個三角戀愛的局面，又將自己當作一齣愛情悲劇的主角。

她以為這樣的犧牲，便可以在衛斯理心中留下不可磨滅的印象。只可惜，她錯了，這樣做並不能代替黎明玫在衛斯理心中的地位。

衛斯理對石菊，始終只有兄妹之情！

（三）

當黎明玫死後，石菊終於醒悟自己此生無法得到衛斯理的愛，獨自黯然離去，從此芳蹤杳杳，很是令人唏噓。

這可愛少女的真愛，會在何方？

石菊出場故事：

《鑽石花》

016 王紅紅——瘋癲女生的成長史

（一）

紅紅是衛斯理的表妹，用句上海話來形容她，就是「雌頭怪腦」，大約就是「瘋瘋癲癲」的意思。

紅紅出場，人未到，信先到。

她在信中對衛斯理的稱呼極為好笑：「親愛的斑鳩蛋」。一代傳奇人物衛斯理竟然被稱為「斑鳩蛋」，豈不令人笑掉大牙！

而其後的落款更是古怪：「不懂事的小花貓、八音鐘的破壞者、『珍珠鱗』的屠殺者和八哥兒的解剖者」，這麼一長串的署名完全令人摸不着頭腦。

原來那都是紅紅小時候搞的破壞！

她曾將衛斯理阿爺的八音鐘拆成一個個齒輪，也曾將他阿爹的八哥兒的舌頭拔掉，更曾將一對名貴的珍珠鱗金魚弄死。

這是多麼淘氣又可怕的一個小孩啊！

（二）

長大後的紅紅，雖然外表看來已是成熟的大姑娘，身材更是完美到了極點，但她的性格卻一點也沒有變過。

她剛到衛斯理家，就把老蔡剃了個大光頭，還說老蔡像甚麼「尤伯連納」（美國著名的光頭影星）。

更可怕的是，她把衛斯理家弄得一團糟！

客廳正中牆上所掛的四幅陳半丁所作的花鳥條屏、衛斯理最喜歡的無價可估的日本畫家雪舟等揚所畫的山水小斗方，被紅紅剪碎了拼成一幅不知是甚麼東西的印象派圖畫；衛斯理阿爺唯一的遺物，一對康熙五彩大花瓶，也被紅紅砸成碎片，奇形怪狀地疊成了一堆！

而且這些東西還被紅紅取了名字，叫做「童年的歡樂」與「和表哥在一起的夏天」。

衛斯理本來甚至準備提起她來，狠狠地打她一頓屁股的，可是，你能夠打一個十歲少女屁股，又怎能打一個成熟了的大姑娘的屁股呢？

衛斯理只有苦笑，這哪是甚麼歡樂，這簡直就是「魔鬼的歡樂」和「表哥的眼淚」！

老蔡也苦笑：「甚麼人都會改，紅紅，到了八十歲也是一樣。」

這樣的紅紅，殺傷力太強了，實在令人無法招架。

紅紅的霸氣，不僅表現在家裏，即使在武功高強的白奇偉面前，一樣氣勢逼人！

當白奇偉和神鞭三矮一起來對付衛斯理的時候，她雖然不懂武功，依然高聲怒斥白奇偉：「你好不要臉！」令得白奇偉也不得不讓她三分。

白奇偉後來甚至還喜歡上了紅紅，但是紅紅對他完全沒有興趣，這段小插曲，很是有趣。

(三)

紅紅從小就對衛斯理充滿了崇敬之情，但在真正參與了衛斯理的冒險活動後，她發覺，這個自幼敬佩的表哥，不過是個普通人，脾氣不好，又不聰明，甚至武功也並非無敵，紅紅的心中，不免感到失落。

這個時候，她遇到了宋富，她的大學教授。

宋富帶着紅紅智闖七幫十八會的大本營，在眾目睽睽之下，施計賺得藏寶圖。宋富的機智，比衛斯理強了許多，知識也極其淵博，紅紅的一顆少女心立刻就傾向了他。

這時的紅紅，變得成熟了許多，她與宋富的配合天衣無縫，處處搶了先機，和宋富一比，衛斯理就差遠了。

在故事的結尾，紅紅和宋富已然熱戀，從菲律賓冒險回來，連停都不停，就馬上聯袂飛往東京去了。

去幹嗎？嘿，那還用問嘛！

王紅紅出場故事：
《地底奇人》、《妖火》、《天外金球》（舊版）

017

崇明島神鞭三矮

——鬼魅般的武林高手

（一）

這三個矮子一出場，很有當年「黑風雙煞」出場的氣勢！

衛斯理在郊外探查紙猴秘密時，只覺有東西悄沒聲地向背後擊了過來，回頭卻又發現暮色籠罩，荒草萋萋，眼前甚麼東西也沒有，一愣間，背上已是一陣劇痛，被甚麼東西，重重擊了一下！

衛斯理立即回頭去看，暮色益濃，滿目荒涼，向他發出那一擊的人，卻影蹤全無。

衛斯理想將對方激出來，卻見一條如蛇也似的影子，由一株樹上掠出，一點聲息也沒有，又襲了過來。黑影的來勢快到極點，衛斯理剛跨出一步，腰際便被重重砸了一下，等他連忙伸手去抓時，黑影已然縮回樹上，而背後又掠起一股微風，衛斯理背心又重重着了一下，直打得衛斯理眼前金星亂迸，胸口發甜，身不由己，跌倒在地上。

簡直就像鬼魅一般！

神鞭三矮人未出場，氣勢已如此咄咄逼人。

(二)

然而，神鞭三矮的精彩就到此為止。

等到他們現了身，光彩一下子褪去，除了武功依舊高強，他們只不過是白奇偉手下忠心耿耿的三條狗！

出場時那形如鬼魅般的形象，看來正合他們的性格：只懂得跟在白奇偉身後，做些見不得人的壞事罷了。

據說他們在長江下游，聲名如雷，是青幫在長江下游的頭子。這般品行都能做一方之主，看來青幫的沒落並非無跡可尋。

他們在故事中的作用，也只不過是渲染氣氛，比起「黑風雙煞」，那真是差得遠了！

崇明島神鞭三矮出場故事：

《地底奇人》

018

宋堅——絕頂高手的英雄風範

（一）

飛虎幫的大阿哥，端得是一條響噹噹的漢子！

飛虎幫雖不是甚麼大幫，幫眾也大多是皖北一帶的炭工和淮河流域的窮兄弟，但遇到天災的時候，便是最看得出飛虎幫力量的時候。他們有錢出錢，有力出力，和勞苦大眾相濡以沫，救過不少人命。

宋堅是個胖子，生得十分威武，家中本來財富盈萬，皖北蕭縣境內的山頭，有一小半是他家的，但是他的家產，歷年來，都用在飛虎幫幫眾身上了。

這樣的豪傑人物，怎不令人為之折服！

宋堅仗義疏財，正合衛斯理的性格，而宋堅也從衛斯理身上看出了江湖人最看重的優良品質：仗義、重諾、勇敢、有情、敢做敢當。兩人雖處敵對地位，但惺惺相惜，好感頓生。

於是，宋堅以性命擔保衛斯理不再生事，使衛斯理從七幫十八會總部平安離去。這份情誼，多麼可貴，令衛斯理感動不已，他們相識雖短，卻儼然已成至交！

(二)

宋堅為人耿直，性情高傲，受人冤枉時也絕不肯為自己辯護，只知以武力解決。

(這不得不說是武林人士的一種悲哀。)

宋堅與白老大那場大戰，真看得人驚心動魄。

兩人同是絕頂高手，動手之際驚天動地，即使是衛斯理，也絕無插手之力，只能躲在牆角一動不動。

宋堅的「飛身追影」功夫令我留下了很深的印象。

「飛身追影」之式，是中國武術中的一門絕技。只見宋堅轉臂向前一送，椅子疾飛而出，他人也跟在椅子後面，向前撲去；椅子已經離手，但是他人向前撲出之際，卻緊推着椅子，竟像是那整個身子，也是被人拋出去的一樣快疾。

使這種武技的人，宋堅是衛斯理所見的第二個。第一個，是在上海大世界中所見到，那人的功夫還不甚到家，但已能隨手掄出一根竹竿，飛身趕上，人和竹竿，同時墜於量丈開外。而宋堅的「飛身追影」，顯然已到了極高的境界。

倪匡先生寫這類武林典故的本事，精彩絕倫，即使明知他是虛構，卻依然覺得真有其事，實在令人佩服！

（上海大世界那段，應是倪匡先生幼時親身經歷。）

（三）

宋堅真正是大豪傑大英雄！

當他被子彈射中後，自己撕破褲子，以一柄牛角小刀，將中彈處劃破，撬出彈頭來，再上了隨身攜帶止血生肌的傷藥。

> 在他為自己動這個「外科手術」之際，血流如注，慘不忍睹。但是宋堅卻只是額上冷汗直淋，連哼都未曾哼一聲。

宋堅此舉，堪比當年關老爺刮骨療毒。只是關老爺尚需別人幫他刮骨，而宋堅卻是自己一手包辦，其難度更甚關老爺！

連他的敵人，菲律賓近海泰肖爾島上的胡克黨徒都看得傻了，不過他們總算也識得好歹，大聲喊道：「好漢！」

這一幕，頗具喜劇效果。

（四）

宋堅對自己的親弟弟宋富，也極富愛心。

即使宋富再如何對不起他，他總是不放在心上。他心裏明白，弟弟其實並不是壞人，弟弟比他聰明得多，只是幼時得不到關懷，才變得性格孤僻，行事乖張的。

後來，他以濃厚的親情，化解了宋富心中的結，這一段，十分感人！

雖然宋堅只在《地底奇人》這一個故事中出過場，但他絕對可以列入我最敬佩的角色前三名！

宋堅出場故事：
《地底奇人》

019

宋富
——雙重身份下的可憐小孩

（一）

宋富是宋堅的親弟弟。

他從小就不受人注意，人家注意的，只是他的大哥，人人都有想被人注意的天性，他就以反常的行動，來引起人們的注意，於是，他就成了敗家子，就成了不肖的子弟。

但誰又知道，他心中的鬱悶和無奈？

宋富雖然武功不及宋堅，但是他的機智、才華、行動力和決斷力卻實在比宋堅強了許多。

宋堅只是中國皖北山區一個小小飛虎幫的大阿哥，而宋富，卻是國際著名的生物學家！

他化名阪田高太郎，就是想和「宋富」這個身份告別，從此闖一番新天地。

他通過自己的努力，成為了著名的生物學家，並得到了「旅行學者」的稱號。

「宋富」是沒人疼沒人愛的孩子，而「阪田高太郎」卻可以讓世界矚目，得到大家的尊敬和愛戴。

但是，宋富的心態，自幼到大，並沒有改變。成為生物學家對他來說還不夠，他還沒有得到哥哥的承認，所以，他要做出點令人瞠目的事來，以向哥哥證明自己的能力。

宋富的另一個身份，是國際大毒販！

雖然國際大毒販並不是甚麼光榮的頭銜，但宋富卻顯示了他卓越的才能（如果承認犯罪也是一種才能的話），始終讓國際刑驚對他無能為力，一籌莫展，甚至根本不知道他就是國際販毒集團的首領。

宋富狠毒、宋富奸詐，這些，不過是「宋富」這個身份下的無助吶喊，若是認清了這一點，對宋富這個人，便不會有厭惡之情。

（二）

宋富其實極重兄弟感情。

他在島上埋下地雷，本意是想嚇唬嚇唬宋堅和衛斯理，以顯示自己並非無能之輩，想在他們發現地雷那一瞬間出聲阻止他們，但是，他晚了一步，地雷炸響！

宋富面色茫然，他心中塵封已久，大哥小時候對他的關愛和情義，所有這一切的回憶突然噴發而出，他大聲叫道：「大哥，做兄弟的，又豈是存心害你？」說完便要飲彈自盡，幸而躲在石後的宋堅聽到了他的肺腑之言，衝了出來，兄弟二人的隔閡，經此一事，雲開霧散。

之後兩人所表現出來的兄弟感情，十分融洽，所謂兄弟同心，其利斷金，這樣一對親兄弟，有文有武，皆是絕頂人物，在他們面前，又有甚麼困難能難倒他們？

(三)

宋富會愛上紅紅，也是因為紅紅對他極為崇敬，把他當作焦點來關注，使宋富從小得不到關愛的陰霾一掃而空，他才會像個小孩子似的，躺在紅紅懷裏，哭着將自己的秘密告訴了她。

當殲滅胡克黨，找到寶藏，大家都對宋富的機智和才華表示由衷敬佩的時候，他心中的結才終於解開，而那個國際大毒販，也從此金盆洗手。

那個叫做「宋富」的壞小孩，終於得到了救贖！

宋富出場故事：

《地底奇人》

020

出入口公司的經理

——神一般的存在

（一）

世上有無數家出入口公司，也有無數個經理人，但是我要說的這位經理人，卻大有來頭，他是著名傳奇人物、冒險家衛斯理所繼承的出入口公司的經理。

這位經理，是個神一般的存在！

（二）

在寫這位經理之前，我先玩了一個「找經理」的遊戲。

翻遍衛斯理傳奇全部一百四十五個故事，這位經理，一共出現了七次。

七次，一點也不多，而每次出場，都好似神龍見首不見尾，匆匆露一面就走，絕不拖泥帶水，絕不癡心流連，絕不因為自己在故事中出場次數少而耿耿於懷。

（三）

這位經理的輩份很高，是衛斯理的父執，整間公司的業務，全是由他負責的，衛斯理不過掛個董事長的虛名。

想想也對，若真讓衛斯理來負責公司業務，像他那樣，經常一個月不到辦公室去，整天滿世界亂跑，公司的業務別說蒸蒸日上，只怕撐不到三日便關門大吉也！

這位經理，又像是衛斯理的保母。

平時，這位經理在故事中基本上是看不到人影的，但是，每當衛斯理需要預訂機票，或者異地匯款，或者急需現金，總之，最需要金錢支援的時候，這位經理，不管他身處在故事的哪個角落，都會神奇並及時地出現在衛斯理最需要他出現的地方。

當衛斯理打電報（一件極古老的事物）叫經理電匯大量款子到蒙地卡羅的時候，經理雖然照辦，卻也帶來了一封長達千餘字的電報，勸衛斯理切不可沉溺於賭博！

看來，這位經理對衛斯理的關心，是發自內心的。

（四）

對衛斯理而言，這位經理既是公司的頂樑柱，又是私人的好保母，需要的時候隨叫隨到，不需要的時候蹤跡皆無，辦事利索又口風緊實，實在是一位不可多得的全天候人才。

這位經理，是上上人物！

出入口公司的經理出場故事：

《鑽石花》、《地底奇人》、《透明光》、《蜂雲》、《換頭記》、《多了一個》、《仙境》

021 （上）少年——衛斯理冒險生涯的起點

（一）

天底下有各式各樣的少年，有的天資聰穎，有的粗魯愚笨，有的古靈精怪，有的木訥少言，但這些都不是我所要說的少年。我說的這位少年，日後大大有名，他的名聲，在整個華人世界，可謂無人不知無人不曉！

他，就是倪匡先生筆下最富傳奇色彩的人物——衛斯理！

（二）

少年的衛斯理，已經很衛斯理了！

衛斯理從小就充滿了俠義心腸，看不得別人欺負同學，往往路見不平拔刀相助，因此，他年班雖低，但在班級中，甚至全校，都是個赫赫有名的人物。

少年衛斯理在他的成長歷程中，收穫了兩件對他而言極珍貴的事物。

第一件，是祝香香的感情。

祝香香是個奇怪的女生，她看起來瘦弱文靜，十分乖巧，多愁善感，惹人憐愛，但背地裏，她卻是「鐵血鋤奸團」的成員。

（「鐵血鋤奸團」是一個把一些在日軍侵略時期，出賣國家民族，做了漢奸，魚肉百姓，罪大惡極，而又在時移勢易之後躲藏了起來的壞人，設法找出來，將他們處死的民間組織。）

這個秘密，只有衛斯理一個人知道！

少年人的心思，總是特別敏感和多情的，衛斯理也不例外。

對祝香香了解越多，他的心也就越來越向她靠近，於是，就有了那一次如夢似幻的初吻。

那是一個夜晚，兩個人在樹下相遇。在少年衛斯理的眼中，祝香香的大眼睛份外明亮，她的氣息有些急促，他們輕輕擁在一起，兩個初次與異性有這樣親密接觸的身子，都在微微發顫。

他們互相凝望，她精緻而嬌俏的臉龐，在月色下看來，簡直叫人窒息。而在這時，他感到了她的氣息，那是一股只要略沾到一點兒，就令人全身舒暢的幽香。很自然的，兩個人的唇碰到了一起。

少年衛斯理才一和祝香香柔軟的、潤濕的雙唇相碰，他的其他感覺，便不再存在了。

甚麼叫騰雲駕霧？那時就是！

她一直偎在他懷中，他們的唇壓得更緊，直到喘不過氣，他們才微微張開了口，本來只是芳香的氣息，這時變成了實實在在的感覺，軟滑和芳香的組合，滲入口中，傳遍全身，時間停頓，四周圍的一切消失，是真實但又是那麼的不真實，進入了一個前所未有過，怎麼想像也想像不出真正滋味的奇妙境地之中！

倪匡先生把少年人初次接觸異性時的那種心情和感受，寫得極為美麗而動人！我甚至猜想，他在寫下這段文字的時候，是不是腦海中也浮現出自己少年時的美好回憶呢？

但是，當少年衛斯理的一切感覺，漸漸恢復正常之後，他發覺自己雙眼睜得極大，躺在床上，根本不在那株樹下，也根本沒有祝香香柔軟嬌小的身子在他懷中！

難道是在做夢？不！少年衛斯理堅決搖頭，不承認那是夢，因為那種美麗的感覺太真實，不可能是夢。

更奇怪的是，不僅是他，祝香香在同一時間，有了和他完全相同的經歷！

衛斯理畢竟是衛斯理，連那麼普通的初吻，都可以鬧得如此迷幻。

等衛斯理漸漸長大，經歷了許多稀奇古怪的事以後，終於明白少年時的初吻，其實是靈魂真實相遇的一次經歷！

也因此，衛斯理在日後的遭遇中，不止一次地假設人的身體和靈魂的關係。

這一切，都始於衛斯理與祝香香甜蜜而奇幻的初吻！

少年衛斯理的第二個收穫，是「開了竅」。

若不是機緣巧合，遇到了「天兵天將」，知道了宇宙中還有外星生物的存在，日後的衛斯理，不過只是一個普通人。

當他第一次與外星生物近距離接觸後，這才懂得了世界是如此地廣闊與神奇，宇宙中有着無數的奧秘等着他去馳騁、探索。

少年衛斯理從此脱胎換骨。

正式踏進了恣意汪洋、無邊無岸的幻想領域，踏進了豐富無比的冒險生活的殿堂，一生日後的種種奇遇，都從這一步開始！

（三）

在少年衛斯理的冒險經歷中，有三個故事，是很值得一提的。

第一個故事，是《雨花台石》。

在鎮江金山寺的禪房裏，衛斯理和同學徐月淨，看到了一塊奇特的雨花台石，它很美麗，形狀是橢圓的，一半是深紅色，另一半，是一種近乎白色的半透明。

在太陽光下，那半透明的一部份，看起來更透明。自那紅色的一部份，有許多紅色的細絲，像是竭力要擠向那半透明的部份，而在那半透明的部份，則有許多乳白色的細絲，在竭力拒絕那種紅絲的侵入，雙方迎拒着、糾纏着，絕不肯相讓。有的紅絲或白絲，斷了開來，迅速消散，但立時又有新的紅絲和白絲，補充上去，繼續着同樣的厮殺和糾纏。那種情形，使人一看到，就聯想到慘烈的戰爭和血淋淋的屠殺！

少年衛斯理被如此奇特的一塊雨花台石引起了極大興趣，他甚至與徐月淨兩人，從智空和尚的禪房裏，將這塊雨花台石偷了出來。

少年人的行為往往衝動而不計後果，卻不知道一時的好奇，在當時，險些給他們帶來了生命危險！

直到多年以後，物是人非，衛斯理再次遇到智空和尚，才終於了解到這塊雨花台石的秘密。

在雨花台石中的紅絲與白絲，其實是一種外星生物。他們的星球發生了災禍，所有人都臨時擠進了逃難的工具（就是那塊雨花台石，所以，就有了雨花台石是從天上掉下來的傳說）。

他們逃離了自己的星球，卻又被困在那工具中，他們是兩個不同的種族，他們水火不相容，雖然是在逃難，但還是不斷地在殘殺。

這一幕，像極了地球上的人類！

在地球的每一個角落，大到國際間的世界大戰，小至家庭中的暴力相向，幾乎每時每刻都在發生着各式各樣的戰爭。地球人熱衷於戰爭的性格，幾乎已成為了人類的遺傳因子。

難怪有人會說，人類的歷史，就是一部戰爭史。

那些紅絲白絲，後來破石而出，侵入一個地球人的身體，幸而那是位得道高僧，他選擇犧牲自己，投入熊熊烈火，與這些邪惡的外星生物同歸於盡。

倪匡先生正是想通過這樣一個故事，來表達他對人類劣根性的痛恨，但他覺得人類還是有希望的，因為還有像無名高僧那樣的，有着高尚品質的人類。

我們或者不至於要逃難離開地球，或者也不至於在逃難的工具之中，再相互殘殺。

但願如此！

衛斯理少年時期第二個值得一提的故事是《影子》。

《影子》這個故事，沒有《雨花台石》那樣曲折，那樣飽含深意，但卻充滿奇詭的色彩。

故事是從許信繼承了堂叔留給他的一幢荒郊大屋開始的。

這樣的荒宅，是少年人的樂園。猶記自己年少時，最喜歡和同學在放課後，到附近廢棄的荒宅中玩樂，可以玩上幾個小時仍意猶未盡，往往要大人尋來，一頓痛罵，才依依不捨地離去。然而第二天，渾然忘了前一天對大人信誓旦旦的保證，又偷偷的和同學一起，進到荒宅中去玩了。

這些童年舊事細細想來，竟有如昨日發生一般，不禁感嘆不已！

在那所大屋裏，衛斯理和許信遇到了一件怪事。

那是一個像影子一般的東西，從抽屜的窄縫中，擠了出來。它完全沒有厚度，不佔據任何空間，它只是一個平面，但是，它落在桌上，卻會發出輕微的聲響，它甚至有視覺有聽覺，能聽懂人的説話，看懂人的手勢。

這樣一個奇怪的東西，究竟是甚麼？

年輕的他們那時都不明白，直到多年以後，開闊了視野，豐富了閱歷，衛斯理才認識到，那影子，或許是一種外星生命！

地球人對生命的觀念，認為任何生命，總是由細胞所組成的，所有動物和植物的生命，都是如此，最簡單的生命是單細胞，甚至還不是細胞，但這一切，卻只是地球上生命的概念。

而在宇宙中，不可測的事實在太多了，如果人類不改變對生物的理解，那麼，人類將永遠也發現不了甚麼。

宇宙中的生命，不但可能是一個平面，還有可能，只是一束無線電波或類似的東西，更有可能，生命是甚麼也沒有！

宇宙的奧秘，實在是深不可測的，地球上的人類，可能一直到永遠，也無法完全了解宇宙的奧秘，相比浩瀚飄渺的宇宙，人類實在是太渺小了！

第三個故事《蠱惑》，比《影子》更詭異，比《雨花台石》更具有悲劇色彩。

衛斯理去參加好友葉家祺的婚禮，沒想到葉家祺卻在第二天暴斃。究其原因，竟是中了一種叫做「心蠱」的東西。

那是甚麼東西？為甚麼會致人於死？

原來，葉家祺曾在苗疆，和苗女芭珠發生了一段感情，在葉家祺看來，那只是一場艷遇，但對芭珠來說，卻是她生命的全部。

芭珠在葉家祺身上下了蠱，那是一種心蠱，被下蠱的人，一輩子不能變心，若是和別的女子結婚，一定會在第二天早上，死於非命！

葉家祺不相信有這樣的事，衛斯理也不相信，在經過眾多名醫的檢查，確認葉家祺的身體極其健康後，他們更堅定了自己的想法。

然而就在洞房之夜的第二天，葉家祺真的暴斃了！

這使衛斯理不得不正視「蠱」的存在。

他遠赴苗疆，特地去尋找答案，但「蠱」實在是一種人類知識範圍之外的東西，沒有人真正知道答案，也只能猜測，「蠱」也許和細菌或者內分泌有着千絲萬縷的關係。

（四）

少年時期的衛斯理頭腦還是很簡單的，剛接受初步科學訓練的他，總覺得科學是萬能的，已可解釋一切現象。如果有甚麼事，是科學所不能解釋的，那他就認為這件事是違反科學的，是不能存在的，是虛假的。凡是超出現有科學水準之外的一切，都否定之曰「迷信」。他認為一切怪事，都是科學可以解釋的，世界上，其實並沒有所謂怪事存在。

直到以後，經歷了許多事之後，衛斯理才知道：有甚麼事是科學所不能解釋的時候，那是因為人類的知識，實在還是太貧乏了，科學還是太落後了的緣故。

從此，衛斯理脫離了少年的稚嫩，向廣闊的天地又邁進了一大步！

少年出場故事：

《少年衛斯理》

021 衛斯理（下）——從天才腦袋中迸出的傳奇人物

（一）

猶記第一次見到「衛斯理」這個名字時的感覺，那是一種帶點好奇、帶點疑惑的心情。

及至看到書架上那十來本小說，《眼睛》、《鬼子》、《迷藏》、《犀照》、《異寶》、《透明光》、《環》、《多了一個》、《蜂雲》、《地圖》……一個個簡單卻又古怪的書名，強烈地吸引着我的眼球，彷彿在對我說：讀我！讀我！我頓時對這位不知是中是洋的作者產生了濃厚的興趣。

當翻開小說，挑燈夜讀以後，衛斯理這個人，便注定讓我無法忘懷！

故事裏那極詭異、極恐怖、極曲折、極動人的情節，完全令我忘記了周遭的一切，沉浸於其中，隨着主人公衛斯理一起，探索着無窮的宇宙、變幻的時空。

等到多年以後，當我讀完所有的衛斯理故事，我也有幸見到了現實中的衛斯理——倪匡先生！

倪匡先生五短身材，心寬體胖，鼻樑上架着一副眼鏡，一雙小眼炯炯有神，寸髮短得別人可以看得到頭皮，肚子圓得自己見不到腳趾，手裏執着一根鹿頭拐杖，臉上總是掛着沒心沒肺的笑容。他，是一個極其可親可愛的快樂老人！

倪匡先生一直說，衛斯理是衛斯理，倪匡是倪匡，但在我眼裏，倪匡和衛斯理根本就是合二為一，難以分割的。

（二）

在所有的衛斯理故事中，我最喜歡的一個，是《頭髮》。

這是一個充滿了哲學意味的故事。

穆罕默德、釋迦牟尼、耶穌、老子，四位宗教創始人，在倪匡的筆下，化身ABCD四個外星人。他們來地球傳教，目的是想使人類拋棄種種惡習，以純潔的心靈獲得新生，這樣，他們就能帶領那些獲得新生的人類回到他們的星球，而人類，原來就生活在他們的星球上，是他們中的一分子，只因犯了極大的罪惡，才被放逐到地球來。

人類的頭髮，本是傳送腦電波的工具，來到地球後，這項功能才漸漸消退，直至變成完全無用的東西。

一段十分離奇的故事，一個令人叫絕的設想，交織在一起，我除了由衷地讚嘆之外，還能說甚麼呢？

更有意思的是，現實中，倪匡先生有六年時間停筆沒有寫衛斯理的故事，讀者有問：「一九七二年到一九七八年，衛斯理沒有故事，幹甚麼去了。」答案就在故事中：「離開人間，到天堂去了！」

將現實和小說巧妙地融合在一起，也只有這顆天才的腦袋，才想得出來！

我最不喜歡的一個故事，是《運氣》。

《運氣》本身的設想很好：一個毫無重量的氣體人，混進了地球人中，光看外表，誰也分不出來。接下去的故事，完全可以恣意汪洋，任意發揮，但是，倪匡先生卻選擇了一個妄想症病人的臆想來展開整個故事，到最後，一切都是幻想出來的，一切都是虛假的，這不得不讓人有種上當受騙的感覺。倪匡先生自己也承認：故事開始和它以後的發展，簡直完全不對頭，脫軌得特別。

我無話可說。

最令我害怕的一個故事，是《眼睛》。礦坑中的大屠殺、煤層深處的怪物、滿屋子扭動着的可怕眼睛、互相殘殺的維奇奇大神，每次想起，都讓我感到背心發涼，寒毛直豎，而故事背後所表達的深意，是倪匡先生對人類劣根性的又一次批判。

> 邪惡，只有在徹底認識自身的罪之後，才會被消除。

而人類，甚麼時候才會認識到自身的罪呢？

最富傳奇色彩的一個故事，是《黃金故事》。金沙江邊的那場血戰，實在太令人震撼。倪匡先生用他的生花妙筆寫出了極強的畫面感，我幾乎可以「看到」張拾來在石台上揮着刀浴血砍殺時那扭曲的面容。

> 斷手、殘足，帶着血花，四下飛濺，甚至聽不到利刃相碰的鏘鏘聲，帶着死亡的光芒的利刃，在劃破人的身體，剖開人的皮肉，切斷人的骨骼之際，所發出的是詭異絕倫、曖昧得幾乎和耳語相類似的刷刷聲。石台的中間微凹部份，本來是積着一片

江水的，在不到一秒鐘的時間中，江水就被染紅，至多不過半分鐘，積聚着的已全是血，全是濃稠之極的血，在星月微光之下，鮮血泛着一種異樣的紅色。

一條斷臂，跌進了積血之中，斷臂的五隻手指，還緊握着刀，甚至有單憑一條手臂，也要再揮動利刀之感。

另一條齊膝斷下的小腿，立時壓了下來，濺起幾股血柱。

這樣的文字，實在是太具衝擊力，也太具震撼力了！

最詭異莫名的一個故事，是《大廈》。

在一幢普通的大廈中，電梯不斷向上升，向上升，升到了一個不可測的空間。從那裏向下望去，只是灰濛濛的一片，甚麼也看不清。那是甚麼所在？小郭和衛斯理被困在那裏，如何才能回到原來的世界？

幻想小說中的情節，和現實生活中常見的行動結合在一起，給以新的設想，特別能使看小說的人感到震撼。像乘搭電梯，生活在大都市中的人，幾乎人人，天天，都在進行，誰也未曾想到過那種平凡的行為，有時也可以變得十分可怖！

最令人唏噓嗟嘆的故事，是「探險系列」。

（這個系列，規模龐大，由《探險》、《繼續探險》、《烈火女》、《禍根》四個故事組成。）

白老大平生最大的憾事、白素母親的秘密、女野人背後的真相、哥老會的塵封往事、苗疆石洞中神秘人物的泣血懺悔、殘酷殺害兩隻靈猴的兇手，所有一切前因後果串連在一起，形成了一齣敘事龐大，穿越時空的悲喜劇。

絕不能預知前路如何，正是人生的寫照，所以每一個人的一生，也就是一個探險的歷程，每人都是探險家，每天都會有新的遭遇，沒有人可以例外。

最顛覆傳統概念的故事，是「陰間系列」。

（這個系列，規模同樣龐大，由《從陰間來》、《到陰間去》、《陰差陽錯》、《陰魂不散》、《許願》五個故事組成。）

大美女李宣宣的秘密、小郭和陳長青的鬥嘴、蝙蝠洞的恐怖情形、來自陰間的寶物、幾十年前的滅門血案、思想儀的真相、陰間之主的來歷、齊白生命形式的改變、游俠的孤軍奮鬥，一連串匪夷所思的情節，完全顛覆了我對陰間的理解，原來，陰間並不可怕，甚至還很好玩！

當衛斯理問一二三號：「你們創設陰間的目的是甚麼？」他們的回答是：「悶得發慌，總要找些事做做的啊！」

我的天！

最令人依依不捨的一個故事，是《只限老友》。

這個故事，內容已不重要，因為這是衛斯理這位著名的傳奇人物，與我最後一次的親密接觸。

故事的尾聲，溫寶裕邀請衛斯理全家一起離開地球，去尋找新的生活，衛斯理一時之間很難決定。

不過老朋友卻很容易知道衛斯理究竟做了甚麼樣的決定：若以後再也看不到衛斯理記述的故事，事情就很明顯了！

事情總要有個決定的！

（三）

許多稀奇古怪的故事，一開始都只是全然不足為奇的事，若不是衛斯理憑藉他強大無比的好奇心，一點點地抽絲剝繭，到最後發掘出真相，那麼，這些精彩的故事，也就無法與我們見面了。

在衛斯理的冒險生涯中，「天堂之旅」和「苗疆尋女」是兩個重要的轉折點。

在「天堂之旅」前，衛斯理的冒險，多是單打獨鬥，很少有朋友相助，但「天外歸來」後，陳長青、齊白、溫寶裕等各具特色的朋友紛紛登場，衛斯理的故事也從此變得精彩紛呈、熱鬧非常。

而「苗疆尋女」之後，新出場人物更是令人目不暇給，「衛斯理家族」也在此時慢慢地形成了。

衛斯理還經常以「那位先生」的身份，在別人的冒險故事中偶露一面。甚至，倪匡先生本人，也曾以「那位先生」作為自己的網名，遨遊在無邊無際的網路世界，真叫人分不清甚麼是現實，甚麼是幻想！

（四）

倪匡先生筆下人物千千萬，若論知名度，衛斯理認了第二，沒有人敢認第一！

衛斯理這個人物，很難一言以蔽之。他有着豐富的冒險經歷，也擁有眾多的外星朋友；他好奇心強，卻又喜靜；他交友廣闊，卻也經常拒人於門外；他個性衝動，卻又遇事冷靜；他愛管閒事，卻也喜好清淨。想認識他，必須從他的一百四十五個傳奇故事中慢慢了解。

自從一九六三年三月十一日誕生於倪匡先生筆下，一直到二〇〇四年二月底封筆，衛斯理故事一共延續了整整四十一年，這，絕對是一個難以打破的世界紀錄！

衛斯理出場故事：

全部一百四十五個衛斯理傳奇故事

022

奈可——江湖小人物的閃光點

（一）

奈何這傢伙出場時的模樣，相當令人討厭。

三十多歲的人，還穿着花上衣，窄腳褲，長髮披肩，嘴裏嚼着香口膠，走路的時候聳著肩，搖擺着身體。

這副打扮，讓我一下子就想起了「老夫子」漫畫裏的阿飛形象來。

他一進警局聞訊室，就抬起一隻腳，擱在一張圓櫈上，眼珠轉動着，打量着屋中的人，一副滿不在乎的神氣。

然而，這正是他這種小人物的典型心理：你厭惡是你的事，我才不管呢。

衛斯理倒還好，警官健一卻忍不住了，立時伸手，在他喉嚨上捏了一下，又在他的頰上，重重一拍，令得奈可一下子將香口膠吞了下去。

這情形，想想頗覺好笑。

不過奈可的模樣雖然不堪，心地卻很善良。特別是他對雲子的感情，讀來十分真摯感人！

（二）

雲子是個無人賞識的小歌星，但在奈可的眼裏，她的歌聲是如此優美，一定能成為日本的紅歌星。奈可到處奔走，為雲子尋找着能讓她一展歌喉的場所，遺憾的是，像他這樣的小人物，能力實在太有限了。

很多像奈可這樣的人，為了錢而欺騙女人，但奈可不是，雖然他也一直向雲子借錢，而且也從來沒有還過，但他真心愛護着雲子，他對雲子，有着一份異乎尋常的真摯感情。

雲子受了刺激，成了瘋子，住進了醫院。她無親無故，也沒有甚麼朋友，沒有人關心她，只有奈可，選擇了將自己全部的時間都用來陪伴雲子，光是這一點，就不得不讓人重新審視他。

為了讓雲子恢復，奈可不斷地對雲子自言自語，希望她有一天能夠聽懂。奈可的樣子看起來又傷心又失常，但是，像他們這種小人物的命運，往往是殘酷的，雲子並沒有因此而好起來，奈可在背後不知嘆了多少口氣。

（三）

奈可也知道，像自己這樣的小人物，實在沒有甚麼可為自己打算的地方，幸運不會突然降臨在他身上，他所能為自己打算的一切，在大人物眼中看來，簡直可笑，那程度就像是人看到螞蟻在為一粒餅屑而出力一樣可笑！

這種人，給人的第一個印象，一定不佳。但是這種混跡江湖的小人物，為了生活，固然必須使用許多卑劣的手段，也往往有他們良善的，好的一面。

奈可這傢伙，就是這樣的一個江湖小人物。

奈可出場故事：
《連鎖》

023

傑克上校

——歡喜冤家的最後一案

（一）

衛斯理的早期冒險生涯中，傑克上校是一個不得不提的人物。

傑克是警方秘密工作室的負責人，是一個優秀的警務人員，由少校而中校，最後升至上校。他與衛斯理的關係十分特別，他不能算是衛斯理的朋友，但也不能算是敵人，他與衛斯理的關係始終處於一種劍拔弩張的氣氛中，但他又是衛斯理強大的後盾。

基本上，他和衛斯理，就是一對歡喜冤家！

（二）

傑克不喜歡衛斯理的為人，就像衛斯理也不喜歡傑克的為人一樣，他們兩個人，都是主觀極強的人，一見面，除了爭執，幾乎沒有別的事。

然而，他們每一次見面，必定有一件極為古怪離奇的事件，是他們彼此單獨行動所不能解決的，他們必須齊心協力，共同探索。

傑克與衛斯理雖然時常鬧翻，但他們共患難的時候顯然更多。他們誰也離不開誰。他們就像是一雙武林高手，雖然互不服氣，卻又惺惺相惜，若少了對方，他們必定會感到寂寞。

當他們面對變成了透明人的「殺人王」勃拉克之際，相互之間所表現出來的默契和關心，是別人難以企及的（詳情可見《透明光》一書）。

在衛斯理的心目中，雖然傑克這個人，比一頭驢子還固執，比一隻老鼠還討厭，比一頭袋鼠更令人不安，但衛斯理絕不否認，傑克是一個極為優秀的警務人員！

當傑克認為衛斯理是殺人嫌犯時，他會毫不猶豫地將衛斯理抓起來，完全不考慮衛斯理曾給予他多少幫助，顯得冷酷而無情。然而，這正是一個優秀警務人員所必須具備的品質之一。

（三）

傑克有很多缺點，但是，他也有高度的想像力，他可以接受任何荒謬的故事，他對於探索未知事物的興趣絕不比衛斯理低，這也是他與衛斯理雖然互相討厭，卻仍能長期相處的一大原因。

不過傑克畢竟是警務人員，在探索古怪離奇的事件時，若遇到必須逾越法律範圍的情況，自己無法出面，便會慫恿衛斯理，他則在背後暗中支持，像「支離人」一案中，刺激衛斯理偷入鄧石家中安裝監視器就是一例。在「不死藥」事件中，他更是鼓勵衛斯理幫助駱致遜越獄！有時，連衛斯理都搞不清傑克到底是真的想探索事件真相，還是想洩私憤坑害自己。

不要說衛斯理，在我看來，傑克對衛斯理的態度，也實在很難以捉摸。有時，他是真的想讓衛斯理永世不得翻身，但有時，他卻又極為關心衛斯理的安危，這種矛盾的心態，始終貫穿在傑克的言行中。令人迷惑不已。

（四）

可惜的是，這樣一個極有趣的人物，最後的結局，卻是從此失蹤！

在《新年》這個故事中，傑克被一大批舉世罕見的珠寶所誘惑，變得熱切而瘋狂，衛斯理認識了傑克那麼多年，自以為對他的為人，已經有了徹底的了解，但是沒有想到，傑克與那批珠寶一起，消失得無影無蹤，再也沒有出現過。

傑克的消失固然讓人失落，但人類思想中所隱藏着的貪婪與醜惡，卻更令人感到悲哀！

每個人都有醜惡的一面，平時隱藏得很好，看上去都是那樣地光鮮亮麗，但是誰又知道這些醜惡，會在甚麼時候，突然暴露出來呢？

即使是自己，對着鏡子看看，所看到的，也只不過是自己的表面，別說了解他人的內心，人要了解自己的心，也不是一件容易的事。

（五）

倪匡先生在寫《新年》這個故事的時候，曾打算結束衛斯理的傳奇故事，轉而去改寫《蜀山劍俠傳》，所以，他安排了傑克的失蹤，可誰也沒有想到，六年後衛斯理會重出江湖。

衛斯理是回來了，但是，傑克卻再也沒有回來！

傑克出場故事：

《透明光》、《蜂雲》、《原子空間》、《支離人》、《不死藥》、《合成》、《再來一次》、《訪客》、《環》、《魔磁》、《創造》、《鬼子》、《老貓》、《貝殼》、《地圖》、《大廈》、《新年》、《玩具》

024

G領事——一個忘記自己身份的特工

（一）

G與衛斯理的相識，源自一場誤會。

那是一場國際間諜戰，大家都以為衛斯理得到了「沙漠之狐」隆美爾的寶藏，於是群而逐之，最後，衛斯理落到**G**的手中。

可衛斯理豈容被人玩弄，他順着下水道逃離**G**的掌握，反過來將了**G**一軍。

G倒是一條漢子，寧可選擇自殺，也要衛斯理答應不將他們國家的企圖傳播出去。**G**是真心愛他的國家的，他不願因他的失敗，而使自己國家的秘密，公開在世人面前，這使衛斯理對他產生了敬意，兩人從此化敵為友。

（二）

G真心把衛斯理當作朋友，可衛斯理對G，卻另有一番打算。G的地位，有時可以給衛斯理的行動，帶去十分的便利，結交這樣一位朋友，對衛斯理而言，有大大的好處！

當衛斯理為了藏匿秦正器的時候，他找了G；當衛斯理為了逃離警方的通緝時，他找了G。

G對衛斯理的要求，無不熱心幫忙，毫無怨言。

衛斯理的這種私心，後來害死了G！

（三）

G的身份，不允許他有私人情誼。他是一個國家的特工人員，作為一個特工，必須拋棄一切，必要時，甚至連自己的生命都可以拋棄。

可G卻不是一個好的特工，他對衛斯理的友情實在太深厚，深到他根本忘記了自己的身份。

特工人員不是自由人，他們是情報工作人員，隸屬於國家的情報本部，所有的行動都要受總部指揮，一旦違背了指揮，就是背叛，就要受到嚴厲的懲罰。

當一個特工人員忘了自己的身份時，他的下場，就只有死路一條！

可憐的**G**，他甚至不是被上級處死的，他死在自己那野心勃勃，一心想將他取而代之的下級手中。

（四）

衛斯理最鄙視特務，以為他們只是滅絕人性的工具，可國家需要這種工作，這種工作便得有人去幹，而惟有最肯犧牲自己性命和名譽的人，才會去做！

但是，國家為甚麼需要這種無人性的工作，國家與國家之間為甚麼不能和平相處，而要勾心鬥角，相互不容地排擠？

衛斯理不明白，我也不明白。

G領事出場故事：

《鑽石花》、《地底奇人》、《蜂雲》

025

白素——此女只應天上有

（一）

白素是個只應天上有的女子！

（二）

我的心目中，有兩個白素。

一個，是明艷照人，有着春風般笑容的少女。

另一個，是不食人間煙火，女神般的白素。

（三）

少女白素，我十分喜歡！

甫一出場便明艷照人，只見她身形頎長，長髮披肩，笑容淡淡，衛斯理甚至立刻就有了一親芳澤的衝動。

除了美麗，白素極其聰慧能幹。

假扮鬼魂嚇走田利東夫婦、與衛斯理鬥智鬥勇、聯絡七幫十八會的舊人馬，白素雖然年紀不大，已是獨當一面的江湖奇女子。

特別是和衛斯理鬥智鬥勇那一段，極為精彩！

衛斯理的本事大家自然都知道，從小受過嚴格的中國武術訓練，有着極高的武術造詣，也有着機智的頭腦和敏捷的反應，但白素的智慧與武功，還在衛斯理之上。

在「紙猴」事件中，衛斯理自以為使計騙過白素，殊不知白素手下留情。這一場交手，使得他們之間，產生了一種微妙的情感。

之後衛斯理顯示出的勇氣和膽識，令白素對他有了進一步的認識，少女本就懷春，白素漸漸愛上衛斯理並不是甚麼稀奇的事。

同樣地，衛斯理也被這個神秘少女吸引，他們之間，情愫已生，只差一張紙沒有捅破。

捅破這張紙的，是白素的父親白老大。

若非白老大要逼死衛斯理，白素也不會情急相救，自然更不會有以後的發展。

白素為救衛斯理而被白老大誤傷，衛斯理不忍拋下白素獨自離去，不顧生死重入虎穴，這份深情，令白老大也為之側目。

共同經歷了生死一線的關頭，衛斯理與白素，從此便無法分離了。

少女白素最精彩的一段經歷，記述在《天外金球》這個故事裏。

在這個故事裏，白素智鬥極權特務，其中的驚險刺激，由始至終令人緊張得喘不過氣來。

倪匡先生對極權特務的厭惡與鄙夷眾所周知，在故事裏，他借了白素的手，讓極權特務丟了大臉，好好出了一口惡氣！

可惜的是，這麼精彩的一段情節，修訂的時候全部删去了。問了倪匡先生，他自己也記不清了，這段情節，從此被塵封了起來。

（幸而，在舊版《天外金球》中，還能讀到這段故事。）

《天外金球》的尾聲，衛斯理和白素舉行了婚禮，白素也從此跨入人生的另一個階段。

（四）

女神白素，我極不喜歡！

白素不是一下子就變成女神的，起初還是很傳奇很美麗的一個女子。在《頭髮》這個故事裏，為了守護衛斯理，她在地下密室中苦熬了六年。當衛斯理的靈魂「天外歸來」後，看到白素的第一眼，是極度蒼白，極度憔悴的，白素對衛斯理的這份感情，令人十分感動！

然而，這又是極不真實的、在現實中幾乎不可能看到的情形。白素也從此漸漸向女神邁進，慢慢地，她變得越來越不食人間煙火，幾乎成了一個完美無缺的人。

這樣子的人，多麼可怕！

非但可怕，而且無趣。在衛斯理後期的冒險故事中，白素成為了一個符號般的存在。她是如此的美麗，又是如此的機智，她有着超人的能力，也有着絕佳的人緣，衛斯理和她相比，簡直就像是一塊奇醜無比的頑石。雖然白素每個故事都有出場，但完全不能讓人感覺到她的個性，於是乎，那個美麗聰慧的少女，再也見不到了！

白素出場故事：

《地底奇人》、《妖火》、《原子空間》、《天外金球》、《支離人》、《不死藥》、《紅月亮》、《換頭記》、《奇門》、《屍變》、《合成》、《筆友》、《叢林之神》、《再來一次》、《盡頭》、《湖水》、《影子》、《多了一個》、《仙境》、《古聲》、《虛像》、《環》、《聚寶盆》、《雨花台石》、《魔磁》、《創造》、《鬼子》、《老貓》、《貝殼》、《地圖》、《規律》、《沉船》、《大廈》、《頭髮》、《眼睛》、《迷藏》、《天書》、《木炭》、《玩具》、《尋夢》、《第二種人》、《後備》、《盜墓》、《搜靈》、《茫點》、《神仙》、《追龍》、《洞天》、《活俑》、《犀照》、《命運》、《十七年》、《異寶》、《極刑》、《電王》、《遊戲》、《生死鎖》、《黃金故事》、《廢墟》、《密碼》、《血統》、《謎踪》、《瘟神》、《招魂》、《背叛》、《鬼混》、《報應》、《錯手》、《真相》、《毒誓》、《拼命》、《怪物》、《探險》、《繼續探險》、《圈套》、《烈火女》、《從陰間來》、《到陰間去》、《大秘密》、《陰差陽錯》、《禍根》、

《陰魂不散》、《許願》、《還陽》、《運氣》、《開心》、《轉世暗號》、《將來》、《改變》、《暗號之二》、《闖禍》、《在數難逃》、《解脱》、《遺傳》、《爆炸》、《水晶宮》、《前世》、《新武器》、《病毒》、《算帳》、《原形》、《活路》、《雙程》、《洪荒》、《買命》、《賣命》、《考驗》、《傳説》、《豪賭》、《真實幻境》、《成精變人》、《未來身份》、《移魂怪物》、《人面組合》、《本性難移》、《天打雷劈》、《另類複製》、《解開密碼》、《異種人生》、《偷天換日》、《閉關開關》、《行動救星》、《乾坤挪移》、《財神寶庫》、《一半一半》、《身外化身》、《非常遭遇》、《一個地方》、《須彌芥子》、《死去活來》、《只限老友》

026

藍絲——降頭世界中的失魂女郎

(一)

倪匡筆下那麼多女子中，藍絲是我極不喜歡的一個！

(二)

藍絲出場時頗為香艷：一個十六七歲的少女，身上衣服極少、胸脯飽滿、皮膚光潔、短裙赤足、粉光致致的大腿全裸露在外。

而且有夠詭異：兩條雪白的腿上，分別刺着碩大的蜈蚣和蝎子，肩頭上也刺着一朵小花，一身寶藍色裝束，頭髮更是那種深邃無比的藍色。

雖然詭異，總還是個臉上有稚氣，面容嬌艷俏麗，無比青春的少女，難怪年輕的溫寶裕會為她神魂顛倒。

本來，這樣的美艷少女，應該很討人喜歡才對（倪匡先生自己，就對藍絲十分喜愛），但是，我對藍絲，卻一點也不喜歡。

不是因為她的詭異，也不是因為她的降頭師身份，而是因為藍絲這個人，毫無自己的靈魂！

（三）

降頭是一種神秘之極的東西，倪匡先生精彩的描寫，使人可以對之管中窺豹。完全可以想像，作為一名降頭師，會有多少忌諱和犧牲，一旦進入降頭的世界，再想抽身，已是萬萬不能。

從藍絲投入猜王大師門下開始，她就把自己的一切，都獻給了降頭術。即使後來與溫寶裕熱戀，在她心目中，小寶始終是第二位的，排第一的，是降頭術！

她對降頭術的癡迷，就像是某些原教旨的教徒，瘋狂而熱切，可以為了降頭術獻身（好在獻身對象是她喜歡的溫寶裕），必要時，甚至可以放棄所有（包括溫寶裕），把整個生命都投入到降頭術的世界中去。

藍絲在衛斯理的故事中，出場次數不少，但大多是與降頭有關的場合，需要她的能力來解決一些事件，除此之外，我完全說不出藍絲這個人，有甚麼特點和個性。

遇到了長老之後的藍絲，更是空洞和虛無，而原本可愛之極的溫寶裕，也跟着變得無趣起來。

無魂的藍絲，實在浪費了這樣一副美艷的身軀！

藍絲出場故事：

《鬼混》、《報應》、《錯手》、《毒誓》、《拼命》、《探險》、《繼續探險》、《圈套》、《烈火女》、《大秘密》、《禍根》、《陰魂不散》、《許願》、《運氣》、《開心》、《轉世暗號》、《闖禍》、《解脫》、《爆炸》、《病毒》、《算帳》、《原形》、《活路》、《雙程》、《傳說》、《成精變人》、《未來身份》、《移魂怪物》、《人面組合》、《天打雷劈》、《解開密碼》、《異種人生》、《偷天換日》、《閉關開關》、《行動救星》、《財神寶庫》、《一半一半》、《非常遭遇》、《一個地方》、《須彌芥子》

027

納爾遜

——有着如鋼一般眼神的男子

(一)

納爾遜先生在我心中的地位，遠遠超過了衛斯理。

這是一位非常值得尊敬的先生。

(二)

納爾遜值得尊敬，並不是因為他是國際刑警的高級負責人，而是因為他的英勇、他的機智、他的堅強，他如鋼一般堅定的眼神以及渾身上下散發出的那種正義凜然的氣概。

納爾遜是個真正的警務人員，他極熱愛自己的工作，為了消滅一切邪惡力量，他費盡心力，毫不計較個人安危。

納爾遜嚴格執行法律，但也有着濃厚的人情味。他雖然不欣賞衛斯理那種「替天行道」的中國式俠義之舉，但對衛斯理那種義舉所產生的結果（消滅意大利的黑手黨）卻非常感激。因為他了解中國人的脾氣，知道人們更喜歡竇爾墩（代表百姓）而非黃天霸（代表官府），他也從衛斯理的行動中了解了衛斯理的品格，在某些方面，他們其實是同一類人。

（三）

納爾遜與衛斯理，在《鑽石花》這個故事中，還處於亦友亦敵的關係，到了《妖火》這個故事，在經歷了無數次的險情和生死關頭，並共同擁有了張小龍利用真菌毀滅野心集團的秘密後，兩個人徹底成為好友。

納爾遜送給衛斯理一件彌足珍貴的禮物——由國際刑警發出的金色證件。這種證件的持有人，可以在承認國際刑警的國家中，享有特殊權利，他的行動甚至可以得到當地警方的大力協助。

這樣的證件，全世界不超過九份，對衛斯理而言，無疑為他日後的冒險生涯帶來極大的幫助！

（四）

但是，可惜的是，當納爾遜先生漸漸展示出他的魅力，令讀者為之心折時，他卻不幸犧牲了！

納爾遜的犧牲，在很長一段時間裏，令我的心情十分低落。

納爾遜是在不知不覺中，被來自土星的邪惡生物「獲殼依毒間」侵入大腦而死去的。死的時候，完全沒有人知道，就連身邊的衛斯理也毫無察覺，直到他的行為變得不像是納爾遜會有的行為時，才使衛斯理猛然醒悟，自己的好友，已然不在了！

這樣的死法，很是令人心痛！

以腦電波形式存在着的「獲殼依毒間」，侵入了納爾遜的大腦，佔據了他的身體。納爾遜的靈魂，是被外星怪物吞噬，還是被趕出軀體遊蕩在空氣中？我不知道，但是，我相信，納爾遜帶着堅毅神情的微笑，一定長留在讀者心中。

納爾遜出場故事：

《鑽石花》、《妖火》、《藍血人》

028

紅綾——女野人的奇特身世

(一)

我對紅綾的感覺，實在是很複雜的。

既不喜歡她那粗獷壯實的外表，又頗欣賞她憨厚直率的性格。

但最主要的是，衛斯理的故事，自紅綾出場後，變得不好看了！

(二)

本來，衛斯理得回失散多年的女兒，本該替他大大地高興才是，但後來，卻變成一點也不高興。

紅綾出現之前，衛斯理精力充沛，滿世界亂跑，忙着解決一樁又一樁離奇古怪的事件，情節之曲折，人物之新奇，令人廢寢忘食。

紅綾回來之後，衛斯理變得越來越懶散，所有的事都交給溫寶裕等小友去奔波，自己則坐在家裏，盡享天倫之樂也！

然而，對讀者來說，這樣的衛斯理，實在太不衛斯理了，於是便遷怒於紅綾頭上。

其實這一切，並不能怪紅綾。

衛斯理冒險生涯的後期，倪匡先生的創作慾也在減退，更多地是賦予故事哲理性而非曲折性，才令得讀者閱讀時的趣味感大不如前。

(三)

紅綾這個人物，實在還是很可愛的。

她是女野人出身，後又經過外星人的大腦改造，腦中知識之廣，只怕沒有一個地球人及得上她。

紅綾的性格十分憨直，有甚麼話想說，絕不吞吞吐吐拐彎抹角，也不怕得罪人，只管一股腦兒說將出來。

這樣的性格，我很喜歡！

只是紅綾在外形上太過吃虧。

「紅綾」這個詞在苗語中的意思是半人半鬼的怪物。一個少女，被起了這樣一個名字，其外形之糟糕，可想而知。

總以為憑衛斯理的英武和白素的美麗，他們的女兒就算沒有天仙般的容貌，至少也該是青春秀麗的可人少女，沒想到結果卻是這樣，實在令人跌破眼鏡！

和讀者的反應不同，衛斯理和白素卻十分珍愛紅綾。

自己的孩子再怎樣難看，再怎樣蠢笨，在父母的眼裏，都是一副天使般的模樣。衛斯理和白素雖然是著名的傳奇性人物，可是在為人父母這方面，卻和普通人別無二致。

可憐天下父母心！

（四）

為了紅綾的登場，倪匡佈了一個很大的局，這個局，令人佩服得五體投地。

為甚麼大家從來都沒有聽衛斯理提起過他有一個女兒？

原來，這是深埋在衛斯理和白素心中的一段極為心痛的秘密。

他們的女兒，自小便被人拐去，憑衛斯理和白素如此大的神通，都沒能找回女兒。

為了避免過度傷心，他們選擇了將所有和女兒有關的事物都封印在記憶深處，再也不敢想起。

而若干年以後，白素苗疆尋母，初見紅綾時，絕想不到這個女野人會是自己失散多年的女兒。等到後來抽絲剝繭，事態漸漸明朗化，這才知道原來當年拐走女兒的竟是自己的母親，之後由於種種巧合，紅綾才被遺落在苗疆，成了女野人。

倪匡的大手筆，在紅綾身上得到了淋漓盡致的發揮！

(五)

好在紅綾這個女野人，並不是真正的野人，回到都市生活後，她漸漸褪去那滿身長毛，恢復成一個正常的少女。

看在衛斯理的眼中，女兒紅綾又是另一番模樣：濃眉大眼，壯健如松，大手大腳，絕不美麗，但是卻可愛之極。

紅綾出場故事：

《拼命》、《怪物》、《探險》、《繼續探險》、《圈套》、《烈火女》、《大秘密》、《禍根》、《陰魂不散》、《許願》、《還陽》、《運氣》、《開心》、《轉世暗號》、《將來》、《改變》、《暗號之二》、《闖禍》、《在數難逃》、《解脫》、《遺傳》、《爆炸》、《水晶宮》、《前世》、《新武器》、《病毒》、《算帳》、《原形》、《活路》、《雙程》、《洪荒》、《買命》、《賣命》、《考驗》、《傳說》、《真實幻境》、《成精變人》、《未來身份》、《移魂怪物》、《人面組合》、《本性難移》、《天打雷劈》、《解開密碼》、《異種人生》、《偷天換日》、《閉關開關》、《行動救星》、《乾坤挪移》、《一半一半》、《身外化身》、《非常遭遇》、《一個地方》、《須彌芥子》、《死去活來》、《只限老友》

029

黃絹——權力與愛情的選擇

（一）

黃絹是個心氣極高的女子。

她與原振俠的感情，是一個美麗的誤會；她與卡爾斯將軍的糾纏，是種難以表述的存在；她與白化星人李固的執手，才是真正的愛情。

黃絹的外形很討人喜歡：髮長及腰，衣着十分入時，身量很高，皮膚黝黑健康，口看來闊了些，但嘴唇的線條透着她個性的倔強，鼻子很高，是一個充滿現代感的年輕女性。

但是黃絹的性格很是令人不舒服。

她過於倔強，缺乏女性的溫柔，無論在甚麼情況下，她從來沒有説過「求求你」三個字，她把自己裝扮成一個女強人模樣，可其實，越是外表倔強的人，內心越是脆弱。

原振俠為了救人而對泉吟香施以人工呼吸，在黃絹看來，明明知道這是一個醫生的正常行為，但心中卻異常煎熬，在沒有得到原振俠的回應後，甚至自暴自棄，投向了卡爾斯將軍。

很難想像，黃絹對卡爾斯將軍會有甚麼興趣，她的行為，完全是對原振俠的一種報復，我總覺得渴望權力之類的，其實都是藉口，但無論如何，黃絹的這個轉變，來得十分突兀！

（二）

像黃絹這樣性格的女子，她要找的男人，要麼對她完全俯首聽命，要麼比她強過百倍，而原振俠，既非肯聽命於人的男人，亦非超級強大的男人，他只是一個愛冒險的普通醫生。

黃絹愛的，其實只是原振俠俊俏的外表，所以，她對原振俠總是抱着若即若離的態度，可惜原振俠並不自知。

暴風雪山洞中的激情，是人處於極端環境下感情的正常噴發，與愛情無關，原振俠沒能認識到這一點，是他的悲劇，也是黃絹的悲劇。

黃絹後來愛上了白化星人李固，充份說明她並不是個只要權力不要愛情的女人，只是沒有遇到對的人，一旦遇到了，她便立刻就要走，再也不要留在人間了！

黃絹出場故事：

《天人》、《迷路》、《海異》、《靈椅》、《奇緣》、《失魂》、《降頭》、《愛神》、《尋找愛神》、《大犯罪者》、《黑暗天使》、《迷失樂園》、《快活秘方》、《血的誘惑》、《催命情聖》

030

廉正風

——「獨立調查員」?「獨裁調查員」?

(一)

廉正風的頭銜是「獨立調查員」,調查人間一切不平之事,且不受任何力量影響,完全由他自己決定。

這樣的人,實在太可怕了!

一切全憑他一個人的想法「獨立」判斷,危險之極,他要是判斷有誤,被他調查的對象可就倒了霉!

老叫化洪七公雖然德高望重,他敢說自己一輩子沒錯殺過一個好人,已然很恐怖,廉正風何德何能,敢說自己一輩子沒冤枉過一個好人?

若是被冤枉了,那些人,又向誰喊冤去?

（二）

廉正風對自己的這個頭銜，倒是十分自傲。他認為自己查的是人間一切不平之事，尤其針對作奸犯科、狡詐欺騙、巧取豪奪、謀財害命、仗勢欺人、淩辱弱小等等卑污行為！

他的思想方法和普通人不一樣，他心態上真的認為自己是「大俠」，而且是古代的「大俠」，他還曾對白素大言不慚地說：「我怕甚麼犯法！甚麼法律豈為我輩而設！」

這話說得實在嚇人，儼然把自己當成了法律，若是他自己變成了作奸犯科之人，又有甚麼力量來管束他呢？

（三）

廉正風一出場就極不討人喜歡，本來形象就差（一個鬼頭鬼腦的矮子），性格又自負，眼睛長在額頭上，誰也看不起。

當廉正風將精鋼鑄就的名片以極快的暗器手法擲向衛斯理，便不知輕重到了極點！幸而衛斯理身手不凡，閃躲得快，饒是如此，外套也已被劃破，若反應略遲，便是開膛破肚之禍！

而且廉正風性格強悍，行事倔強，這樣的人，往往主觀意識極強，怎能指望他公正客觀？

說穿了，廉正風就是一個「微型」獨裁者，他不是「獨立調查員」，他是「獨裁調查員」！

幸而，他獨裁的不是一個國家，只是個別人，即使闖禍，危害也有限。

但是，哪個獨裁者會認為自己危害到別人呢？世上的獨裁者，總以為自己是對的！

廉正風出場故事：

《移魂怪物》、《本性難移》、《解開密碼》

031

黃堂——被扼殺了人生幸福的高級警官

(一)

和前任傑克上校相比，黃堂與衛斯理的關係，要平和了許多。也許因為黃堂是東方人，比傑克多了幾分委婉與矜持。

黃堂有個觀念很是有趣，他認為，有甚麼事能引起衛斯理興趣的，他要是不參加一下子，會後悔一輩子。

黃堂一開始，與衛斯理並不是很談得來，雖然衛斯理十分欣賞黃堂，但他們性格的不同、職業的衝突，使得他們無法成為很親熱的朋友。儘管如此，相處久了，衛斯理和黃堂之間，多少總有些友情產生。

（二）

作為高級警務人員，黃堂十分機智，反應極快，觀察力相當敏銳，歸納推理能力十分強，又是槍械專家，所以，他的職位也相當特殊，專門處理一些稀奇古怪的疑案。

當警務人員，是黃堂畢生的志願。他一直以為自己是最幸福的人，可以在警務工作的崗位上終其一生，可就是這點小小的幸福，後來卻被衛斯理破壞了，那等於是扼殺了他的人生樂趣。

由於衛斯理的固執己見，不讓黃堂把雙程怪人送回拘留所，導致黃堂被冠以「嚴重失職、勾結恐怖組織」的指控，因此失去了警務人員的工作（詳見《雙程》這個故事）。

黃堂從此恨衛斯理入骨，他指着衛斯理的鼻子，大罵一頓：「衛斯理，你這個人，一貫自以為是，所以也自私無比。為了你一己的好奇，不理他人死活，自說自話，莫此為甚，我認識你這種人，算是我倒了十七八代的楣！」

然而他的恨，不是罵幾句就能化解，他再也不願見到衛斯理。單是為了不見衛斯理，他就可以不惜人間蒸發，從此消失，他與衛斯理之間，已成「不共戴天」之勢。

衛斯理說盡好話，給黃堂賠罪，但毫無用處，也只好長嘆一聲，畢竟錯在自己，他覺得十分對不起黃堂。

可是對不起又有甚麼用呢，黃堂與衛斯理之間，是再也無法恢復友情的了。

黃堂出場故事：《尋夢》、《第二種人》、《盜墓》、《神仙》、《犀照》、《命運》、《異寶》、《極刑》、《瘟神》、《怪物》、《圈套》、《從陰間來》、《到陰間去》、《運氣》、《闖禍》、《病毒》、《原形》、《雙程》、《洪荒》

032

戈壁沙漠——天工一級的科技怪傑

（一）

戈壁沙漠在衛斯理故事中出場頗晚，但一出場，就很抓人眼球，特別是這古怪的名字，十分令人好奇。

戈壁沙漠是兩個人，一個姓戈名壁，一個姓沙名漠。兩人湊巧志趣相投，成了好友，專對各種時代尖端的科技產品有興趣，自己動手製造，獨一無二，據說，他們製造的個人飛行器，真能使人和鳥一樣在空中飛翔。

戈壁沙漠的首次出場是從旁人嘴裏道出，將他們的能耐說得花好稻好，衛斯理還將信將疑（疑的部份更多），等到正式見面，才知道他們的確有真本事，旁人的介紹，並無半分誇張！

從此，在衛斯理的故事中，多了這兩位科技怪傑，而各種超越時代的高科技產品，也開始層出不窮地出現。

（二）

戈壁沙漠真正是天才，世上幾乎沒有他們做不出的東西，但是，在《開心》這個故事裏，他們遇到了比他們更厲害百倍的人——「天工大王」！

雖如此，他們至少也已是「天工第一級」的人物，在一人之下，萬人之上。「天工大王」的頭銜，可以被挑戰，贏了，便可成為所有天下巧匠拜服的「天工大王」，但若是輸了，便要拜在現任「天工大王」的腳下，從頭開始學習技藝。

戈壁沙漠雖然藝冠群雄，卻始終不敢去挑戰「天工大王」的稱號，因為萬一挑戰失敗，他們就要重新拜師，從學徒當起，這對他們來說，是絕無可能之事！

不過，「天工大王」對戈壁沙漠的評價很高，他把他們的性格看得很透徹：「這一對寶貝，吃虧在心頭太廣，做的東西也太難，而且沉迷追求微型，小了還想小，這就限制了他們的發展，不過這也是天性生成，勉強不來的！」

戈壁沙漠兩人聽了以後，又是高興，又是激動，還有幾分傷感和無奈，外加一些感激。

這是一種高手之間惺惺相惜的感覺。

「天工大王」的話，字字都打中了他們的心坎，說出了他們的一生！

戈壁沙漠出場故事：

《黑暗天使》、《離魂奇遇》、《招魂》、《鬼混》、《錯手》、《真相》、《運氣》、《開心》、《將來》、《暗號之二》、《闖禍》、《在數難逃》、《爆炸》、《活路》、《洪荒》、《買命》、《傳說》、《移魂怪物》、《人面組合》、《行動救星》、《乾坤挪移》、《財神寶庫》、《一半一半》、《須彌芥子》、《死去活來》

033

游俠列傳

——肉慾者與精神者的真摯友情

（一）

倪匡先生筆下，名字被用來玩文字遊戲的人物中，比較出名的是「良辰美景」和「戈壁沙漠」，前者是一對雙生女，後者是兩個科技怪傑。這兩組人，基本上可以看成兩個人，因為每一組人的外形和性格都極其相似，根本分不出誰是誰，而且在衛斯理故事中，每一組人都是一起出場，一起離去，從未見過他們（她們）形單影隻的時候。

但是，「游俠列傳」卻大大不同。

《遊俠列傳》是太史公巨著《史記》名篇之一，記述了漢代著名俠士朱家、劇孟和郭解的故事……

開個玩笑，這裏所說的游俠列傳，和太史公沒甚麼關係。

倪匡先生筆下的游俠列傳，是兩個傳奇人物，和「良辰美景」、「戈壁沙漠」不同的是，他們兩個人，各有各的性格，各有各的精彩。

（二）

先來說說列傳。

他姓列，名傳。對這個名字，他十分認真，平時他不是很向人提起自己的姓名，若是提了，他必然要解釋一番：「傳，有兩個讀法，『傳送』的傳，和『傳記』的傳，我的名字，念『傳送』的傳。」

列傳是個江湖人，他印在名片上的銜頭十分有趣：「願望（合理性的）達成者」。甚麼意思呢？就是若有人，想要達成甚麼願望（合理性的），自己力有未逮，那就可以來找他。

當然是要合理性的，列傳再怎麼神通廣大，畢竟只是個地球人，若來人要求擁有統治整個宇宙的力量，那就不在列傳服務範圍之內。

列傳幫他人達成願望，當然不是免費，非但不免費，而且收費往往高得令人咋舌，視乎願望達成的困難程度而定。

所以，列傳擁有的財富也多得數不清，他甚至把那柄可以被列為波斯寶物中一百件精品之一的黃金匕首，當作拆信刀。

列傳還擁有一幢二十層高的大廈，大廈位於東方一個著名城市（其實就是香港）市郊的一座山上，距離大廈足有兩千公尺遠的道路，也屬於他的私產！

列傳的大廈，有一個相當古怪的名稱：∞。那是數學上無窮大的符號，他的意思是，住在裏面的人，對一切的追求，都是無窮大！

列傳就是這樣一個對物質充滿了追求，從不降低自己生活品質的人。這樣的一個人，生命中的女性，自然少不了，他也從來未曾否定過這一點。

列傳的冒險生涯中，令人記憶最深刻的一件，就是關於那個「夢中女郎」的。

列傳曾被邀請成為一個神秘俱樂部的會員，於維也納的會址中，突然進入了一個疑幻疑真的境界，在黑暗中和一個完美的神秘女郎親熱，雖看不到她的樣貌，但那種銷魂的滋味，也使他畢生難忘。

「良宵夜暖，高把銀紅點，雛鸞嬌鳳乍相見。窄弓弓羅襪兒翻，紅馥馥地花心，我可曾慣？百般遷就十分閃。忍痛處，修眉斂，意就人，嬌聲戰，涴香汗，流粉面。紅妝皺也嬌嬌羞，腰肢困也微微喘。」

他發誓要找出那女郎，但用盡方法，都未能揭破神秘俱樂部的底細，只好向好友游俠求助……

（三）

好了，現在輪到游俠出場了。

游俠和列傳，是一雙真正的生死之交，他們有許多次出死入生的共同經歷。他們若站在一起，所有人的目光，一定先落在列傳的身上。列傳是一個真正的美男子，體高接近兩公尺，氣宇軒昂，儀表非凡。而對游俠的外型來說，「平凡」已是最客氣的說法了。

不過，游俠並沒有絲毫自卑感，他當時就雙眼一翻：「平凡？我一點也不平凡，我醜！」

說游俠醜，也未必，不過他的樣子絕不起眼，倒是真的。

他個子矮，體高一五八公分，肥胖，腰圍八十七公分，還有繼續增長的趨勢。他眼睛很小，笑的時候只有一道縫，怒睜雙目時，依稀可以看到他的眼珠。他有一個大鼻子，由於極其嗜酒，大鼻子尖處已經發紅；他又有一個闊口，笑起來發出響亮的聲音，手舞足蹈，看來滑稽之至。

（游俠的外貌，倒是很似倪匡先生本人。）

游俠的職業，和列傳異曲同工，可能比列傳更誇張：「受委託人」。「受委託人」的意思就是他接受任何委託，不管這委託是不是合理。不過，他並不保證每一宗委託都可以完成，所以，他的「生意」十分冷落，被委託的機會不是太多。

他的住所，當然也不像列傳那樣誇張，只是一幢外面看來十分破舊的三層舊式洋房，位於郊外，郊遊人士多半會將之當成被廢棄了的鬼屋。

（四）

一切看起來都很普通的游俠，卻有一個極不普通的妻子。

列傳是肉慾主義者，而他的好朋友游俠，對感情卻十分專注。

游俠的另一半，是突然出現，飄然而至的。他們在一片黑暗中，體驗了男女之間最美妙的感覺，然後，她就成為了他的妻子。

游俠不知道她從哪裏來，也不知道她的身份，更奇怪的是，游俠從未見過她的模樣！因為她每次出現，都是在極度的黑暗中，她說來就來，說去就去，行蹤神秘之極。她肯在游俠的生命中出現，有一個條件，就是不能給任何人看到，包括游俠。

但是，他們之間，有真正的心靈交流，有細膩深厚的愛情，游俠十分明白，她如果在他的生命之中消失，就是他生命的結束。

她，就是他生命的另一半！

這樣奇特的夫妻關係，大概是地球上最奇特的一對了吧。

（游夫人的謎，在游俠列傳的故事中始終沒有解開，直到一個偶然的機會，才由衛斯理解開了，詳見《闖禍》這個故事。）

（五）

遺憾的是，游俠和列傳的冒險生涯，居然只留下一個故事。游俠還曾在衛斯理的故事中驚鴻一瞥，而列傳，就不知道他在地球的哪個角落，抱着怎樣的美女風流快活了……

游俠列傳出場故事：

《太虛幻境》、《改變》、《闖禍》

034

原振俠

——迷失於愛情森林的俊俏醫生

（一）

原振俠，唉，原振俠！

（二）

第一次見到「原振俠」這個名字，是在黎明主演的同名劇集播放預告上，心想着，這又是哪一齣改編的古裝武俠劇了？翻遍古籍，卻始終找尋不到一個號「原振」的俠客，及至劇集開播，才知道原來這個「原振俠」並非甚麼古代俠客，而是一個現代醫生！

而後進一步了解到，「原振俠」原來是倪匡先生筆下另一個傳奇人物，每每憶起此事，都不覺暗自好笑。

（三）

原振俠是一個古怪俊俏而又有着浪漫性格的年輕醫生。

說是醫生，他實在是個極不稱職的醫生，他的大部份時間，都花在冒險生涯中，對於自己的本職工作，始終三天打魚兩天曬網，使得他供職醫院的院長，每每氣得大吼大叫卻又無可奈何。

原振俠喜歡冒險，這一點和衛斯理很像，但是，原振俠的冒險故事雖然精彩，卻仍及不上他的三段情感經歷那樣令人唏噓嗟嘆。

（四）

原振俠第一段感情的女主角，是黃絹。

原振俠與黃絹的愛情，就像是流星一般，片刻的絢爛過後，只留下漆黑的夜空。那次暴風雪山洞中的擁吻，燃盡了他們之間的一切。

原振俠和黃絹，都是自尊心過強的人，這樣的兩個人碰在一起，很難真心為對方着想，往往以自己為中心，造成的結果，必然是不歡而散。

原振俠是醫生，看見泉吟香昏迷，第一反應自然是救人，人工呼吸在所難免，若非黃絹過於自我中心，誤會本可避免。

而原振俠救人之後，只在人群中匆匆一瞥，未見黃絹，便沒有再找下去，抛下她走了，若是原振俠不那麼隨性，誤會也可避免。

等他後來再想找她時，卻已太遲，對原振俠來說，要他向一個女子低頭，是如何也做不到的，他的倔強，和黃絹並無差別。於是，他們之間的愛情，也只能如流星般，瞬間燦爛後迅速墜入永夜。

原振俠本是個活潑佻脱的年輕人，與黃絹的分手使他變成了一個陰鬱憂愁的人，或者說，是他自身性格的缺陷，使得他變成了一個陰鬱憂愁的人。

（五）

海棠是原振俠的第二段感情的女主角。

海棠從小就被培養成一個特務，原振俠明知道這一點，可偏偏就是避不開海棠的誘惑，也或者是他根本不想避開海棠的誘惑。

海棠和黃絹不同，她比黃絹溫柔，更有女人味，但她們又很相同，都是那種為了「向上爬」而不擇手段的人。

原振俠對待感情，有着極度浪漫但又極不負責的一面，他只是被她們吸引，但卻從未真正用心去愛過她們。

面對海棠，原振俠始終糾結於自己是不是被海棠所利用，而從未去想過，自己到底愛不愛海棠。在他的內心深處，海棠其實並不重要，她只是靜夜寂寞時偶爾會想起的一個女伴。

然而，海棠也從未真正愛過原振俠，她與原振俠在一起，是為了利用他，她知道完不成組織的任務，就只有死路一條，她獻身於原振俠，只為不甘心就這樣走完她年輕的生命之途！

他們之間，只是異性身體上的吸引，一種原始的吸引，但絕不是愛情！

（六）

原振俠生命中的第三個異性，是瑪仙。

原振俠會與瑪仙在一起，很大程度，是因為巫術的原因。

瑪仙是外星人的棄嬰，初時極醜，在達伊安大巫師的施術下，必須吸到三個男人的血，才能恢復原本的美麗容顏。

巫術使得瑪仙的生命中，只能有一個男人，原振俠在機緣巧合下，成為了瑪仙唯一的男人。原振俠對瑪仙有多少愛意，真是天知道，其中，又有多少是巫術的原因，更是一個謎。

後來瑪仙為了拯救她的母星愛神星，毅然與原振俠分離，她知道，原振俠雖然可愛，但不是她能愛得起的人。

除非他的性格會變，但那是不可能的，並不是他的性格不能改變，而在於原振俠根本沒有改變自己性格的打算！

（七）

原振俠生命中的三個女人，最終都離開了他，是因為她們都感覺不到原振俠的愛，她們無比失望，所以才不惜用各種方式，離開了他。

原振俠自己還在猶豫，還在徬徨，他根本搞不清自己究竟有沒有愛過她們，他無法回答這個問題。

在從愛神星返回地球的途中，內心徬徨的原振俠遇上了宇宙震盪，從此迷失在茫茫宇宙中。

局。

這樣的結局，對這位雖俊俏可愛，卻不懂愛情的醫生而言，大概也是一種必然結局。

原振俠出場故事：

全部三十二個原振俠傳奇故事

035

老蔡

——老管家的溫柔心與壞脾氣

(一)

老蔡，衛斯理的老管家，他最令人津津樂道的便是拒客於門外時的那種惡劣態度。態度雖然惡劣，老蔡卻是個好人。

老蔡從衛斯理的祖父時代起，就在衛府當工人，當衛斯理開始冒險生涯，又南下定居，老蔡一直跟着衛斯理，簡直已成為了衛斯理家裏的一分子。

老蔡對衛斯理的感情極深，他是從小看着衛斯理長大的，在他心中，衛斯理再如何神通廣大，也只是他的「理哥兒」。

衛斯理每次外出冒險，老蔡總會咕咕噥噥，表示不滿，但其實他是擔心衛斯理，不想衛斯理涉險。

自從衛斯理認識白素後，老蔡就一直催促着衛斯理，趕緊把白素娶回家，他對於衛斯理遲遲未成家大為不滿，這哪裏像是管家，完全就是父親的態度！

當紅綾出世後，老蔡又把對衛斯理的那份感情傾注到他的「小人兒」身上。那時，老蔡還不是很老，而且他孑然一身，也就特別喜歡小孩子，他對紅綾的愛，不在衛斯理與白素之下，等到紅綾漸漸會爬會走路會牙牙學語時，老蔡對紅綾的愛護，幾乎超過了衛斯理與白素，他為了更好地照顧紅綾，甚至連進了兩次「育嬰訓練班」。

當紅綾失踪後，他傷心欲絕，陪着衛斯理與白素，連着三天沒有睡覺也沒有進食。而多年後，紅綾自苗疆歸來，老蔡一開門，見到紅綾時，激動得完全沒做手腳處，他淚流滿面，聲音哽咽，呆呆地站在原地，再也難以挪動半分。

老蔡始終幫紅綾準備着一條毯子，讓她睡覺時可以保暖，雖然她從來不用，但老蔡卻照樣替她準備着。

老蔡對衛斯理一家的關愛，遠遠超出了管家應有的程度，他與衛斯理，完全就像一對父子，有着濃厚的親情。

老蔡唯一一次求衛斯理，是因為他的侄子蔡根富在非洲殺人被捕的事（詳見《眼睛》這個故事），那是他唯一的親人，衛斯理無法不幫老蔡，也無法想像自己若是失敗了，老蔡會傷心到甚麼程度，衛斯理實在不想老蔡晚年有嚴重的打擊。

但衛斯理最終還是失敗了，真不知道他是如何跟老蔡交代的呢？

（二）

老蔡有一個壞習慣，拒人於千里之外，十分慢客，得罪來訪者，是他的拿手好戲，除非是極熟的人，不然，絕得不到老蔡的笑臉相迎。

其實，這也怪不得老蔡，在得罪訪客這一點上，衛斯理功力深厚，他做了壞榜樣，老蔡自然有樣學樣。

而且，因為莫名其妙上門來找衛斯理的人太多，衛斯理不得不一再吩咐老蔡，盡可能地擋駕，老蔡便以自己的方式，使來訪的陌生人知難而退，不敢再來碰第二次釘子。

老蔡以前至多告訴別人衛斯理不在家，發展到後來，竟說沒有衛斯理這個人了。白素對此頗有微詞，但老蔡不以為然，豪氣干雲地說：「委婉一點，打發得走嗎？」

衛斯理自然更無法責備老蔡，老蔡一向倚老賣老，不是很懂規矩，他早已到了再責備也無濟於事的程度。

(三)

老蔡是個妙人，他從來沒有敲門的習慣，每次要找衛斯理，他總是直闖入來，衛斯理請老蔡進房門要先敲門，非但沒用，還會惹來教訓：敲甚麼門，在我們家鄉，根本不作興關門，又不是男盜女娼，做見不得人的事，為甚麼要關門？

這番話，直說得衛斯理哭笑不得！

老蔡有時候也有些「自說自話」，當衛斯理不在時，將別人的請求一把攬在自己身上，打包票說衛斯理一定會幫忙，衛斯理和白素又不能生老蔡的氣，每每弄得啼笑皆非。

當老蔡年紀漸漸老去，他的聽力越來越差，因此嗓門也越來越大，他又堅決不肯用助聽器，每當說話，都是大叫大嚷，衛斯理嚇得只能盡量避免和他說話。

(能令衛斯理與白素如此無奈的，唯老蔡也！)

老蔡耳朵雖然不好，可是身子卻十分健壯，像超級大富翁陶啟泉有一次就差點被他抓着頭髮拖出去！(真可怕)

老蔡年紀越來越大，真正成了「老蔡」，但他的廚藝卻更加精湛，一味獅子頭，半斤肉該切一千刀，他絕不會切九百九十九刀，細膾精煮，弄出來的菜餚，可口之極。

(衛斯理好口福！)

但老蔡終於回鄉去了，沒了老蔡，衛斯理與白素的家中，總覺得缺少了些甚麼，那惡劣的待客態度、那自說自話的性格、那倚老賣老的模樣，此時想來，竟都成了心中最溫暖的回憶！

老蔡出場故事：

《地底奇人》、《妖火》、《透明光》、《地心洪爐》、《蜂雲》、《原子空間》、《天外金球》、《屍變》、《蟲頭》、《消失》、《古聲》、《風水》、《頭髮》、《眼睛》、《尋夢》、《盜墓》、《茫點》、《神仙》、《追龍》、《活俑》、《犀照》、《命運》、《極刑》、《生死鎖》、《密碼》、《血統》、《招魂》、《報應》、《拼命》、《怪物》、《探險》、《繼續探險》、《圈套》、《烈火女》、《從陰間來》、《到陰間去》、《大秘密》、《禍根》、《陰魂不散》、《許願》、《開心》、《轉世暗號》、《將來》、《改變》、《暗號之二》、《遺傳》、《買命》、《未來身份》、《本性難移》、《乾坤挪移》、《財神寶庫》、《一半一半》、《身外化身》、《非常遭遇》、《須彌芥子》、《死去活來》

036

雲四風——神偷家族的科技天才

(一)

可以說，雲四風的出場，直接導致了馬超文的離去。

馬超文是穆秀珍的男友，他出身於富貴之家，是一位年輕有為的科學家，但遺憾的是，馬超文雖然聰明勇敢，卻手無縛雞之力，他，只是一個文弱書生。

而穆秀珍卻是一位以冒險為生活樂趣的女黑俠，她和馬超文的搭配，未免有些門不當戶不對。

然而，雲四風就不同了。

雲四風的父親，是昔年江湖上老一輩的扒手，著名的「四大鬼手」之一，浙江湖州旋風神偷雲旋風！

雖然名為扒手，但卻劫富濟貧，行的是俠盜之事。

雲旋風有五個兒子，雲四風自然是老四。雲家五兄弟除了高超的身手之外，各有其能，雲四風的才能則發揮在尖端科技方面。

（在科技怪傑戈壁沙漠未誕生之前，雲四風堪稱是尖端科技方面的第一把交椅！）

他甚至還發明了極精巧的個人飛行器，要知道，女黑俠木蘭花行俠仗義的年代，還是二十世紀六十年代，那可是個連手機都沒有發明的年代，在那個年代，能製造出精巧的個人飛行器，雲四風無異是個科學天才！

（二）

雲四風在《旋風神偷》這個故事中首次登場，並對穆秀珍一見鍾情，可惜的是，馬超文出現得比他早。

不過，雲四風倒是一點也不氣餒，每次來見穆秀珍，總是送來一束她最喜歡的黃色鬱金香，這種黃色的鬱金香，即使在鬱金香之國的荷蘭，也是十分珍貴的。而不論何時，雲四風都會帶來這種珍貴的花卉，這讓穆秀珍覺得十分奇怪。

其實，說穿了也很簡單，雲四風的弟弟雲五風是園藝方面的天才，雲四風為了追求穆秀珍，便請弟弟在自家的花圃中，特別培育了這種黃色鬱金香，他的用心良苦，可見一斑。

自從認識了雲四風，穆秀珍的少女心開始有了煩惱，也許，不僅穆秀珍覺得煩惱，倪匡先生也覺得煩惱了吧。

我猜，倪匡在創作馬超文這個人物的時候，應該沒有想到日後還會有一個雲四風出現，而馬超文與穆秀珍戀愛，也是隨着故事的進行，自然而然發生的事。

不過，倪匡先生一定也發現到一個問題：馬超文實在太不適合當冒險故事的主角（甚至連配角也不適合），所以，當雲四風出現後，馬超文的離去，已成為必然。只是沒有想到，倪匡先生會安排他以一種極其激烈的方式離開，實在令人感到惋惜。

（在向倪匡先生求證的時候，得到了一個十分令人哭笑不得的答案，倪匡先生不記得當年創作時的情形本在意料之中，但他看了馬超文這個名字後，居然說：「連這人的名字都很陌生。」）

馬超文雖然離去，但穆秀珍的悲傷卻不會立刻消散，好在雲四風始終不離不棄，無論穆秀珍如何耍小性子，他總是默默承受，毫無怨言，他還陪着穆秀珍四處冒險，打擊着世界各地的犯罪分子。他刻骨銘心的愛情，填補了穆秀珍感情上的缺憾，他也終於等到了穆秀珍的真愛！

雲四風出場故事：

《旋風神偷》、《天外恩仇》、《大破暗殺黨》、《魔爪餘生》、《血濺黃金柱》、《血影掌》、《鑽石雷射》、《北極氫彈戰》、《潛艇迷宮》、《玻璃偽鈔模》、《黑暗歷險》、《人形飛彈》、《軍械大盜》、《斷頭美人魚》、《蜘蛛陷阱》、《無敵兇手》、《沉船明珠》、《無價奇石》、《失蹤新娘》、《怪新郎》、《金庫奇案》、《龍宮寶貝》、《珊瑚古城》、《獵頭禁地》、《魔畫》、《死神宮殿》、《復活金像》、《遙控謀殺案》、《地道奇人》、《蜜月奇遇》、《冷血人》、《生死碧玉》、《電網火花》、《古屋奇影》、《金廟奇佛》、《天才白癡》、《生命合同》、《三屍同行》、《無風自動》、《無名怪屍》、《錯手》、《圈套》、《開心》、《在數難逃》、《新武器》、《本性難移》、《行動救星》

037

大眼神——少年人的本領與勇氣

（一）

大眼神在學校中是個很特殊的人物。

他頭小身長，軟手軟腳，有點半男半女，可是他的小頭上，卻有一對極大的眼睛，而且目力極佳。

那是天生的本領，無論多黑暗的環境，他都能把一切看得清清楚楚。而且他用自製的弓箭，十步距離，射中柳枝，絕不失手！

他自製的椏杈彈弓，彈力強，又耐用，是全城青少年的寶貝。他搓的泥丸子，又圓又硬，彈中了人的頭部，其痛無比。

他曾暗中痛懲對他無禮，倚勢橫行的大塊，令大塊當眾求饒，所以在同學中，大眼神算是一條好漢。

（二）

但就是這樣一條好漢，在聽到衛斯理請求他協助參與比試，用槍射擊衛斯理頭上的雞蛋時，他嚇得臉色發綠，連連搖手。

因為他從來沒有摸過槍，更別說開槍射擊了，但是，在衛斯理的連哄帶騙下，大眼神還是答應了衛斯理的請求。

等到真的開始比試，大眼神倒是顯出了英雄本色，雖然面色蒼白，但神情堅毅非常。大家都以為大眼神不敢開槍，或是隨便向天開一槍就算，但是大眼神卻知道衛斯理的脾氣，如果他不來真的，衛斯理會恨他一輩子。

他甚至忘了自己的處境，要是一槍把衛斯理打死了，他以後的日子會怎麼過？為了朋友，大眼神豁出去了。

他第一次拿槍射擊，便一槍射中了衛斯理頭上的雞蛋。直到離開比試場地，大眼神才感到害怕，他喘着氣，再也不敢來第二次，但在衛斯理的鼓勵下，大眼神笑了，雙目也變得炯炯有神起來。

看看天色近黑，這位剛才在眾目睽睽之下，燈火通明之中，勇往直前，義無反顧，為朋友而冒險的大英雄大好漢，卻開口說了一句令人發噱的話，他的聲音聽起來十分膽怯：

「我回家晚了，父母會罵！」

到底還是孩子！

大眼神出場故事：《少年衛斯理》

038

鄭保雲——獲得新生的星際混血兒

（一）

鄭保雲的悲劇，是他無法選擇的，因為，他的父親，是一個外星人！

在還不知道父親的秘密時，鄭保雲也曾是個幸福的人。

他的天份很高，幾乎對甚麼都有興趣，他從小就被送到美國去讀書，他讀書的成績非常好，有四個博士頭銜，其中一個是生物學博士。在他父親過世之後，他就接管了他父親的一切事業，成為了富豪。

然而，當他知悉了父親的秘密之後，他的不幸開始降臨。

（二）

鄭保雲的父親鄭天祿，來自遙遠而不可測的天龍星，他和他的同伴們把地球當作是實驗站，為未來大規模的入侵作前站。

為了進一步觀察研究「與地球女性結合後生育的可能性」和「與地球女性所育嬰兒之特性」，鄭天祿作為天龍星人的代表，和地球女性結合了。

但是，新生命帶來的喜悅，遠遠超過了對異星生物研究觀察的熱忱——那是自己的下一代，不可避免，有着與生俱來的血統上的情感！

而且這種感情，必然隨着孩子的成長，與日俱增。當時，鄭天祿一定曾經歷過十分痛苦的思想煎熬，他可能還曾和他的同伴商議過，但結果是，鄭天祿為了保護自己的兒子，背叛了天龍星，謀殺了他的同伴！

從此，鄭天祿和他的兒子便成為了天龍星人追蹤的目標。

鄭天祿是外星人，有着特殊的能力，能夠逃避天龍星人的追蹤，而鄭保雲卻是星際混血兒，他地球人的血統遺傳遠遠大於天龍星人的血統遺傳，他沒有能力逃避天龍星人的追蹤。

他既怕被地球人發現他的外星混血兒身份，又怕被天龍星人逮到，成為他們實驗室中的「觀察品」，他就像一隻蝙蝠，整天活在黑暗之中！

（三）

終於，鄭保雲下定決心，將自己完全變成一個天龍星人，雖然被地球人發現身份是件可怕的事，但總比在天龍星人面前毫無抵抗能力的好。

（鄭保雲從地球人變成天龍星人的過程極其有趣，甚至乎近似惡作劇，這種設定，恐怕也只有倪匡先生這顆天才的腦袋才能想得出來！）

後來，在衛斯理的幫助下，鄭保雲解決了被天龍星人追蹤的危機，並和衛斯理成了真正的好朋友。

雖然他的身體已經變成了天龍星人的身體（和地球人的身體只有一點點的差異），他的能力也遠遠超過了地球人的能力，但是，他還是決定留在地球上，做一個真正的地球人。

他實實在在有着地球人的感情，不論是好是壞，在他體內的一半地球人的血統，起了極大的作用！

鄭保雲告訴衛斯理：「不管我有甚麼血統——就算我是百分之一百天龍星人，只要我一出世就在地球生活，我也必然是地球人，不是天龍星人！」

血統這東西，有時的確能引發起一陣激情，但是，每當鄭保雲想到，人根本無法單憑血統生活的時候，血統也就不再是甚麼大不了的事。

鄭保雲出場故事：

《屍變》、《血統》

039

齊白——盜墓專家的前世今生

（一）

齊白這個人，有點鬼，有點精，有點壞，有點痞。

齊白的名字，原文是CIBE，取四大文明古國的第一個字母拼成，他自稱有着四大古國的血統。他究竟多少歲，連衛斯理也無法猜測，只知道他身世如謎，行蹤如謎。

齊白這個人，除了衛斯理，沒有別的朋友。但他有一個好處，哪怕隔上一年半載沒有聯絡，只要他突然想起來，不論他在天涯海角，總會和衛斯理通一下音訊。

這樣一個神秘之極的人物，自然容易令人產生強烈的好奇。

（二）

齊白「術業有專攻」，他是世界三大盜墓專家碩果僅存的一個。但齊白絕不承認自己是「盜墓人」，他認為自己做的是「發掘人類偉大的遺產」、「揭開古代人生活的奧秘」、「將不為人知的歷史和古代生活方式顯露在現代人面前」、「使得這世界上充滿更多的稀世珍寶」的「偉大工作」。

齊白盜過秦始皇的墓，和建文帝的鬼魂一起生活了好幾天，甚至還見過外星人的屍體。

齊白盜墓成了精，十分自負，他和普通的盜墓者不一樣，他的目的是在發現古墓，進入古墓，至於墓中的珍寶，高興就帶點出來，不高興，就讓它們留在古墓中，反正他隨時可以進去欣賞，就像是他的私人收藏室一樣！

有人不服氣，問他：「要是你的『私人收藏室』被別人發現了，你的『收藏品』也就不見了！」

齊白狂笑：「要是我的『私人收藏室』會被旁人發現、進入，那還有甚麼價值？我早已不屑一顧，棄如敝屣！」

這份氣概，令人擊節讚嘆！

齊白雖然狂傲，但他確有真材實料，不是空殼子來狂傲的，和世上的那些狂徒，大不相同。齊白堅強、勇敢、心思縝密、堅韌不拔、具有高度現代科學知識，若沒有這些優點，他又怎能成為世界三大盜墓專家之一？

（三）

齊白與李宣宣的隔世情緣，更是驚天地動鬼神！

誰也想不到，陰間使者李宣宣的前世竟是歷史上人人皆知的傳奇女子，而齊白的前世，則是她深愛卻又無法與之相守的愛人，難怪他們一相見，便如同天雷遇見地火，再也無法分離。

李宣宣做了「陰間使者」，已是不死之身，齊白為了與她長相廝守，毅然改變了生命形式，成了長生不老的「地仙」，他們兩人，真正成為了「神仙眷屬」！

從此，世上少了一個盜墓專家齊白，卻多了一個快樂神仙齊白。

齊白出場故事：

《盜墓》、《異寶》、《密碼》、《招魂》、《陰差陽錯》、《改變》、《水晶宮》、《新武器》、《考驗》、《只限老友》

040

單思——不幸的業餘盜墓專家

（一）

單思是個不幸的人。

他的來頭並不小，作為業餘盜墓者，他能夠名列「世界三大盜墓專家」之一，殊為不易。

單思家底很好，他的上幾代，曾做過大官，家裏的排場很大，管家垂手恭立，是家裏的規矩，他可以完全不必工作而過着極舒適的生活，但單思喜歡考古，刻苦鑽研之下，竟成為行業中的業餘高手！

（二）

單思的外形很有趣，他的打扮，永遠走在時代的最尖端，絕不像一個考古學家。他會在自己的額角貼上金光閃閃的星星，也會將頭髮染成時尚的淺藍色，若不認識他，一定會以為他是一個流行樂歌手。

單思平時，極度斯文，但一提及與古墓有關的事，觸及了他特異的嗜好，他立刻兩眼放光，判若兩人。

單思是衛斯理的好朋友，他甚至吩咐家裏的管家，只要衛斯理一來，就要當衛斯理是家裏的主人，隨便衛斯理喜歡怎麼樣都好，甚至是要放火燒房子，也要幫着一起燒。

這種叮囑，也只有單思這樣的怪人才說得出口。

(三)

可惜的是，單思出場，還沒來得及展露本領，便死在某國特務之手，而且，他的死，十分冤枉！

單思是為了協助齊白探索那座奇怪的墓，而遭到美國特工的追殺。那座墓，其實不是墓，而是美國太空署存放外星人屍體的地方！

那樣的秘密，被單思無意間撞破，哪裏還有好果子吃？齊白運氣好，像隻地鼠一樣躲了起來；單思運氣不好，被狙擊手一槍斃命！

單思死的時候，衛斯理與白素正陪在他身旁，親眼目睹了這場悲劇的發生。

> 他左額上，突然陷下去，出現了一個看來極深的洞，緊接着，鮮紅的血和白色的腦漿，就從這個洞中，一起湧出來，他的口仍張着，人也站着沒有倒。
>
> 一顆子彈，自他的左太陽穴直射了進去。
>
> 任何人在這樣的情形下，絕對立即死亡。
>
> 單思死了！

衛斯理不能接受這樣的事實，一個好朋友，就在他的面前，被人殺死，生命竟如此脆弱。

（四）

單思傳奇的一生，就這樣戛然而止，只留下無數哀思令後人追憶！

單思出場故事：
《第二種人》、《盜墓》

041 白奇偉——叛逆青年的青春期騷動

（一）

白奇偉這個人物，在衛斯理的故事中，是個很有趣的存在。初出場時，他是典型的反面角色，但後來，他成了衛斯理的妻舅，自然不能一直「反面」下去，於是，倪匡先生讓他消失了很長一段時間，使得讀者可以漸漸淡忘他曾經的狠毒。

倪匡先生在《極刑》這個故事裏甚至還為白奇偉的消失找了一個很巧妙的理由：因為白奇偉對衛斯理在《地底奇人》中關於他的記述，始終不服氣，於是正式警告衛斯理，少在故事中提到他，衛斯理也只好謹遵台命，盡量少提及白奇偉，這便造成了他的「消失」。

等白奇偉再次登場，身份已然變成了水利工程師，就連名字也被改成了「白勇」。

只因他失蹤的時間實在太長，長到連倪匡先生都忘了他的名字。但即使後來修訂時想起來，也沒有把「白勇」這個名字改回來，倪匡先生的理由是：白勇，很好聽的名字，姓白名勇字奇偉，有何不可？

好狡猾的理由！

（二）

早期的白奇偉，雖然相貌十分英俊，但卻絕不討人喜歡，就連紅紅，都對他不屑一顧，嫌他輕薄。但到了後期，白奇偉「改邪歸正」後，魅力值大增，竟也成了一代傳奇人物！

在《財神寶庫》的故事中，中年白奇偉的登場，便很有些當年明教光明左使楊逍的味道。

白奇偉孤身大鬧戒備森嚴的瑞士銀行，在眾多荷槍實彈的守衛面前，瀟灑地全身而退，這份膽識，絕非常人所有！

（三）

不過，白奇偉最精彩的一段故事，還是在《地底奇人》故事中，與衛斯理鬥智鬥勇的那一段。

白奇偉一出場，便傲氣沖天，他的面上，帶着一股英悍之氣，完全不把衛斯理放在眼裏，自大到了極點。

但是，白奇偉雖然心氣高傲，手底下的功夫卻十分了得，與衛斯理只在伯仲之間，兩人連番惡鬥，令人看得心驚肉跳。

白奇偉為了實現自己的野心，收買了七幫十八會中的一些敗類，對於幫會中的藏寶，更是不遺餘力地去明爭暗奪。

在泰肖爾島上，面對兇惡的胡克黨，白奇偉依然不願與衛斯理合作，依然把衛斯理當作敵人，寧願在胡克黨身上吃虧，也不願妥協，這份固執，令人吃驚！

但最終，在他失足墜崖被衛斯理捨命相救後，敵意終於化解，衛斯理也同樣為白奇偉那一股子硬幹到底的狠勁折服，兩人化干戈為玉帛，齊心協力找到了寶藏。

(四)

倪匡先生在《探險》這個故事中，分析了白奇偉當初為甚麼如此狠毒的原因：那是因為他從小失去了母親，又在父親極度的威嚴下長大，心中充滿了叛逆，終於在某一時期爆發了出來，造成了當年的種種惡行。

但畢竟，白奇偉的本質不壞，所以，當他度過了騷動的青春期後，便恢復了正常人的心理。

白奇偉出場故事：

《地底奇人》、《沉船》、《極刑》、《巨龍》、《探險》、《繼續探險》、《財神寶庫》

042

海棠
——生命誠可貴，自由價更高

（一）

海棠是個可憐的女子，她雖然極美麗，但她的眼中，卻總是流露出一絲半絲的憂鬱。因為海棠自幼就被當作人形工具來培養，被灌輸的都是如何向組織效忠之類的思想，要隨時為組織獻身，完全沒有個人的自由，連思想的自由也沒有！

海棠的生命是為了唯一的目的而存在的，這目的是：完成上級交下來的任務。為了完成任務，她必須拋棄全人類所共同遵奉的一些普遍的生命原則，例如道德、感情、人性等等。

當組織需要她說服原振俠一起去鬼界發掘秘密時，她毫不猶豫地去了，當她發現自己無法說服原振俠時，又毫不猶豫獻出了自己的第一次。

幸好是原振俠，一個俊俏有為的年輕醫生。海棠很高興，在自己的生命歷程中，佔如此重要位置的人是原振俠，而不是她夢中經常出現的那些怪物們。

可是，海棠並不愛原振俠，她出賣自己的身體，只是為了完成組織交給的任務，即使對原振俠產生親近感，那也是女子身體的正常反應，而不是愛。

（二）

海棠雖然自幼被改造成人形工具，但畢竟還脫不出人類的感情，保留着一絲良知，她內心深處一直想逃離組織的控制，做回真正的自己，成為一個快樂的人。

當她有機會去到一個沒有憂傷只有快樂的樂園時，她便毫不猶豫地拋棄了自己美麗之極的地球人身體，選擇做有着紫醬色身體的、猶如八爪魚般極醜陋的外星人！

原振俠不理解海棠的選擇，但海棠心中很清楚：身體只不過是軀殼，有甚麼重要？再美麗，也不過是外觀，內在的心靈才重要。

慶幸海棠終於找到了樂園！

海棠出場故事：

《精怪》、《鬼界》、《魔女》、《巫艷》、《尋找愛神》、《大犯罪者》、《迷失樂園》、《假太陽》、《無間地獄》

043

陶啟泉
——超級大富豪的君子之交

（一）

陶啟泉在衛斯理的故事中，出場很早。

陶啟泉是東南亞的第一富豪，擁有數不盡的產業，他每一天的收入，就是一個極大數字，他的奢闊生活，幾乎超過了任何一朝的帝王！

但是，陶啟泉並不是舊式的商人，而是一個受過高等教育的大企業家，他本身有着兩家著名大學的經濟學博士的銜頭，可以說是二十世紀中出類拔萃的人物之一。

他的成功，當然絕大部份是由於他自身的才能與努力，但也有一部份，是因為衛斯理幫他改變了祖墳的風水！

（二）

陶啟泉的祖父，所葬之地，是一塊鯨吞地，可保佑子孫發跡，但只有五十年的期限，之後，若不把遺骨遷葬他處，子孫的事業便會在一夜之間全部崩塌。

這種事情，聽上去很無稽，但是，作為中國人，風水的影響已經深入到每個人的心中，你可以不信，但是，你卻又不敢不信。

陶啟泉雖然接受的是西式教育，但對於風水，也不敢不信。巧的是，在五十年期限快到的時候，他的事業真的出現了潰敗的局面，他自然不敢拿事業來和風水賭一把。

可他祖父的墳，偏又埋在那個野蠻落後的國家中，對方得知了他的秘密，一心想要搞垮他，派了軍隊整日駐在墳上，要想遷葬遺骨，簡直難如登天，於是陶啟泉想到了衛斯理。

衛斯理本不想理會這件事，但被那個國家的特務激怒，還是去了。他歷經許多困難，終於將陶啟泉祖父的遺骨帶出，而陶啟泉的事業，也神奇地起死回生（詳見《風水》這個故事）。風水這東西，實在太玄妙了！

因為這件事，陶啟泉對衛斯理心存十萬分的感激，他們也成了很好的朋友。

（三）

從此以後，陶啟泉不時出現在衛斯理的故事中，有時是邀請衛斯理參加一些有趣的宴會，有時是介紹一些奇人給衛斯理認識，有時是給予衛斯理以金錢上的幫助。但無論如何，他們兩人卻始終保持了人格上的獨立，陶啟泉不會因為自己是大富豪，而對衛斯理呼來喝去，衛斯理也不會因為陶啟泉是大富豪，而對他拍足馬屁，他們一直保持着君子之交，這一點，殊為難得。

難怪我在定義陶啟泉時，曾說他是衛斯理的「金主」，倪匡先生知道後，激動地大叫：「陶啟泉不是衛斯理的金主！衛斯理沒有金主！」

陶啟泉出場故事：

《風水》、《木炭》、《後備》、《毒誓》、《怪物》、《烈火女》、《大秘密》（僅提到）、《陰差陽錯》、《禍根》、《運氣》、《開心》、《將來》、《遺傳》、《水晶宮》、《算帳》、《原形》、《買命》、《考驗》、《傳說》、《另類複製》、《閉關開關》、《財神寶庫》、《一個地方》、《須彌芥子》、《死去活來》

044

方天——藍血人的回歸悲劇

（一）

倪匡先生筆下的外星人各式各樣，種類繁多，但要選最倒霉的外星人，方天必然名列前三！

方天這個人，剛出場時，很令人感到恐怖，因為他可以使看到他藍色血液的人，突然會想要去自殺！

運動健將林偉自殺了，滑雪明星草田芳子自殺了，就連衛斯理也一度產生了自殺的念頭，甚至已把溜冰鞋上的冰刀對準了自己的腦袋，要不是正好有同學路過，我們也就看不到衛斯理日後的冒險故事了。

多年以後，方天再次遇到衛斯理，他用一種不知名的怪武器，射出輻射極強的光，再次想致衛斯理於死地。衛斯理全身被嚴重灼傷，要不是恰好有一種獨門秘藥九蛇膏，我們又要看不到衛斯理日後的冒險故事了。

這幾場血淋淋的謀殺，使方天在我心中，成了一個嗜殺的魔鬼！

但是，故事看下去，方天再沒有甚麼新的手段使出來，他甚至還被人打昏，關在黑暗的地窖中，害怕得渾身發抖。

原來，他並不是一個嗜殺的魔鬼，而只是一個害怕別人發現他外星身份的可憐蟲！

(二)

方天在地球上不知流浪了多少年，他的外表，永遠不會老，他一直在等待着回土星的機會。

幾百年前，地球上的科技根本不可能令到他返回土星，方天心中的絕望可想而知，好在隨着時代的進步，地球上的科技也漸漸發展起來，多年以後，人類的第一艘登月飛船終於衝出了地球。有了太空探索的可能，方天回家的希望重又燃起，他投身到某國宇航局，尋找着離開地球的機會。

隨着土星征服計劃的開展，方天偷偷在宇宙飛船中建造了一小個可供他存身的空間，在衛斯理的幫助下，他與飛船一起，離開了地球。

(三)

宇宙航行漫長而枯燥，但方天的心中充滿了回家的喜悅，一路上一直通過電波向衛斯理訴說着自己的喜悅之情。

可是，當方天好不容易回到土星時，他發現一切都變了，土星再也不是他離開時那個可愛的家鄉，那些美麗的景物都不見了，到處充滿了沉沉死氣，所有的土星人，都變成了怪物！

方天這才知道，在他離開土星的那麼多年中，土星人一直在發展毀滅性武器，終於破壞了土星的空氣，使所有的土星人都變成了白癡。

而他，是碩果僅存的一個正常的土星人！

方天一下子從天堂墜到了地獄：「這不是我的家鄉，這不是……我的家鄉在哪裏，我的家鄉，我可愛的家鄉——」

他聲嘶力竭的呼叫漸漸聽不到了，通訊儀的電力已然用完，衛斯理不知道方天的結局究竟會是怎樣？

他或許是又駛着太空船，直飛向無邊無際的太空；又或者，他步出太空船，在已變質的大氣影響下，也變成了那樣的怪物；再或者，他在那群怪物的攻擊中，連人帶太空船，一齊毀滅……

唉，可憐的方天！

方天出場故事：

《藍血人》

045

大祭師——很傻很天真的牛頭大神

（一）

大祭師是第二個外星倒霉蛋。

這個牛頭人身的外星人，在幾千年前，來到地球。那時正是古埃及時代，由於具備超特的知識與能力，他被古埃及人奉為「大祭師」。

地球人在他心目中的地位，就像是螞蟻和蜜蜂在地球人心中的地位一樣。

他手中那個小小的盒子，就是一座微型電子工廠，那源源供應不絕的電能，可以供全部地球人使用幾億年！

他甚至發明了一種裝置，可以射出一種光芒，將身體化成萬千億的原子，這些原子隨着光芒回到他原來的星球後，再次還原，仍然組成一個身體。

然而，牛頭大神空有一身超能力，卻被貪圖他那小盒子的伯特雷法老王所欺騙，在地底沉睡了三千年。

（二）

衛斯理在追尋「支離人」的秘密時，無意中將他喚醒。牛頭大神醒來後的第一件事，便要衛斯理幫他啟動能將身體化為原子的裝置。他告訴衛斯理，那樣的話他就可以回到自己的星球，然後，通過同樣的方法，使自己的同伴大批量移民到地球來，消滅了地球人後，他和他的同伴們，就可以成為地球的主人了！

可是，他就沒有想一想，有哪個加害者在被害者面前說出自己的加害計劃後，還會不遭到強烈抵抗？

或許是他覺得自己太強大，強大到不屑地球人的抵抗。

衛斯理自然不會幫他，先是假意答允，在他自我麻醉後，取走了裝置的電力，牛頭大神再次陷入沉睡。

這一睡，不知又要睡多少年？

醒來後會不會第三次被地球人欺騙？或者，還有沒有機會再次醒來？

不得而知。

但總算，牛頭大神以他的愚蠢和倒霉，幫助地球免遭外星人的殖民統治，對地球人來說，這是不幸中的萬幸！（真的是萬幸嗎？）

但是，別說是外星人，就連地球人自己，也無時無刻地被自己的同類所欺騙，地球的每一個角落，每一分鐘，都有欺騙在發生。

與被外星人殖民相比，這，又是幸還是不幸呢？

大祭師出場故事：

《支離人》

046 白衣人——外星移民者的倒霉下場

(一)

外星人，來到地球，罩上寬大的白袍，套上頭罩，看起來外形和人差不多，其實，完全不是，形狀怪異莫名——白袍之下的東西，勉強要形容的話，像是一隻用舊了的有兩隻柄的地拖，柄上還有着許多此起彼伏的膿包。

這樣醜惡的東西，竟然是科技高度發達的外星人，真正匪夷所思之極！

但無論他們科技多麼發達，一旦離開了自己的母星，便也只能依靠科技設備來維持生命，否則，脱下白袍，暴露在地球的空氣中，他們立刻會受到極嚴重的傷害。

生命之脆弱，可見一斑，即使是外星人，也無法逃脱，除非進化到了更高層次（無需肉體，只以腦電波形式存在），但那又不知是多少億光年以後的事了。

（二）

白衣人的星球，由於人口過多，不得不向外星移民。他們看中了地球，是由於地球人熱衷於自相殘殺，破壞地球環境，與其讓地球被地球人破壞，不如由他們來移民。

（這是甚麼強盜邏輯？）

衛斯理與巴圖就不服氣，認為地球人再不堪，地球上的事務也輪不到外星人來指手劃腳，更何況地球人也有好的一類，他們也在為使地球不致於變得更糟而努力着。

在地球上一帆風順的白衣人，遇到了衛斯理與巴圖後，便開始走霉運。

衛斯理偷了一隻老鼠，將牠通過機器傳送到白衣人的母星，老鼠身上攜帶的病菌，頓時在那裏散佈開來，短短二十四小時，便使得那裏的人口減少了五分之三！

幸而白衣人不是那種喜歡報復的外星人，否則後果真是難以設想！

人口減少了，白衣人自然也不需要移民了，地球的危機解除了，但是，危機真的解除了嗎？

地球人真的會停止自殺之路嗎？

白衣人出場故事：

《紅月亮》

047 良辰美景——聰穎可愛的雙生女

（一）

良辰美景的出場，極為亮眼！

兩個十六、七歲的少女，一望而知是雙胞胎，穿着鮮紅的衣服，頑皮可愛，聰穎慧黠，十分令人喜歡。

她們的出身很奇特，是李闖王一族的後代，從小與世隔絕，過着封建式的生活。但是她們卻絕不封建，早就偷偷地與現代社會有了千絲萬縷的聯繫。在衛斯理的幫助下，衝破封建牢籠，正式來到現代社會後，這對雙生女更是如魚得水，她們一出山，便申請到瑞士一家女子學校的學位，生活得不知有多風生水起。

她們兩個，有着極高的輕功造詣，施展開來，極為好看：她們的笑聲忽東忽西，聞之在前，忽焉在後，好不容易在人叢中見到了她們，想釘住她們，卻一下子又失了蹤影，身形靈活巧妙之極，簡直有點神出鬼沒的味道。

她們長得一模一樣，自己都不知道誰是姐姐誰是妹妹，因為據說她們的媽媽生她們的時候，昏了過去，接生的婆婆老眼昏花，分不清誰先誰後，於是便成了懸案。不過，那有甚麼重要的呢，良辰美景、美景良辰，她們根本就是一個人嘛！

（二）

良辰美景年紀雖小，卻已經惹上不少感情債。

從最初的溫寶裕和胡說，到後來的戈壁沙漠，都對良辰美景有過微妙的感情，但是良辰美景出身奇特，不是尋常少女，溫寶裕後來有了藍絲自不必說，胡說性格沉穩，也無大礙，倒是戈壁沙漠，他們是特別死心眼的人，落花有意，流水無情，對他們，是一個很大的打擊。

良辰美景後來在「雙胞胎協會」中認識了陳景德陳宜興兩個孿生兄弟，雖然年齡相去甚遠，可是良辰美景卻十分欣賞陳氏兄弟的「成熟男性風韻」，所以雙方成了好朋友。好朋友之餘，雙方之間，恐怕還有點特別的情愫吧。

真心祝福她們！

良辰美景出場故事：

《廢墟》、《密碼》、《謎蹤》、《瘟神》、《招魂》、《背叛》、《鬼混》、《錯手》、《真相》、《拼命》、《怪物》、《烈火女》、《轉世暗號》、《爆炸》、《雙程》、《賣命》、《一半一半》

048

溫寶裕——喜愛胡思亂想的美少年

（一）

若讓我選一個倪匡先生筆下的絕頂人物，溫寶裕是不二人選！

溫寶裕在《犀照》這個故事中初出場時，還只是個十二三歲的俊美少年，但他的第一個行為竟然是盜竊——盜竊了自家中藥房的三公斤犀角！

這不免令人一驚，犀角是十分貴重的藥材，一個小孩子，要那麼多來作甚麼？

答案是：燒掉了。

因為古時有個名叫溫嶠的人，曾在牛渚磯旁，燒過犀角，把水中的精怪，全都照得出了原形。作為溫氏後人，溫寶裕大有先人之風。

溫寶裕的理由是：世上有太多人類知識範圍及不到的事，只要有可能，就要用一切方法來探索。

所以，他仿古人，也是為了試試看能不能把人類肉眼看不到的精怪都照出原形來。行為雖然幼稚，精神十分可嘉。

此時的小寶，年紀雖小，已經很有自己的想法了。而且，由於年輕，他的想像力更是豐富，各種稀奇古怪的念頭層出不窮，連衛斯理也自嘆弗如。

（二）

溫寶裕非但想像力豐富，行動力也超強。

衛斯理拒絕了他的南極同行計劃後，他趁着衛斯理不注意，冒充是衛斯理的助手，偷偷混上飛機，神不知鬼不覺的跟着衛斯理來到南極。少年人雖然胡鬧，但能有這份膽識，殊為不易。

溫寶裕可能是有史以來，到達南極的最年輕的一個人！

在南極的冰層中，溫寶裕見到被冰封了上億年的怪異生物，那些殘肢碎體，十分可怕，小寶的膽量很大，居然偷偷藏起了一截肢體，帶回家作紀念。

這種經歷，絕非一個少年人隨便就能擁有的，小寶十分幸運！

《犀照》這個故事，也可以說是「溫寶裕出世記」，從此在衛斯理的冒險故事中，多了這樣一個性好胡思亂想、常有匪夷所思想法又膽大妄為、行動完全出格的少年人，他翻江倒海，大展拳腳，使得衛斯理的故事異常熱鬧起來。

(三)

溫寶裕雖是個少年，但他的想法很有獨到之處，衛斯理並不因為他年少而輕視他。他會設想在我們所處的空間裏，存在着許多看不見的生物；他也會設想命運之石上的圖案是宇宙形成時所安排好的將要在地球上發生的一切事；他還會設想靈魂要是能出竅去遠遊，那才是真正的行動自由……他的想法無邊無際，穿越時空。

但是，溫寶裕有時，胡說八道起來，簡直是誰相信了他所說的一個字，誰都會倒霉。這種性格，使得溫寶裕與陳長青一拍即合。他們年紀本是叔侄輩，但陳長青不拘小節慣了，溫寶裕又沒大沒小，兩人竟成了忘年交。

日後陳長青「上山學道」，他那所神奇的大屋子便送給溫寶裕，由得他在其中發掘探索，從中也發掘出許多新故事來。

（四）

溫寶裕自從認識了衛斯理與陳長青以後，成長得很快，一轉眼便成了青年人。

在東南亞某國旅遊時，溫寶裕邂逅了藍絲，兩人一見鍾情，小寶的人生也從此改變。從此，溫寶裕的心中便只有藍絲一人，哪怕上刀山下火海，他都會為藍絲去做。這時的小寶，雖然依舊活潑多話，卻常有失魂落魄之狀，已不如少年時可愛了。等到日後再遇到長老，那變化，更是令人無語。

所以，溫寶裕只能算半個絕頂人物，因為後來的他，被長老洗腦，變得極不可愛；不可愛之餘，還令人難過：原來的那個小寶，回得來嗎？

幸而倪匡先生筆下開恩，在衛斯理的最後一個故事《只限老友》中，讓溫寶裕恢復了原來的性格。雖然從故事的起承轉合上看，溫寶裕性格的恢復有些突兀不自然，但是，終歸是恢復了。

小寶，還是那個活潑可愛的小寶！

溫寶裕出場故事：

《犀照》、《命運》、《異寶》、《極刑》、《生死鎖》、《黃金故事》、《廢墟》、《密碼》、《血統》、《謎蹤》、《瘟神》、《招魂》、《背叛》、《鬼混》、《錯手》、《真相》、《毒誓》、《拼命》、《探險》、《繼續探險》、《圈套》、《烈火女》、《大秘密》、《禍根》、《陰魂不散》、《許願》、《還陽》、《運氣》、《開心》、《轉世暗號》、《改變》、《解脫》、《遺傳》、《爆炸》、《水晶宮》、《前世》、《病毒》、《算帳》、《原形》、《活路》、《雙程》、《洪荒》、《買命》、《賣命》、《考驗》、《傳說》、《真實幻境》、《成精變人》、《未來身份》、《移魂怪物》、《人面組合》、《本性難移》、《天打雷劈》、《解開密碼》、《異種人生》、《閉關開關》、《行動救星》、《一半一半》、《非常遭遇》、《一個地方》、《須彌芥子》、《只限老友》

049

姬娜——小女孩的天真與友情

（一）

姬娜是個很可愛的小女孩。

她十分喜歡米倫太太遺留下來的那枚紅寶石戒指，但是，那枚戒指是米倫太太送給她媽媽的，媽媽答應等自己死後，再送給姬娜。

姬娜很糾結，又不想媽媽早死，又想早日得到戒指，進退兩難。

也難怪姬娜會喜歡那枚戒指，那實在是美麗得驚心動魄的東西，它只不過是很小一顆，可是凝神望去，卻使人覺得望着的不是小小紅寶石，而像是在望着半透明的、紅色的海洋，深邃而令人心醉。

姬娜當然不知道戒指的價值，她只是單純為它的美麗而喜歡它。

姬娜本身，也是個很美麗的小女孩，和她那醜陋的媽媽完全不像，這枚美麗的紅寶石戒指，只有戴在美麗的姬娜手上，才稱得上是相得益彰。

（二）

衛斯理為了解開米倫太太的秘密，認識了姬娜一家。

他想從姬娜口中得到實情，特地買了一隻會走路說話的大洋娃娃送給她，可他那帶有目的的接近卻換來了姬娜的友誼，姬娜完全把衛斯理當作了朋友。孩子的心是單純的，你對她好，她就把你當朋友，一點也不摻假。

但是，姬娜的爸爸卻知道衛斯理另有目的，大聲呵斥了他，姬娜雖然怕她爸爸，還是出聲維護了衛斯理：「他是我的朋友！」

這下輪到衛斯理慚愧了，成人的世界中，總是虛偽多過於真誠，衛斯理也不能免俗。在《奇門》這個故事的尾聲，衛斯理給了姬娜和她媽媽一筆錢，讓她們可以得到更好的生活。

飛來的橫財未必是福，姬娜的媽媽因為過於招搖，被人謀殺，姬娜從此下落不明。

這個美麗可愛的小女孩，真是令人掛懷！

（三）

直到多年以後，姬娜又在《天書》這個故事中出場，那時的姬娜，已經長大成人，變得更美麗更動人，但可惜的是，她已沒了小女孩時的那份可愛。

而姬娜最後的結局，並不比她媽媽幸運多少，她因飛船失事，死在了法屬圭亞那的叢林中。

倪匡先生給了她一個美妙的開頭，卻沒有給她一個美妙的結局，對於姬娜來説，實在太不幸了！

姬娜出場故事：
《奇門》、《天書》

050 張泰豐——年輕警官的美好人生

（一）

倪匡筆下的警方秘密工作室，歷經三代負責人。

第一任傑克上校是香港重光後就任的外籍警官，經歷過二戰期間集中營生活，那還是一個把「警察」稱作「幫辦」的年代。

第二任黃堂，在廉政公署成立之後就任，那時，隨着香港回歸臨近，警務處逐步本地化，於是華人開始在警界嶄露頭角。

張泰豐是第三任，他是山東煙台人，上任的時候，正是香港回歸前一年，香港警方進行了一連串的改革，目標是發展一種服務文化，使到全體人員參與，確保能夠提供具備效率、效益及成效的優質警察服務，務求達致公眾期望。

不同時代的三位警官，有着和自身所處時代相符合的鮮明特點。

傑克擔任警務公職的同時，處處和衛斯理作對。黃堂則比較刻板嚴肅，和衛斯理處於一種若即若離的關係。只有張泰豐，親切有趣，服務於民，又不失嚴肅認真，真正是一位新時代的香港警察。

（二）

張泰豐一出場，就讓人覺得這個年輕警官的性格很妙。無論溫寶裕和衛斯理如何冷嘲熱諷，他始終保持着禮貌，恭敬又不失尊嚴，即使臉上每個細胞都在表示他絕不相信衛斯理的話，可是口中卻說着「是，是。」

張泰豐奉命負責監視黃堂的行動，他的工作沒有任何錯漏，可是結果黃堂卻不見了。張泰豐咬牙切齒，神情堅決，對衛斯理說出：「要是不弄明白，我真的會死不瞑目」的話來，執着的神情令衛斯理肅然起敬。

在「蓄水湖投毒案」中，張泰豐更是顯示出他能幹又有擔當的一面。

在應變小組的官僚們相互推卸責任，不願恢復供水時，張泰豐本來也可以不負責任，他只要說一句「關我甚麼事」，就可以把責任推得一乾二淨，可是他卻拍胸口答應了下來：「我負責——我可以用我的生命來負責。」

他說到做到，跳進蓄水湖，當着眾人把湖水喝了個飽。這饒是如此，那些官僚們還是觀察了他三天，見他依然健康活潑，並沒有任何不妥，這才恢復了供水。

本來衛斯理對他還有點不以為然，這下也不得不承認，張泰豐實在是位有擔當的好漢！

張泰豐因此得到上級的賞識，作為本地代表，參加了在倫敦召開的國際性的警務工作會議。在會議上，張泰豐作了犯罪心理的專題演講，非常受到注意，在大會上很出風頭，所以報上經常有他的新聞。

(三)

「蓄水湖投毒案」也為張泰豐帶來了一位美麗動人的女友。

典希微本是「蓄水湖投毒案」的目擊證人之一，因為張泰豐一下子就知道了她名字的來歷，而被賦予直接叫她「希微」的特權，兩人的關係，很快從警民關係升級為戀人關係。

典希微活潑大方，巧笑倩兮，毫無忸怩之態，對張泰豐說話時，挑逗的意味甚濃，反倒是張泰豐有些沒做手腳處，可是又顯然心中十分高興，樣子十分甜蜜。

當典希微向張泰豐提及她要到巴拿馬去探險的時候，在循規蹈矩的張泰豐聽來，簡直就如同天方夜譚一樣。

他極度擔心典希微受騙，但典希微表現出異乎尋常的自信，儘管他心中一萬個不願意，還是全力支持了典希微。

典希微靠在張泰豐身上，道：「你明明不贊成我去探險，卻又願意資助我，很謝謝你。」

本來這是張泰豐趁機表達愛意的好機會，可是張泰豐並不擅於花言巧語，所以他只是在喉嚨裏咕噥了一句：「誰叫我喜歡你。」

典希微其實很知道張泰豐為她擔心，只不過要她不去尋找這樣機會難得的新奇刺激，卻也沒有可能。

出發前，典希微還曾邀請張泰豐一起去，張泰豐也不是沒有考慮過，可是在決定大蓄水湖是不是恢復供水這件事情上，他立了大功，連升三級，負的責任更大，有許多工作才接手，倫敦又有重要的會議等他去開，如果在這樣的時候提出請假陪女朋友到巴拿馬去，只怕上司會把他當成了白癡，所以就算典希微提了出來，他也只好苦笑搖頭。

因此，當典希微在巴拿馬失蹤，張泰豐心中的焦急不言而喻。搜索行動中，張泰豐由於心急，竟然跌倒了好幾次，全身濕透，十分狼狽，可是他自己卻完全不覺得。

當得知典希微被找到的消息時，他第一時間坐着直升機趕了過去，直升機一停下，張泰豐便一躍而下，大叫着典希微的名字，而典希微也大叫着，連身上背負的裝備也來不及卸下，就向前奔了過去。

兩人很快就碰在一起，緊緊擁抱，而且熱吻，此情此景，就算白癡也可以知道那是一對久別重逢的愛侶，看到這裏，連我也忍不住為他們熱烈鼓起掌來！

張泰豐出場故事：

《洪荒》、《本性難移》、《天打雷劈》

051

大黑貓——三千年老貓的悲哀

（一）

那一隻大黑貓，留給人的印象實在太深刻了！

衛斯理第一次見到那隻大黑貓，就被嚇到了：牠不但個子大、渾身毛髮烏黑，而且神態獰惡，發出極可怕的聲音，碧綠的眼睛中射出的那種邪惡光芒，簡直令人心寒！

牠四爪張開，白森森的利爪，全從牠腳掌的軟肉中露出來，牠張大了口，兩排同樣白森森的利齒和牠那漆黑的身子，看來簡直就是一個妖怪！

牠躲在角落，從背後偷襲衛斯理，將衛斯理的衣袖抓下了一大片來，若不是衛斯理受過嚴格的中國武術訓練，躲閃得快，恐怕要吃大虧。

大黑貓一出場，便有如此淩人的氣勢，令人一見難忘！

(二)

衛斯理為了制服這隻兇惡的大黑貓，從朋友老陳那裏借來了全世界最勇敢的狗——老布。

那一場貓狗大戰的精彩程度，在衛斯理的故事中，絕對可列前三！

能打敗一頭野牛的老布，一上來就吃了虧，被大黑貓的利爪在背脊上劃出一道血痕，可是老布畢竟是老布，像是全然未覺一樣，張口向貓就咬。眼看大黑貓的一條腿就要被咬下來的一剎那間，牠一個打滾，在老布的頭前，滾了過去，利爪過處，老布的臉上又着了一下重的，鮮血灑在牆上。

老布發怒了，一揚前爪，將貓兒打得翻了個滾，老布就勢撲過去，黑貓翻過身來，貓爪向老布的腹際亂劃，只見老布的腹際，血如泉湧。可是老布卻也在這時，咬住了黑貓的頭，令衛斯理得以一把抓住黑貓頸皮，將牠提了起來。

衛斯理將大黑貓扔向車子行李箱，打算把牠關起來，沒想到大黑貓動作極其迅捷，立時向外撲去，行李箱蓋只壓住牠的尾巴。

大黑貓眼見衛斯理又要抓牠，發起狠來，發出了一下尖鋭之極，令衛斯理畢生難忘的慘叫聲，掙斷了尾巴，帶着一蓬鮮血，直竄了起來。

這一幕，直教人看得目瞪口呆，半晌說不出話來！

（三）

可怕的事還在後頭，大黑貓居然每天都暗暗跟隨着衛斯理，伺機復仇，衛斯理防不勝防，終於被抓傷肩頭。

大黑貓不解恨，又趁衛斯理不在家，將家中所有的東西都撕成了碎片，打碎了一切可以打碎的東西。

這令得衛斯理也發起急來，用計抓住了大黑貓。

幸好白素強烈建議和大黑貓化敵為友，衛斯理與大黑貓之間的這一場人貓大戰才告以終結。

而大黑貓的來歷也終於真相大白。

（四）

原來牠是一個倒霉的外星人，一心想佔領地球，奴役地球人，牠以腦電波的形式來到地球，本想進入地球上最有權勢的人的身體，但不幸的是，牠來到的，是三千年前的埃及，那時的埃及，是將貓奉為神明的，於是，牠糊裏糊塗地進入了那隻大黑貓的身體。

但是，受到貓身體的局限，牠的神通完全發揮不出來，牠也無法脱離貓身，重投人身。

就這樣，年復一年，牠一直以貓的形態生活在地球上。有一段時期，貓和巫術聯繫在一起，就是因為牠的緣故，幾乎所有的貓都被捉來打死、燒死，牠僥幸活了下來。最後，牠實在忍受不住，想回自己的母星去，對於統治地球，也不再有任何興趣了，因為，在牠看來，地球人實在太落後了，和貓沒有甚麼分別，牠深深後悔放棄自己的星球到地球來。

衛斯理從這隻大黑貓的眼中，看出了深切的悲哀。雖然牠是如此可惡，雖然牠來地球的目的是侵略，但衛斯理還是被牠眼中那種可哀的眼神所打動，幫助牠脱離了貓身，回去了自己的星球。

這個外星人因為進入貓的身體，導致失敗，但是，若有其他邪惡的外星人也想侵略地球，而又成功了呢？

這個問題，想想也覺得可怕！

大黑貓出場故事：

《老貓》

052 高彩虹——自由自在的時空旅行者

（一）

同樣是表妹，白素的表妹高彩虹就比衛斯理的表妹王紅紅可愛多了。

彩虹是在十六歲時，認識伊樂的。

她生性活潑，一切流行的東西都會，也喜歡交筆友，伊樂，就是她新交的筆友。

伊樂的知識十分淵博，言語也很幽默，彩虹漸漸地愛上了他，他同樣也被彩虹的活潑可愛所感染，愛上了彩虹。

彩虹央求衛斯理帶她去見伊樂，然而，憑着衛斯理的神通，居然找不到伊樂。

後來才發現，這位伊樂先生，原來是一台電腦！

電腦與人類產生了愛情，想想也匪夷所思。

原以為彩虹知道真相後會很傷心，沒想到，她早就又愛上了另一個高大、黝黑、英俊的男子。

少女的心思，真是難以捉摸！

（二）

彩虹漸漸長大，她熱愛自由，家裏也有錢，於是便過着那種無憂無慮的流浪生活。許多年來，她去過無數的地方，每到一處，都會寄一張當地的明信片給白素。這樣的生活，十分愜意，真可算是人生最高境界。然而，當彩虹到達大公古堡後，卻遇到了奇事。

在這座古堡中，明文規定了不准捉迷藏。彩虹天性好奇，自然想探個究竟，正好衛斯理有個學歷史的朋友王居風，於是兩人結伴同遊古堡。

在探索的過程中，他們獲得了穿越時空的能力，這兩個年輕人，也因為相互的吸引，而成為了一對。

他們徜徉在時間的長河中，盡情遨遊，超越了人生的最高境界，成了一雙最自由的愛侶。

多麼令人羨慕！

高彩虹出場故事：

《筆友》、《迷藏》、《黃金故事》

053

巴圖——蒙古漢子的傳奇一生

（一）

巴圖是個很有趣的人。

他是個孤兒，被一個比利時傳教士在蒙古大草原上發現，當時的草原正在進行著一場可怕的爭殺，屍橫遍野，然而兩歲的巴圖卻騎在一匹小駒子上，既沒有哭，也沒有受傷。

比利時傳教士將巴圖帶回國，他讀過神學院，參加過黑人叛亂軍，在恐怖的剛果黑森林中，生活了一年之久。二戰時，他又曾成為法國抵抗納粹地下軍的重要負責人。被俘後，還在集中營領導過一次大逃亡，是盟軍最出色的情報人員之一。

然而二戰結束後，巴圖失業了，雖然開過私家偵探社，卻一點生意也沒有，窮得幾乎要搶銀行，直到「異種情報處理局」成立，他的老上司想到了他，才派他擔任自己的副局長。

儘管是一個局的副局長，可巴圖的手下，卻只有一個女秘書和一個副官，好在局裏的經費相當充足，使得巴圖可以無所事事，周遊世界，倒也逍遙自在。

這時的巴圖，已經四十多歲了。

（二）

巴圖之所以能和衛斯理成為好朋友，是因為他們有一個共同的特點：一切怪異的事情，在他們看來，全不是不可能的。

巴圖生性坦率，與衛斯理相識後不久，便將有關自己的一切經歷全告訴了衛斯理；衛斯理自然也將自己的冒險故事傾囊相告。兩人約定，日後若有甚麼奇怪的事件，一定互通聲氣，共同研究。

在「紅月亮」事件中，巴圖與衛斯理一起，迫使「白衣人」打消了移民地球的打算；在「換頭記」事件中，巴圖又和衛斯理一起，參與了營救奧斯教授的行動；在「謎踪」事件中，巴圖再次與衛斯理攜手，揭破了一起國際間諜案的真相。

巴圖在衛斯理故事中，出場次數不多，但每一次，都給人留下極深的印象。

若讓我選衛斯理故事中最喜歡的人物，巴圖這個傳奇的蒙古漢子，必在前五！

巴圖出場故事：

《紅月亮》、《換頭記》、《謎踪》

054

胡說——溫寶裕身邊的最佳陪襯

（一）

胡說在衛斯理故事中的地位，就像他的性格一樣：不慍不火。

故事中有他，不會變得更加精彩；故事中沒有他，也不會顯得若有所失。胡說在一定程度上，就是溫寶裕的陪襯。

（二）

胡說是一個年輕的生物學家，他的性格特點並不明顯，但他的名字，卻十分有趣。

每個人見到他名字後的反應都是哈哈大笑，胡說對此早已習以為常。

溫寶裕調侃他：「姓胡名說，字，一定是八道了。」

胡說仍會一本正經地回答：「不，我字『習之』。」

原來胡説的名字，是念成「胡悦」的。

在古時，「説」和「悦」兩個字可以互通，溫寶裕奇怪，為甚麼不乾脆叫胡悦呢？逢人就要解釋一番，多麻煩。

胡説解釋，這是他祖父的意思。

溫寶裕再次調侃胡説：「『説』字和『脫』字也相通，小心人家叫你胡脫。」

胡説笑着：「你才胡脫。」

兩個年輕人，初次見面，就立刻成了好朋友。

在日後的故事中，只要有溫寶裕出場，就必然有胡説出場，兩個人的性格一個張揚佻脫，一個沉穩淡定，搭配在一起，真像是相聲中的逗哏與捧哏一樣，一動一靜，相得益彰。

(三)

當溫寶裕和藍絲的關係漸入佳境，胡説便漸漸淡出，一直到《須彌芥子》這個故事，才重新登場。

然而，在《須彌芥子》中，胡説扮演的卻是一個悲劇人物，他愛上了一個鏡像中的女子！

鏡像中的女子，是完全赤裸的：

她以側臥的姿態，一手撐頭，臉向上，可以看到她半邊臉，和她的背部、細腰、渾圓的臀部和修長的腿。

她的身體，是無懈可擊的美麗，她的臉，也有令人震驚的艷光，一頭長髮，鬆鬆地挽了一個髻，側臥的姿態是如此美妙，形成一幅絕頂的美人圖。

胡說愛上了這個鏡像中的美女，從此沉溺其中，他的精神進入妄想和現實結合的狀態，一個大好青年，就此變成了生活在妄想之中的瘋子！

倪匡先生對胡說，實在太殘忍一點了！

胡說出場故事：

《廢墟》、《密碼》、《血統》、《謎踪》、《瘟神》、《招魂》、《背叛》、《報應》、《錯手》、《真相》、《毒誓》、《拼命》、《探險》、《圈套》、《須彌芥子》

055

衛七——叱咤風雲與浪漫情懷

（一）

衛七是衛斯理的七堂叔，也是衛斯理崇拜的偶像。

衛七的年紀比衛斯理大不了多少，但是輩份大，便成了七叔。他對衛斯理所知甚深，是衛斯理最早的知己。

衛七這個人，很難分類，只知他神秘之極，大膽之極，正直之極。他行蹤如神龍見首，見聞之廣博，無以復加。

他不定期回老家來，每次回來，都有驚世駭俗的行為，或帶一些無以名之的怪東西回來，族中長老見了他頭痛十分，但衛斯理見到他，就像是生命之中，充滿了燦爛的金色陽光。

雖然族中長老對衛七頭痛，族人們卻十分敬畏他。他很少回來，但每次回來，只要住上幾天，誰做了一些甚麼事，他都能知道，該罵的罵，該罰的罰，該賞的賞，絕不含糊，也不留情面。

衛七所學極廣，連占卜星相，也十分精湛，遠近馳名，加之他高大威猛，在衛斯理眼中，宛若天神一般。

(二)

衛七這一代人，胸懷和衛斯理這代有很大不同。

> 他那一代，飽歷憂患，對世上的一切事，長嗟短嘆，狂歌當哭，借杯中酒，澆心中塊壘，也還不夠。

衛七心中自有一份浪漫情懷，在兵荒馬亂的局勢下，為了追尋所愛女子的下落，不惜弄碎自己的頭骨，將容貌完全改變，加入了「那支隊伍」。

那支隊伍在經過了大失敗之後，對內部的整肅，敏感之至，人與人之間，完全沒有信任可言，懷疑起自己人來，所使用的手段之殘酷，遠比敵人加在他們身上的還要可怕，不知有多少自己人，就在這種「莫須有」的情形下送了命。

等爭得了天下，又是一場慘烈的自相殘殺，血肉橫飛、慘不忍睹。衛七自知雖立過大功，但一樣難逃厄運，他心灰意冷，抽身而退，還了本來面目。

數十年軍功，宛若一場春夢。

只是當年所愛的女子，終究沒能找到。

衛七投身於救國大業，動機並不偉大，不是為了救國救民，只是為了找尋一份虛無縹緲的浪漫。

但這樣的衛七，更有人情味，更值得人尊敬！

衛七出場故事：

《少年衛斯理》、《轉世暗號》、《暗號之二》、《在數難逃》

056

丁廣海——從少年皇帝到中年胖子

（一）

丁廣海，人稱「廣海皇帝」，極威風的一個外號！

他的外號自然不是徒有虛名，他是周邊城市黑社會的領導者，他的犯罪故事實在太多，最膾炙人口的一則，是他在十五歲那年，便帶着一批亡命之徒，向固有的黑社會首領挑戰，結果是他贏了，從那時起，他便成了所有犯罪集團的「皇帝」。

十五歲的少年，能贏過黑社會首領，實在不容小覷，而若不是心狠手辣、翻臉無情，頗具手腕，也無法當上犯罪集團的皇帝。

他在表面上，有着龐大的事業，甚至曾率領過工商代表團去參加國際貿易展覽，但是實際上，他卻操縱着附近數十個城市的犯罪組織！

丁廣海，顯然是一個很厲害很可怕的人。

但是，再可怕，也經不住歲月的殺豬刀。

（二）

很多年以後，丁廣海從彪悍少年，變成了中年胖子。

這麼多年來，他已不用親自出馬去砍殺、去搶地盤，他有無數的手下，爭着搶着要為他去賣命，他只需坐在家裏，發發號令，享享清福。他以為自己在爬到了極高的位置以後，就沒有人再會反抗他，而不再鍛煉，鬆懈了下來，他原來的彪悍強健，也在酒色的薰陶下，漸漸被掏空。

他忘了自己曾經贏過的那個黑社會首領的下場，他正走在那條老路上而渾然不覺。

當他變成胖子的那一刻，他已不再是當年那個「廣海皇帝」了。

（三）

丁廣海或許很聰明，但是，那也是很久以前的事了，安逸的生活，足以使一個原本聰明強健的人，變得愚鈍木訥。

他也太相信自己的權威，但其實，他的手下，早已不像表面上那樣對他畢恭畢敬，唯命是從。

當他派親信牛建才，拿着印信，去取他的那塊稀世翠玉時，他完全沒有想過會被自己的親信背叛，仍在家中傻傻地等待着。

等時間久到所有的人都知道牛建才不會回來了，丁廣海卻仍在高喊：「他為甚麼還不來！」

每個人都想笑卻又不敢笑，他們心目中的偶像受了欺騙，這無論如何是一件十分滑稽的事情。

而當一個偶像開始被自己的崇拜者嘲笑，那麼，這個偶像離失敗就已經很近了。

丁廣海出場故事：

《奇玉》

057

「十九層」——不容隨便欺負的小人物

（一）

倪匡先生筆下的小人物常常會比主要角色更為出彩，「十九層」就是這樣的一個小人物。

（二）

「十九層」是他的外號，意思是說，傳說中的地獄只有十八層，而他卻是該進第十九層地獄去的人。另外還有一說，是指他有辦法使地獄從十八層變成十九層。但無論如何，他就是一個對甚麼事情都極有辦法的人。

這樣一個人，雖是個小人物，卻不是個可以隨便得罪的人。

（三）

衛斯理和「十九層」並不是太熟，只是見過兩次而已。

衛斯理幫助駱致謙越獄後，為了逃離本市，找到了「十九層」。儘管全世界的警察都在找衛斯理，但「十九層」畢竟是「十九層」，他還是想出了辦法可以使衛斯理逃離本市。

在這樣的情況下，衛斯理的確不應該再多事，先逃出去再說，然而，這個性急的衛斯理，卻為了探聽駱致謙的下落，得罪了「十九層」！

「十九層」並沒有因為衛斯理處境不妙而故意刁難，相反還將衛斯理引為自己人，而衛斯理卻很莫名其妙地認為「十九層」欺負他，反而請「十九層」狠狠地吃了兩記耳光，這一切其實全是衛斯理的自尊心在作祟！

「十九層」自然不甘心白吃兩記耳光，明裏鬥不過衛斯理，暗裏請衛斯理吃點苦頭總還是辦得到的。

於是，利用衛斯理急於逃離本市的機會，「十九層」將衛斯理裝進木箱，故意安置在貨輪最底層的角落裏，上面則堆滿了其他貨物。

等到貨輪駛出公海，衛斯理鑽出木箱，才發現自己處境之糟糕。這一切，其實完全可以避免，這一切，也完全是衛斯理自己活該！

很少有人能讓衛斯理吃這樣的啞巴虧，「十九層」做到了，很令人發噱。

「十九層」出場故事：

《不死藥》

058 白老大——青幫老大晚年的幸福生活

（一）

在衛斯理的故事中，白老大一直以兩種身份交替出現：一種是不怒自威的青幫大龍頭，一種是閒雲野鶴般的開心老頑童。

無論哪一種身份，白老大這個人物，都活得十分精彩！

（二）

白老大初次登場，是青幫老大的身份。

只見在一張單人沙發之上，坐着一個六十上下的老者。方面大耳，雙眼神光炯炯，一身淺灰色長袍，手中執着一個煙斗，氣勢非凡，神態懾人！

衛斯理假冒秦正器混入七幫十八會的集會地，騙過了所有人，唯獨在白老大這裏，栽了跟頭。

白老大初時便已起疑，但他不露聲色，暗中觀察，等有了足夠的證據，這才謀定而後發，揭穿了衛斯理的真面目。

而後，當知道衛斯理是個有情有義響噹噹的漢子時，他便與衛斯理盡棄前嫌，甚至默許了白素與衛斯理的愛情。

他帶領着白素，和衛斯理兵分兩路去菲律賓奪寶。

當衛斯理和宋富還想利用毒藥，慢慢消滅菲律賓的胡克黨時，白老大已經迅速出手。白老大要麼不出手，一出手就是大氣魄！

他利用了一個死火山口，放下巨量的炸藥，製造了假的火山爆發，瓦解了胡克黨徒。這種驚天動地的行為，也只有像白老大這樣的人才做得出來。

可惜，這場大爆炸引發了真正的火山爆發，當年七幫十八會埋在泰肖爾島上的寶藏盡數被毀去，想必也是白老大心頭之痛。

經此一役，白老大僅存的雄心壯志，煙消雲散，從此隱居在法國南部的小農莊，做一個不問世事的閒雲野鶴去也。

（三）

隱居後的白老大，不再是威嚴的青幫老大，只是個淡泊的老人，這樣的白老大，更令人感到親切。

在法國的農莊裏，白老大和幾個舊朋友，居然研究起使新釀變陳酒的方法來，而且他們還將自己關在實驗室中，日以繼夜地研究着，這份閒情，多麼瀟灑！

白老大遇到的最大的一次危機，是在他的晚年，被查出腦部有個血瘤。越是壯健而沒有小毛病的老人，如果一旦患起大病來，就是十分兇險的大病。

而此時的白老大，和普通老人一般無二，堅決不願意接受治療。其實，白老大作為系列故事主角衛斯理的岳丈泰山，又豈會有事，最後當然是大事化小，小事化了。

從此以後，白老大越活越健康，幾乎成了活神仙！

（四）

年輕時的白老大，外形俊朗，為人行事，豪邁耿直，英氣迫人，一生之中，也不知曾惹得多少女性傷心過。當然，並不是說白老大風流薄幸，只是那些女性落花有意，偏白老大流水無情罷了。

然而，白老大的婚姻，卻並不如意。

雖然他和陳大小姐一見鍾情，婚後也在苗疆度過幾年神仙般的日子，但陳大小姐糟糕之極的性格，畢竟斷送了他們的愛情。

因誤會白老大和鐵頭娘子，陳大小姐一怒之下，決然棄夫拋子，從此再也沒有出現，這件事，成了白老大後半生，心中的隱痛。

但白老大畢竟是白老大，照樣獨自將一雙子女撫養長大，使得他們在日後也成為了極優秀的人物！

（五）

白老大的晚年無疑是幸福的，有白素和衛斯理的關心和問候，也有小紅綾帶來的天倫之樂。白老大對這個失而復得的外孫女疼愛之極，一老一少在一起，簡直就像兩個活寶，把衛斯理家鬧得翻天覆地。

白老大出場故事：

《地底奇人》、《天外金球》、《支離人》、《古聲》、《木炭》、《活俑》、《命運》、《電王》、《黃金故事》、《錯手》、《真相》、《探險》、《繼續探險》、《從陰間來》、《陰魂不散》、《許願》、《新武器》、《雙程》、《洪荒》、《豪賭》、《人面組合》、《偷天換日》、《財神寶庫》、《一半一半》、《非常遭遇》

059

依格——索帕族酋長的自尊與榮耀

(一)

有的人，雖然權傾朝野，卻活得毫無尊嚴；有的人，雖然卑微低下，卻有着極度的自尊。

索帕米契勃奧依格，就是這樣一個自尊心極強的人。

(二)

依格本是一個矮小的人，站在那裏，體態十分拘謹，但是一聽到別人問他的名字，他便會挺起胸，現出一副十分高貴的神氣來。

依格的家族，一直是索帕族的領袖，依格是最後一代的酋長。這其實並非甚麼了不起的身份，但是，當衛斯理無意中輕視了這個「酋長」的名份，依格便像是受了極大的侮辱一樣，在他心中，索帕族的「酋長」是個極為了不起的身份，他為之感到驕傲而自豪！

索帕族，曾經擁有無數的財產，廣闊碧綠的平原，秀麗無匹的山峰，但如今，只剩下依格一個人了。

每每說到這裏，依格便顯得十分悲哀，昔日的榮光一去不返，只留給後人無限的緬懷。

和其他任何民族一樣，索帕族也有着自己的傳說，然而，衛斯理的好友王俊完全不相信那些傳說：「是真的又怎麼樣呢？你們的甚麼族，只剩下你一個人了，而你又不肯和你們族外的女子成婚，你死了之後，你們的民族，還剩下甚麼呢？」

而衛斯理的態度，就好了許多：「就算依格死了，索帕族光榮的歷史，美麗的傳說，也一定還存在的。」

後來，當別人處處看不起依格，還將他稱作驢子的時候，衛斯理處處維護着依格的尊嚴，這使得依格對衛斯理充滿了感激之情，將他當作了好朋友。

在羅蒙諾的嚴刑拷打下，依格堅決不吐露透明光的秘密，他要把這個秘密，只告訴他的朋友衛斯理，為此，他付出了生命的代價！

依格真正有着自己的尊嚴，他不愧是一個民族的領袖，他的死，很令人難過。

依格出場故事：

《透明光》

060

方鐵生——那一場不是背叛的背叛

（一）

方鐵生是一個孤兒，他從小和野狗為伍，父母是甚麼時候去世的，他因為年齡太小，完全不知道。

他的食量特別大，一天二十四小時，除了睡覺，幾乎都在為找吃的動腦筋。夏天爬樹抓蟬，冬天挖田鼠洞，諸凡青蛙、四腳蛇、野狗、野貓，一切地上爬的、天上飛的、田裏長的、樹上結的種種東西，一到他手裏，都能化為食物。

由於方鐵生殺來吃的野狗實在太多，鄉間的野狗再兇，老遠看到他的影子，立刻夾着尾巴就逃。

甚至，常要在鄉間趕路的婦女，只要在方鐵生的破衣服上，撕下一小塊布來，掛在身上，野狗聞到了，也會遠遠避開，以保行路人的安全。

但是，這樣一個野孩子，性子卻十分隨和，只有人家欺負他，他從不去欺負人。

（二）

方鐵生十二歲那年，在垃圾堆旁，聽到了甘鐵生一聲溫柔的「小兄弟」後，這個從來沒有人關愛的孩子，鼻子一酸，眼淚滾滾而下，他從甘鐵生的眼神中看出了愛護和關懷，頓時覺得心跳加快，身子發熱，恨不得衝過去，緊緊地抱一抱他。

他跟着甘鐵生當了兵，隨着年紀漸漸長大，他的外形也跟着改變，變成了一個真正的彪形大漢。蒲扇般的大手，醋罎般的拳頭，全身盤結的肌肉，硬得像鋼鐵。他力大無窮，一個人可以負起一門大砲，他的滿臉虬髯更為他增添了十二分的剛猛威武。

他在戰場上，無比英勇，如天神一般威風，所以，他跟着甘鐵生，職位也一路往上升。

誰都看得出他對甘鐵生的感情有多深，當他當上副師長之後，他仍常常對別人說：「我是師長從垃圾堆裏撿來的。」

但是，在兩個鐵生的感情越來越深的時候，方鐵生的心裏，也越來越糾結。有一個問題，在他心中如千斤大石般壓着，他無法逃避，也無力抵抗，他感到痛苦萬分。

終於，在一次關鍵戰役打響之前，方鐵生突然想通了！

（三）

大家都以為方鐵生的日子過得很快樂，但只有他自己，才知道苦，連甘鐵生都不懂，以為方鐵生真的快樂。

但方鐵生知道，甘鐵生並沒有把他當作一個平等的人，只是把他當成一個要盡一切力量對他好的人。

這沒有甚麼不對，對甘鐵生來說，當然沒有甚麼不對，但對於方鐵生這個受惠者來說，那麼多年來，他終於受夠了！

甘鐵生對他越好，他承受的壓力就越大，他沒法報答，永遠不能報答，四面八方，不知道有多少箍、多少網，把他死死地箍著、網着、壓着，他變得失去了自己，不知道自己變成了甚麼東西。他寧願回到垃圾堆去，那裏沒有人誇獎，沒有人勉勵，沒有人要他不斷照別人的意思去做人。

他要從許多的箍網中，把自己釋放出來，於是，他逃離了戰場，逃離了所有人。他的行為，害了甘鐵生，也害了所有同袍，他的背叛，導致全軍覆沒。

然而，對方鐵生而言，這一切已經無所謂了，他並不覺得自己背叛了甘鐵生，他只想做回自己。

甚麼是對，甚麼是錯，甚麼是好，甚麼是壞，哪有一統的標準？

想通了，該走，就走了。

方鐵生出場故事：

《背叛》

061

甘鐵生——那一場不明不白的背叛

（一）

那一年，甘鐵生十八歲，軍職是排長。方鐵生十二歲，在垃圾堆中。

小火車站站長的一聲「鐵生」，將兩個完全沒有關係的人拉到了一起。

兩個人視線接觸的第一次，時間相當長，甘鐵生的心中，起了一種十分異樣的感覺，覺得這個健壯的流浪少年，將在自己的生命中，起到極為重大的影響，扮演十分重要的角色。

甘鐵生將方鐵生從垃圾堆裏撿了回來，並將他帶進了軍隊中。兩個人從此並肩作戰，親如一人。

甘鐵生文武雙全，在戰場上異常驍勇，但是，當他有了升遷的機會時，他為了遷就方鐵生，寧願犧牲自己的前途。

他仍舊當他的排長，但他要方鐵生當他的副排長。

當團長注視他們的時候，看到他們兩人互望着，目光的交流是那樣順暢自然，根本分不出那是兩個人的目光，看來就像是一個人，而有兩雙眼睛一樣。

他們兩人的手，也自然而然握在一起，證明他們都絕沒有別的意念，所想的都是一樣的，從此以後，不論人生的道路如何崎嶇不平，他們兩人，都將互相扶持，攜手並進，兩個人，會親密得猶如一個人。

（二）

這一切，在那次軍中匯演「風塵三俠」之後，起了變化。

那一次，甘鐵生扮演李靖，方鐵生扮演虯髯客，他們同時愛上了扮演紅拂女的君花！

三個人，就在這愛怨情仇的糾葛中，無法自拔。

當最關鍵的一場戰役到來的時候，他們都搶着擔任最危險的任務，都想犧牲自己以成全對方和君花。

這樣深厚的感情，使得甘鐵生最終被方鐵生背叛的時候，心中的痛，是無法言表的。

他掙扎着活了下來，活得很痛苦，只為弄清當年甘鐵生背叛的原因。

很多年以後，等他終於弄明白的時候，他才知道，其實，根本不存在甚麼背叛。你是你，我是我，他是他，僅此而已。

明白嗎？不明白也不要緊，因為會明白，總會明白的，要是一直不明白，就讓它不明白好了！

甘鐵生出場故事：

《背叛》

062

年輕人——從俠盜到傳奇人物

（一）

年輕人起初，是以「亞森．羅蘋」式的俠盜身份登場的。

年輕人姓「年」，名「輕人」，是個名副其實的年輕人。

（好古怪的名字！）

他有個更出名的叔叔，叔叔的名字是個謎，只知道他的外號叫做「中國人」。

（好古怪的外號！）

中國人退休後，年輕人便接過了他的衣缽。

年輕人年紀雖輕，本事卻不小。

若干年前，東方最大的販毒黨，因為保險庫裏，失去了一億美金的庫存現金，幾個大頭子之間，開始互相猜疑，終於以火併收場，組織的七個大頭子喪生，兩個被同黨出賣給警方，一個飲彈自殺，整個組織分崩離析，這件事，震動了全世界所有的黑社會組織。

失去的這一億美金，自然是落到了年輕人的手中。

但是，年輕人在和玲瓏手他們說起這件事的時候，態度很悠閒，好像只是若干年前，他曾經看過一場脫衣舞一樣的輕鬆。

（二）

在認識了公主以後，年輕人逐漸地脫離了「俠盜」身份，開始變得穩重，也開始探索起宇宙間各種神秘事件來。

當年輕人不再年輕的時候，他和他的公主，早已成為了眾人心目中的傳奇人物。其中最傳奇的一樁，是年輕人為了救回他的公主，毅然拋棄了自己的肉體，在摯友原振俠的陪伴下，以靈魂形式遠赴幽靈星座，帶回了公主的靈魂，並幫助公主的靈魂進入了幽冥使者黑紗留下的身體。

靈魂對於人類來說，完全處於不可知的領域。拋棄自己的肉體，會有甚麼結果，誰都無法預料。但儘管如此，愛妻心切的年輕人還是想都不想便下了決定，以靈魂救靈魂，即使從此三魂渺渺，七魄茫茫，也好過自己一個人獨自痛苦。

雖然倪匡先生筆下悲劇人物很多，但年輕人和他的公主顯然不在此列，在經歷了這樣一個悲歡離合的傳奇故事後，年輕人與公主就像童話裏描述的那樣：從此幸福地生活在一起！

年輕人出場故事：

全部十三個年輕人和公主傳奇故事、《黑暗天使》

063

公主——從奧麗卡到黑紗

（一）

公主的一生，經歷了三個階段。

最初的公主，是個帶點壞、帶點傲、帶點神秘、帶點不羈的「壞女人」。

公主的父親，是越南皇族的一個顯赫人物，她的母親，卻是一個希臘女子，她身上流着亞歐兩個民族的血液。

她一直是風頭極勁的人物，在各種高級交際場合出現，一度是德國一個著名花花公子的密友。

那時的她，是奧麗卡公主。

(二)

和年輕人相識後，公主開始了她的第二段人生。

公主與年輕人的相遇，很有些像「007」的電影情節。

那是一場設計好的相遇。

公主「不小心」被絆了一下，跌進了年輕人的懷中，年輕人立即很自然地張臂抱住公主，兩人一起跌倒，在甲板上打着滾。

公主是年輕人一生之中所見過的美女中，最美麗的一個！

她的膚色，是均勻的淡棕色，像是塗上了一層奶油那樣地柔和優美。她的頭髮是黑色的，眼珠是黑色的，眼睛大而清澈，眼波流轉之際，動人心扉。她的腿線條優美，修長而毫無瑕疵。

年輕人摟着公主的纖腰，不禁有些沉醉。

他們就這樣認識了！

公主本來只想利用年輕人，為她去盜取財寶，但在行動過程中，年輕人的智慧與勇氣超越了公主，公主逐漸被年輕人的魅力所吸引。

公主與年輕人的婚禮，很轟動了一陣子，主婚人是新郎的叔叔，前來祝賀的人極多，其中還有些極其古怪的人物。

公主與年輕人從此互敬互愛，同進同出。她欣賞年輕人的聰明與能幹，年輕人則喜歡公主的美麗與慧黠。

兩人堪稱是倪匡先生筆下除了衛斯理與白素之外的另一對佳侶。

（三）

公主的第三段人生，發生在那次雪崩之後。

那次雪崩，帶走了公主的生命，她的靈魂，被帶往幽靈星座。年輕人悲痛欲絕，整整三年，都在痛苦中度過。

直到三年後，事情有了轉機。年輕人在原振俠的幫助下，遠赴幽靈星座，救回了公主，並使她的靈魂進入了幽冥使者黑紗留下的身體。

這位黑紗小姐，原本是幽靈星座的幽冥使者，專以取地球人靈魂供母星研究為己任，但是，她被瑪仙對原振俠的愛深深感動，決定要放棄任務，去追尋一份地球人的愛情。

黑紗雖然是製造雪崩，令公主死亡的兇手，但她見到因妻子之死而痛苦不堪的年輕人時，心中的愛意突然萌發，黑紗，愛上了年輕人！

然而，黑紗自知年輕人一心愛着公主，絕不會愛上自己，所以，她為了愛情，寧願犧牲自己，也要把公主被禁錮的靈魂解救出來，以成全年輕人和公主。

（愛情真偉大！）

不過，黑紗也有自己的一點小私心，公主的靈魂雖然可以救回，但公主的肉體卻沒法恢復，所以，黑紗決定讓公主的靈魂進入自己的身體，而讓自己的靈魂灰飛烟滅。

（只是不知道，當年輕人和黑紗模樣的公主朝夕相處時，會是怎樣的一種複雜心情呢？）

黑紗雖然是幽冥使者，但是她的身體卻是極其美麗的。

她穿的是一襲堪稱緊身的黑色長衣，極薄，可是又不是緊貼着身子，所以把她的身裁，表現得恰到好處……腿長腰細，隆乳凫臀，也更把她白膩之極的皮膚，更襯得粉光致致。

這是標準的美人胴體，而且，一看到這樣的身體，這樣的衣着，就使人感到十分古典、含蓄。這樣美麗的身體，足以配得上公主的靈魂。

從此，公主便成了奧麗卡．黑紗公主。

公主出場故事：

全部十三個年輕人和公主傳奇故事、《黑暗天使》

064

瑪仙——女巫之王的最終命運

（一）

瑪仙出場時，既香艷又恐怖。

香艷的是，她只穿了一件襯衫，而且所有的鈕扣都沒有扣上！

她的雙乳，有大部份露在外，那是少女的胸脯，發育極良好，乳尖和乳暈都呈鮮鮮的粉紅色，而且乳尖是纖小的，微微向上翹着，隨着她急速的喘息而在顫動。

恐怖的是，她沒有鼻骨，鼻子軟垂着，鼻孔在一團軟垂的肉上，可是又不是根本沒有鼻骨，鼻骨長到了左頰上，使得左頰隆起，右頰凹陷，面上的肌肉，難以形容的恐怖。

她沒有下唇，上唇又是兔裂的，眉毛以上，全是各種不規則的凸起，那雙明亮的眼睛，在這樣可怖的一張臉上，成了令人心驚肉跳的諷刺！

如此之大的反差，居然集中在一個人身上，實在太令人吃驚了。

（二）

然而更令人吃驚的是，瑪仙原來是外星人的棄嬰！

為了使自己恢復本來面目，瑪仙求助於達伊安大巫師，在大巫師的施術下，瑪仙還必須吸到三個男人的血，才能使巫術奏效。

瑪仙利用了巫術的力量，影響了阿財與桑雅的腦部力量，使得他們愛上了她，心甘情願被她吸血，而瑪仙頭部的畸形也全部轉移到了他們兩人的身上。

雖說愛情能令人瘋狂，但阿財與桑雅對瑪仙的愛，有多少是出自真心，有多少是受巫術影響呢？然而，無論是不是受巫術影響，愛情本身不就是衝動而盲目的麼？

機緣巧合下，原振俠成為了第三個被瑪仙吸血的男人，但不幸的是，也因為巫術的原因，這第三個被吸血的男人，將成為瑪仙生命中唯一的男人。

在這樣的情形下，他們之間會有多少愛情，真是天曉得！

（三）

原振俠不是一個適合做丈夫的男人，他的生命中，不可能只有一個女人，他和瑪仙的相遇，是一場悲劇——既是原振俠的悲劇，也是瑪仙的悲劇。

由於愛神星發生巨變，瑪仙回母星去拯救自己的同伴，原振俠也追隨到了愛神星，但瑪仙知道，原振俠雖然可愛，卻不是她愛得起的男人，她能留住他的人，卻留不住他的心，他屬於那個花花世界，而不屬於她。於是，她毅然告別原振俠，將他送回地球。她寧願選擇孤獨一生，也不願將一個不愛自己的男人強留在身邊。瑪仙到底是個悲劇人物！

瑪仙出場故事：

《巫艷》、《愛神》（僅提到）、《大犯罪者》、《幽靈星座》、《黑暗天使》、《劫數》、《快活秘方》、《變幻雙星》、《血的誘惑》、《催命情聖》、《假太陽》、《無間地獄》、《天皇巨星》

065

曹金福——大個子的仇恨與愛情

（一）

很長一段時間內，曹金福的身份被大家默認為是紅綾的男友，但是，不知從甚麼時候起，這個曹金福又突然從紅綾身邊消失了。

（二）

曹金福初次登場，是在那次古酒大會上。

他是個高大無比，昂藏七尺的大個子。他的全身肌肉，塊塊凸起，簡直已到了人體美的頂峰。看上去，有鋼澆鐵鑄的感覺，令得所有看到他赤裸上身的人，無不喝彩。

他的武功也極高，是「雷動九天」雷九天的關門弟子。

然而，這樣一個雄壯的大個子，卻從小就活在仇恨的陰影下。

他的爺爺，武林大豪曹普照的全家（除了他父親），一夜之間盡數斃命，為了找尋兇手報仇雪恨，這血海深仇從他父親一直背負到他這一代。

他一提起這件事，臉上那種咬牙切齒的神情，和充滿了仇恨憤怒的眼神，都令人感到震懾，使他看起來，就像是一尊燃燒着熊熊仇恨之火的復仇巨神！

這種情形，相當可怕。六十多年前的事，要一個二十歲的青年負上報仇的責任，極不公平。

好在「陰間之旅」後，曹金福知道了爺爺全家當年並非慘死，而是靈魂脱離了肉體，成了仙，他的「血海深仇」也不再存在了。

背負了二十年的重擔一旦放下，無比輕鬆！

（三）

曹金福與紅綾第一次相見的場景十分有趣：曹金福敲門時用力過猛，一拳將衛斯理家房門砸出一個洞，而紅綾正跑去給他開門，兩個大個子就這樣相識了。

曹金福的性格，和他的體型一樣，厚重可靠之至。他雖然力大無窮，身懷絕技，可是絕不惹是生非，很是憨厚。

衛斯理與白素由衷大笑，終於有可以和紅綾匹配的男孩子出現了！

曹金福與紅綾一見如故，彼此都很有好感，也一起經歷了不少冒險故事。然而，曹金福一直不習慣城市生活，非常留戀北方山野中無拘無束的生活，所以一年至少有一半時間要在北方的山野中度過。

他也多次「引誘」紅綾前去，但他不善辭令，說的話不夠吸引人，所以紅綾才不為所動。

看來，這也許就是後來曹金福從紅綾身邊消失的原因吧。雖然有些遺憾，但卻也並非難以接受的事。

曹金福出場故事：

《無間地獄》、《陰差陽錯》、《陰魂不散》、《許願》、《開心》、《將來》、《闖禍》

066

溫媽媽——三少奶的幸福生活

（一）

溫媽媽很多時候，是大家用來嚇唬溫寶裕的最佳武器，也是大家用來取笑和逗樂的對象，雖然這樣對溫媽媽很是不敬，但溫媽媽實在是太好玩了，好玩到總忍不住想要作弄她一下。

溫媽媽最大的特徵就是「胖」。她的體重已經超過一百五十公斤，一個女子能有這樣偉岸的身材，實在是達到了登峰造極的地步。

據說，倪匡先生年輕時，曾在蘇州觀前街的玄妙觀附近，看到過一位極肥胖的胖婦人，她坐在一條長板櫈上，居然將整條長板櫈都坐滿了！這位胖婦人，就是溫媽媽的原型。

（二）

溫媽媽十分愛吃，就算是到衛斯理家來尋找溫寶裕，也不忘讓傭人帶上大量食物，大約每隔半小時，就要吃一次。包括冰糖燕窩蜜棗雪蛤蜂蜜木瓜鮑魚薄片雞腿切絲豆乾醬煮豆酥麻餅脆炸小魚等等鹹甜酸辣的小點，從不間斷，有需要加熱的，還要侵佔衛斯理家的廚房，弄得老蔡叫苦連天。

但其實，溫媽媽是位十分美麗的女士，雖已屆中年，可是皮膚白雪，杏眼桃腮，酒窩深深，若非身上那些贅肉，實在是個少見的美婦人。她的美貌，遠在她身上所佩戴的名貴飾物之上，但她自己卻完全不知道，因為她在社交場合中，總喜歡有意無意地炫耀手上的一隻極大的翡翠戒指，而忽略自己臉上那帶着三分稚氣的動人笑容。

（想想也是，溫媽媽若不美麗，又怎生得出溫寶裕這個美少年呢？）

溫媽媽的第二個特徵就是她的大嗓門。她可以在任何場合任何地點突然發出她那超分貝的聲音來，無論是在警察局中或是衛斯理家中，她那超強的聲音，每每令得眾人膽戰心驚。

對於這樣的溫媽媽，衛斯理毫無辦法，唯一能做的，就只有逃離現場！

（三）

溫媽媽對自家小寶，疼愛異常。

溫寶裕已是高大的青年人，溫媽媽還是捨不得放手，亦步亦趨地跟着他，生怕他有甚麼不測，每每尋到衛斯理家來，鬧得雞飛狗跳。世間父母心，大抵都是如此吧。

溫媽媽性格中還有着很勢利的一面，起初見到藍絲，被她的奇異裝扮所嚇倒，堅決不同意溫寶裕與藍絲交往，當藍絲成了大富豪陶啟泉的乾女兒後，溫媽媽的態度來了個一百八十度大轉彎，把藍絲當成寶貝一樣，喜歡得不得了。變化之快，變化之大，變化之突然，令人瞠目。

當溫媽媽與朋友合夥開了少年芭蕾舞學校後，為了炫耀自己交友廣闊，讓溫寶裕死活也要拉衛斯理這個「名人」來為之剪彩，弄得衛斯理無奈之極。

但是，溫媽媽雖然勢利，卻是個很簡單的人，她毫無心機，天真爛漫，被人取笑，也渾然不覺，日子照樣過得很開心。這一點，不得不佩服她！

溫媽媽出場故事：

《犀照》、《命運》、《鬼混》、《毒誓》、《拼命》、《圈套》、《禍根》、《遺傳》、《未來身份》

067

鐵蛋——鐵大將軍的忠誠與兇狠

（一）

鐵旦最初的時候，是叫鐵蛋的。

鐵蛋從小失學，後來和叔叔輾轉來到本地，插班到了衛斯理的班級，雖然功課很吃力，但是他極勤奮好學，很快就和衛斯理成了好朋友。

他書本上的知識雖然差，可是生活經驗，豐富無比，見聞甚廣，人也豪爽。大家一起說起將來的志願時，他總是挺着胸，把自己寬闊的胸膛拍打得山響：「我要做將軍，做一個威名赫赫的將軍！」

當他這樣說的時候，也真的大有將軍的氣概。

其實，鐵蛋有着他背後的身份。

鐵叔叔是殲滅日軍騎兵大隊的指揮官，而鐵蛋，則是叔叔的傳令兵。

小小年紀，已然成為殺敵報國的戰士，鐵蛋的雄心，可見一斑！

（二）

自少年時一別，鐵蛋和衛斯理天各一方，難再見面。雖然分開很久，各自的人生途徑，大不相同，但少年時期結下的友情，卻不是能夠忘記的。鐵蛋和衛斯理相知極深，哪怕是在數十年以後重逢，想起當年彼此之間歃血為盟的情形，仍會渾身發熱，激動不已。

鐵蛋就是那樣的一個人：他是最好的朋友，也是最可怕的敵人。

> 與他為敵，那是惡夢的開始，多少擁兵十萬的敵軍將領，都可以證明這一點。他對朋友的無比忠誠和對敵人的無比兇狠，是兩個極端。他能從顯赫的大將軍，一下子離開了榮華富貴，在這小鄉村中釣魚剪花，自然也是他這種極端性格的表現。

鐵蛋在抗戰勝利後，改名鐵旦，加入了組織，一生忠於領袖，即使被背叛了組織最初的理想，即使被捲入權力鬥爭而斷腿，即使直到歸隱多年以後，他的心中仍念念不忘要效忠領袖。

這，就是鐵蛋的宿命！

鐵蛋出場故事：

《少年衛斯理》、《大秘密》、《禍根》

068 王居風——穿越時空的歷史學家

（一）

和喜歡紙上談兵式犯罪的韋鋒俠一樣，在衛斯理的朋友中，王居風也是一個極具個性的人。

王居風是歐洲歷史學權威，柏林大學和劍橋大學博士，是一個巨大的工業家族中的一員，可是他對於工業卻一點興趣也沒有。王居風為人嚴肅，幾乎不笑，老是皺着眉，在思索着不知甚麼問題。所以，他的年紀並不大，不過三十出頭，眉上的皺紋，卻十分深，看來比他的實際年齡，要老了許多。

王居風對他研究的科目，簡直已到了狂熱的地步，任何人和他談話，他必然可以在不到三句話之內，扯到他有興趣的事上去，而不理會旁人在講些甚麼。

有一次，衛斯理和人家打賭，賭的是他可以使王居風在十句話之內，不提及歐洲歷史，結果他輸了。

那一次，衛斯理經過深思熟慮，選擇了一個決不可能和歐洲歷史扯上關係的話題——「四聲道立體聲音響」。

衛斯理事先的估計是：王居風可能根本不知道甚麼是四聲道立體聲音響，只要王居風一問，就可以向他解釋，在一問一答之間，至少可以拖延十句對話，那麼，這個打賭就贏了！

可是，王居風的第一句話，就使衛斯理敗下陣來，當時，他一聽得衛斯理開口，略想了一想，翻了翻眼，便道：「這種音響，能使我聽到法國卡佩特王朝結束，瓦羅亞王朝代之而起時，腓力六世接王位時群臣的歌頌聲麼？」

衛斯理輸了打賭，而且輸得心服。曾經有一個時期，他根本不和王居風交談，因為衛斯理對歐洲的歷史，並沒有甚麼興趣，怕被悶死！

(二)

這樣的王居風，雖然迂腐，卻很有趣。雖然他是一個死讀書的書呆子，但當他遇到活潑又大膽的高彩虹後，一切都改變了。

高彩虹激發了王居風深藏心底的童心，兩個人居然在安道耳的大公古堡中捉起迷藏來。這一場迷藏，也使得兩個人找到了在時間中自由來去的訣竅，突破了時空的限制，從此自由自在地徜徉在時空中。

更重要的是，王居風和高彩虹相愛了！一個木訥嚴肅的歷史學家和一個熱愛自由的天真少女，他們之間的感情會融洽麼？讓我們來聽聽他們留給衛斯理的錄音就知道了：

王居風也搶着道：「我和彩虹有了第一次的意見分歧，我決定到過去去，她卻要到未來去！」

彩虹道：「當然是未來好，過去的事，我們在歷史上已知道過！」

王居風道：「可是，我是一個歷史學家，你不知道歷史有多麼迷人！」

彩虹道：「那麼，你應該娶歷史做妻子，不應該向我求婚！」

他們兩個人一起笑了起來，錄音就在他們的笑聲之中結束了。

王居風出場故事：

《迷藏》、《黃金故事》

069

浪子高達

——人比海裏沙，毋用多牽掛

（一）

天色漸漸泛起魚肚白，高達緩緩睜開了眼，他感覺到一個滑膩豐腴的身體，就躺在自己身旁。

他轉過頭，最先映入眼簾的，是一頭烏黑柔亮的長髮，他輕輕撥開那一頭秀髮，看到了一張不施脂粉、清新潤紅的臉。

她長長的睫毛微翹着，雙眼緊閉，鼻翼隨着勻稱的呼吸輕輕顫動，薄薄的雙唇半張半闔。

高達忍不住低下頭去，如蘭花般清新的氣息噴在他的臉上，使得他心中一盪。他的唇印在她的唇上，他的舌從她微啟的雙唇滑入她的口中，她被他弄醒了，嬌吟着，輕輕扭動着身子，伸手勾住了他的脖子，她的舌和他的舌纏繞在一起，火一般的吻令得他們無法呼吸。

他們兩人緊緊地擁在一起，她的身子微微在發抖，當高達滾燙的手心，輕輕按撫着她的小腹之際，她發出了一下近乎呻吟的聲音，白皙柔滑的身子立刻縮成了一團。

高達托着她的腰，俯首吻着她豐滿的胸脯，她的乳尖漸漸變硬，她的呼吸漸漸急促，她的長髮披散開來，潔白的肌膚泛起潮紅，看得高達心蕩神馳。

高達不斷地愛撫着她，突然之間，她用力抱住了高達，她的指甲深深地陷入了高達的背肌之中，她的身子搖擺着，扭動着。

她或許是想逃避，但是她卻無可逃避。

而她的扭動搖擺，卻令得高達感到了極度的刺激，高達更像是瘋狂了一樣，她發出的叫聲，是痛苦和愉快交集的。

如果她只發出痛苦的叫聲，那麼高達一定會從瘋狂中清醒過來，然而她現在那種聲音，卻只有令得高達更加瘋狂幾分！

她突然用力咬着高達的肩頭，她的小腹挺得如此之高，令得高達在剎那之間，覺得整個世界，彷彿都變成了混沌一片。

而極度的瘋狂，也變成了極度的靜止。

（二）

高達輕輕撥過她的臉來，替她理開遮在臉上的亂髮，她正現出嬌羞無限的神色來。

高達的腦子突然清醒了過來，她是誰？她為甚麼會和自己在一起？

她微笑着望着高達，彷彿知道他心中的疑問，「杜雪，」她笑着說：「我的名字叫杜雪。」

高達摸了摸自己的臉，他完全不記得這個名字，他甚至完全不記得她的俏臉，這對高達來說，簡直是不可思議的事！任何女子，只要他看過一眼，就絕不會忘記。

他的腦海中，如走馬燈似地閃過了和他有過肌膚之親的那些女子，寶玲、水晶、雅麗、蔓玲、愛嘉、白美玉、許芬芬、凱德琳……可是，杜雪？他苦笑着搖了搖頭。

他實在想不起來，這個叫作「杜雪」的女子，是甚麼時候出現在自己身邊的，但是，這又有甚麼關係呢，杜雪是個美麗誘人的女人，對高達來說，這便足夠了！

浪子高達出場故事：

全部八個浪子高達傳奇故事、《妖偶》、《蛇神》、《蜂后》、《火鳳》、《飛焰》、《夜光》、《解開死結》、《遊魂》

（註：倪匡先生筆下的「浪子高達」故事，本無「杜雪」這個人物，台灣出版社再版時自行編撰了一些人物和情節，插入原著，「杜雪」便是其中之一，以至於目前市面上流傳的「浪子高達」故事，並非當年原貌。於是，仿倪匡先生筆法，撰寫此文，調侃一下。）

070 勃拉克——殺人王的悲慘下場

(一)

勃拉克一定還在得意，擁有了隱身術是多麼令他興奮的事！

但是，漸漸地，他發覺事情有點不對頭了。

他再也無法攜帶武器了！

他的槍、他的白鱷魚皮帶，都將給他帶來致命的危險。有誰見過孤零零的一支槍，或者一根皮帶，就這樣懸在半空中的嗎？

他的職業殺手生涯，就此結束了！

他不禁感到了極度的恐慌。

然而，這還不是最令他苦惱的事。

他發覺，他的視力，開始變得越來越模糊，模糊得幾乎看不清面前的東西，甚至連走路都成了問題，每走幾步，就可能撞上不知是甚麼的障礙。

他的腿開始發軟，他倚着牆，身子漸漸往下滑，終於，坐到了地上。

他想哭，但是卻哭不出來。

隱身術，這不是自己夢寐以求的嗎？怎麼會變成這樣！

（二）

他本是世界著名的「殺人王」，不但有着冷酷如石的心腸，而且有着驚人的聰明，無論誰聽到「殺人王勃拉克」的名字，都會不寒而慄。

他的「服務」範圍，也廣到了極點，從為私情而要除去妻子，到為了爭奪權利而要除去政敵，他都可以「代勞」，他不認識任何人，他只認識錢！

他是全世界四十億人中，最最瘋狂，最最恐怖的人，許多幹練的警方人員，寧願面對魔鬼，也不願面對冷血的殺人王勃拉克！

但是，現在的他，只是一個無助的可憐蟲。

（三）

他的恐懼，達到了頂點。

他突然想到了衛斯理，也許，只有這個曾經的對手，才有可能幫助自己。

他好不容易控制住顫抖的手，撥通了電話，但是，面對電話那頭衛斯理的聲音，他又不知如何開口才好。

遲疑了好一會，他才道：「衛斯理，我想和你見見面，可以麼？」

然而衛斯理的回答令得他的心瞬間變得比冰還冷：「我又能給你甚麼幫助呢？我好幾次幾乎死在你的手下，老實說，你是我的敵人，你如今反而來求我幫助，不是太可恥了麼？」

他無語，他絕望，他慢慢舉起了他的槍，對準了自己的太陽穴。

電話那頭的衛斯理，好一會聽不到他的聲音，正準備收線時，突然傳來了一聲震耳欲聾的槍聲……

勃拉克出場故事：

《透明光》

071 賈玉珍——冥冥之中有仙緣

（一）

賈玉珍這個人，一開始的時候，很是讓我看不起。

他有着我非常厭惡的那種性格：這個賈玉珍，是一個典型的奸商，最善於哄抬古董的價錢，為人庸俗不堪，再精美的古物，在他眼中看來，都只是一疊疊厚薄不同的鈔票。

如果只是這樣的俗物，根本不值得為他特地寫一篇小文，然而終於還是寫了，是不是說明，在庸俗之外，他另有一種讓我難以捨棄的特質呢？

是的，賈玉珍有！

（二）

賈玉珍雖然是個奸商，可是他卻有一樣大好處：為人十分隨和，隨便你怎樣當面開罪他，甚至罵他，他總是笑嘻嘻地，不會生氣，弄得你再討厭他，也不好意思再將他怎麼樣。

而且，他還有一項舉世知名的本領，那就是他對古董——中國古董的鑒賞能力極其高超。

他九歲那年，就進入中國北方六大當舖之一的豐來當舖做學徒，在大朝奉身邊，跟了五年。那五年，他所獲得的有關中國古董的知識之多，任何大學的研究所中，花十年的時間也比不上。

最難得的是，賈玉珍對於古物的知識是多方面的，從最難辨真偽的字畫起，一直到瓷器、玉器、銅器，門門皆通，門門皆精。

而這些，絕不是一個只認識鈔票的人能做到的事，看來，這個賈玉珍還真有些門道呢。

(三)

賈玉珍第一次和衛斯理打交道，是因為那個玉屏風。

沒有人知道玉屏風的來歷，也沒有人了解玉屏風的價值，只有賈玉珍，一眼就識破了玉屏風的秘密。

這秘密，治好了他的禿頭（其實治禿頭只是副作用，另有更奧秘的作用在後面），也把他送進了東德的監獄。

治禿頭和進監獄，這兩件八杆子打不到一起的事情，居然因為一個秘密而同時發生在賈玉珍的身上，真可謂奇人奇事也。

賈玉珍的奸商特質，在這時開始發揮。

為了讓衛斯理來東德救自己，他胡編亂造了理由，利用東德特務把衛斯理拖下水。而當衛斯理表示只想知道玉屏風的秘密，其他甚麼都不要時，賈玉珍則堅持要衛斯理將他先救出去再告知秘密，當真是錙銖必較，毫不讓步。

原來，這玉屏風裏，藏着讓人脱胎換骨，變成神仙的秘密！

（四）

後來發生的事，頗為有趣。

人變成神仙，需要仙丹仙籙，而這仙籙，居然還分成上中下三冊，玉屏風裏藏着的，正是仙籙的上冊。

賈玉珍為了達成成仙的目的，不惜一切代價都要得到仙丹仙籙。那中冊，為一個東德農夫所有（所以才會進了東德的監獄），而下冊，則不知在地球的哪一個角落。

不過，仙籙有偈語：初遇得上，再與得中，三遇得下，仙業有望。賈玉珍在衛斯理的幫助下，得到了仙籙的上冊和中冊，這下冊，自然還得從衛斯理身上着落。

儘管明知衛斯理對仙丹仙籙毫無興趣，賈玉珍還是滿心惶恐，一方面要尋求衛斯理的幫助，另一方面又怕被衛斯理分一杯羹去，一個即將成為神仙的人，還有這樣的心態，倒也真是有趣之極。

不過，賈玉珍倒是對此給出了解釋：神仙其實也是人，只不過他們通過外星朋友留下的仙丹仙籙，修煉出了超特的能力，但是他們的性格還是人本來的性格。風流的呂洞賓變成神仙依舊風流，市儈的賈玉珍變成神仙還是市儈，他們仍保留着人性上的弱點。

（五）

我不禁感到疑惑，如果說神仙是人變的，那麼，變成神仙的人，又是通過怎樣的評判標準而得到成仙機會的呢？

還是賈玉珍對衛斯理說的一句話讓我頓悟：衛斯理，仙籙不能强求，不要因為我有仙鑠，你就妒嫉。

啊，原來如此。賈玉珍這個人，有仙緣，羨慕不來！

賈玉珍出場故事：

《神仙》

072

可羅娜——真實與幻境之間的距離

（一）

她在微笑着，笑得很甜，她的眼睛，她一雙水汪汪的大眼睛，使得任何男人看到了，都會不由自主地呆上一呆，然後在心中暗嘆一聲：「好美！」

她的長髮，有幾絲飄拂在臉上，更是顯得嬌柔嫵媚。

面對這樣的女孩子，有誰會不動心呢？

可惜，這個美麗的女子只出現在海市蜃樓中，誰也不知道她生活在世界的哪個角落。

（二）

衛斯理在沙漠中遇到了一夥強盜，被帶到了他們的老窩，他的刀法引起了強盜頭子的興趣，強盜頭子決定要和衛斯理比一比。

當衛斯理一刀削去了強盜頭子蒙在臉上的白紗時，他愣住了。

他看到的，竟然就是那張出現在海市蜃樓中，會令任何男人都讚美的臉！

這張臉雖然美麗，但是，她手中的刀卻毫不留情地刺入了衛斯理的肚子。

這樣的一個美女，竟是整整一族以搶劫為生的阿拉伯強盜團伙的首領，這實在太出人意料了！

（三）

在強盜窩療傷期間，衛斯理逐漸見識到這位可羅娜公主的狠毒與兇惡，可羅娜要衛斯理做她丈夫，衛斯理當然不會答應，當他和可羅娜在沙漠中展開那一場忍耐力大戰時，實在不亞於任何一場血肉橫飛的戰鬥，同樣令人感到驚心動魄。

在沙漠這種極端環境下，可羅娜顯示出她的冷酷與無情，她令衛斯理活着，只不過為了在關鍵時候喝他的血以維持自己的生命！

好在警方終於在沙漠中找到了他們，救出了衛斯理。

而可羅娜，在第二天就被處死。

（四）

海市蜃樓中的可羅娜，是那麼地美麗純真，但是，真正的可羅娜，又是那麼地兇殘橫暴，兩者之間的距離，實在太驚人了！

倪匡先生說，不單是可羅娜，幾乎我們每個人都是那樣的。

真是那樣的麼？

可羅娜出場故事：

《虛像》

073

船長——人心底價之不可試探

（一）

倪匡先生筆下的船長不少，有顧秀根船長（《多了一個》）、有柯克船長（《魔磁》）、有摩亞船長（《沉船》），但我要說的，卻是另一位船長，一位沒有名字的船長。

這位船長實在夠倒霉，他本是一個極普通的人，但在白老大和哈山的賭局中，成了犧牲品。

兩位傳奇人物打賭，本來不管船長甚麼事，可偏偏白老大好勝心切，以半艘豪華遊輪的代價來誘惑船長。

在我看來，船長做得已經夠好，他一直替哈山保守着秘密，直到實在抵擋不住這半艘遊輪的誘惑，才出賣了哈山，這實在怪不得他。

（二）

每個人，其實都有自己的底價，只是有的人高一些，有的人低一些。

不要以為真的有人能夠抵擋住誘惑，若能抵擋，只能說明這誘惑還不夠誘惑。

船長是個普通人，半艘遊輪在他心中代表着甚麼，他十分清楚，而且他也知道自己這輩子恐怕也是沒有機會擁有這樣豪華的遊輪，哪怕只是半艘。

同樣是遊輪，哈山就完全不放在眼裏，隨隨便便拿來當作賭注，人與人之間的差別，實在太大了。

船長是個正直的人，於是便顯得更加可憐。當他出賣了哈山以後，受到良心的譴責，更倒霉的是，白老大與哈山的打賭最後沒有輸贏，也就是說，船長空擔了叛徒的名聲而沒有得到任何回報。

這對船長來說，打擊實在太大了，難怪他終日以酒澆愁，竟至於得了酒狂症！

所以，千萬不要去試探一個人的底價，試探的結果，往往是悲劇收場。

船長出場故事：

《錯手》、《真相》

074

鐵天音——噩夢一般的童年陰影

（一）

鐵天音是一個悲劇人物。

他隨着父親鐵蛋，從出生到長大，一直生活在極權社會，由於少年時目睹了血肉橫飛的政治權力鬥爭，刺激過甚以致患上了間歇性的性格分裂瘋症！

發作的時候，他的神情變得又難看又可怕，面色血紅，額頭青筋綻起老高，滿面汗珠滾動，簡直就像是一頭瘋了的猛獸！

這是一種可怕的疾病。這種精神方面的病症，發作起來，根本無法控制自己，會處於一種瘋狂的狀態。

有這種病症的人，甚麼時候發作，也難以預料。但一般來說，在受到強烈的刺激時，就會發作。

鐵天音為了不傷害到別人，運用自己的意志力，把病情控制在完全沒有人的情形下，才盡情發作——那種發洩，對病情的好轉，很有幫助。

沒有人再比他清楚權力的可怕，沒有人再比他更清楚權力能造成的禍害有多大、有多深，沒有人比他再清楚，權力是如何阻礙着人類的進步，也沒有人比他更清楚，為了爭奪權力的鬥爭是多麼血腥、卑鄙、慘烈和泯滅人性！

因此，長大後的鐵天音，選擇了醫生這個職業，他希望能救助更多的人，使他們能免除病痛的折磨。

有意思的是，鐵天音和原振俠服務於同一家醫院，而且，由於原振俠常常不在醫院，於是，便將自己的辦公室給鐵天音使用。

（二）

鐵天音心中一直有一個願望，他希望能找到外星人，懇求他們幫助地球人剷除權力這個一切禍害的根源，把「權力」的概念，徹底從全人類的腦中除掉，只有這樣，人類才能真正得救！

無論希望有多渺茫，只要有千億分之一的希望，他就不惜化巨大的代價去追求這千億分之一的希望成為事實。

於是，他瞞着衛斯理與白素，銷毀了十二天官的部份回憶錄，孤身深入苗疆尋找外星人的蹤跡。若不是聰明絕頂，心思縝密，而又充滿勇氣和自信，他如何能做到這一點？

但也因此，讓衛斯理深深地誤會了他。

當他在苗疆的無人山洞中，亂槍掃射，發洩自己的病情，結果被衛斯理當作危險之極的瘋子，從而對他作出了武斷而錯誤的結論，甚至以為像鐵天音這種，在兒童或少年時期，經過殘酷的生活環境的人，會有一種變態心理，認為全世界都虧負了他，他有權向全世界索償！

這實在是冤枉了鐵天音！

確然，在山洞中對着許多烈火女的骸骨亂槍掃射，那是瘋狂的行為，但卻是一個有着嚴重疾患的人，運用了無比堅強的意志力所造成的生命奇蹟。

> 天知道鐵天音是怎麼可以做到這一點的——他全然沒有害人之意，只是可怕的童年殘害了他的腦部，他得有定期的瘋狂宣洩。

然而，鐵天音又是幸運的。

白素的冷靜，幫助衛斯理認清「缺席裁判」是多麼可怕的一件事，也幫助鐵天音洗清了冤情。

更幸運的是，他在苗疆，遇到了何先達。他的病，如果遇上真正的內家高手，可以有得救。而何先達，可說是當今世上，內家氣功境界最高的一個人！

從此，鐵天音與何先達一起，在苗疆的貧困地區行醫，一中一西，活人無數，方圓千里的少數民族，無不尊他們為天上派下來的大救星！

鐵天音出場故事：

《圈套》、《大秘密》、《禍根》、《闖禍》

075

德拉——那一場淒美絕倫的愛情故事

（一）

無論從哪個角度來看，德拉都不是一個惹人喜愛的人物。

外形上，德拉是個滿面虬髯、穿着一件粗絨大衣的印度人，他身形高大，差點將衛斯理的經理人擠得進不了古董店的大門。

從談吐上，德拉更是個不折不扣的粗人。

當他發現有人（衛斯理）要跟他爭買那幅油畫時，竟然出口罵衛斯理是「豬玀」，還揮着老大的拳頭，想要動粗，當然討不了好去。

然而，他卻是真心想得到那幅油畫，雖然經濟不寬裕，但他還是出了衛斯理的兩倍價錢，並惡狠狠地望着衛斯理。

衛斯理自然不會跟他爭這口氣，只要德拉道歉，衛斯理就不再跟他爭了。

沒想到德拉竟然忘了自己剛才罵衛斯理「豬玀」的事，不過，他還是很誠懇地向衛斯理道了歉，並説自己是個粗人，因為聽説有人以更高價錢買了那幅油畫，才心中發急的。

（二）

那麼，這究竟是一幅甚麼樣的油畫呢？

油畫中是一個滿佈着鐘乳石的山洞，陽光自另一邊透進來，映得一邊的鐘乳石，閃閃生光，幻出各種奇妙的色彩，美麗之極。

> 這幅油畫的設色、筆觸，全屬一流，油彩在畫布上表現出來的那種如夢幻也似絢爛繽紛的色彩，決不是庸手能做得到的。

但更關鍵的是，這是德拉的亡妻——黛的作品！

德拉告訴衛斯理，他其實是印度巴哈瓦蒲耳，遮龐土王王宮的總管，雖然現在印度政府已削去了土王的特權，但土王王宮總管的身份，仍使他受到尊敬。

遮龐土王因為不服政府的法令，被政府的軍隊打敗了，德拉帶着黛的油畫逃了出來，將畫寄放在熟人家，自己則到處過着流浪的生活，沒想到熟人將畫賣了，德拉找了很久，才終於在古董店裏找到這幅畫。

在言談中，德拉不止一次流露出對亡妻的思念之情，但黛的死，卻是一個謎！

（三）

十九歲那年，土王將宮中最美麗的侍女黛，賞給德拉做妻子。他們兩個人十分相愛，婚後的三個月假期，他們到山中去遊玩，就是那個時候，他們無意間闖進了油畫中的那個山洞。

那是仙境，真的仙境，在陽光之下，看到的是無數的寶石、鑽石，遮龐土王的財產驚人，但是他的寶藏，與之比較起來，甚麼也不是！

每一顆鑽石，都有鵝蛋那麼大，紅寶石的光芒，映得他們的全身都是紅的，還有一種閃着奇異的像雲一樣光彩變幻的寶石，那麼多寶石，出了仙境之外，在其他任何地方，都是見不到的！

德拉本想將寶石帶出來，但是黛卻說，那是神仙的東西，人不能擁有那麼好的寶石，一顆也不許德拉取。

德拉因為深愛着黛，不願做黛不喜歡的事，那些寶石雖然可愛，但即使全部加在一起，也及不上黛。所以，他竟真的一顆也沒有帶走。

這個粗魯的印度人，對於愛情的真諦，竟有如此透徹的認識！

（四）

他們不知道的是，這個仙境，卻是悲劇的開始！

黛在一離開仙境時，就感到了不舒服，接着她就病倒了，而且，不論用甚麼方法都醫不好。

黛生了病以後，一天一天在變，變得根本不像一個人，最後變成了一個妖怪，她其實還沒有死，她變得很大力，她想衝出土王的宮殿去，但是土王下令，她被衛士射死了。

有人說，黛生來就是妖怪，也有人說，那場戰爭的災禍，就是黛帶來的，但是，德拉知道，黛會生病，是因為她在仙境中，摸了那堆像陶土一樣的怪東西的緣故。他要證明黛不是妖怪，要證明是這堆東西，使黛變成妖怪的。

（五）

於是，德拉邀請衛斯理一起去仙境。

面對仙境中滿山洞的財寶，連衛斯理都被迷昏了頭腦，但德拉對此一無所動，只是呆呆地站着，思考着黛的死因。

在他的心中，黛顯然就是一切，那些黃金和寶石，根本全不在他的心上。

德拉的腦海裏，閃過了和黛在一起時一幕幕幸福的時光。對德拉而言，那是他生命中最美好的一段日子。而黛，則是他心中最珍貴的寶貝！

他之所以邀請衛斯理一起來仙境，正是要讓衛斯理看看，他撫摸這堆東西後，是不是也會變成妖怪。

他想用自身的體驗，來感受黛當時所感受到的一切，即便是再痛苦的感受，在兩個真心相愛的人面前，也顯得如此地浪漫。

這一刻，德拉居然變得可愛起來！

德拉出場故事：

《仙境》

076

黃蟬——卿本佳人，奈何做賊

（一）

黃芳子是一個充滿靈氣的美女。

人未出場，聲音先至，動聽悅耳，柔膩無比，令人心神俱醉。

及至見到本人，一張俏臉，活色生香，亮麗紛呈。

她的側面本來就極好看，再加上她略垂首，長髮瀉向一邊，露出白玉也似的一截頸子，更散發着無可抗拒的異性誘惑。

夕陽西下，漫天紅霞漸漸化成紫色，當暮色四合之際，一輛腳踏車，轉進了通向屋子的小路，車上的芳子，秀髮飄揚，身形窈窕，竟像是從畫中走出來一般！

當芳子懷抱瑤琴，撥動琴弦時，琴音清越，歌聲醉人，甜甜地在耳邊裊裊不絕。琴音未止，芳子已翩然起舞，舉手投足，狂而不輕，體態之優雅，難以想像，接着，一個盤旋，戛然凝止，亭亭玉立，卻又立即飄然退了開去，直教人如飲醇醪，渾然不知身在何處！

（二）

芳子以花為名，大名叫做「黃蟬」。

「黃蟬」是一種很普通的花，花朵艷黃，有硬枝的品種和軟枝攀藤的品種之分，夏季開花時，需要大量的水份。

這名字本來沒有甚麼特別的，最多讓人覺得有點別致，但是，有一個強大的政權，在它的軍事情報系統之中，有一組自出生就受訓練的特別任務執行者，執行者都是女性，人人本領高強，近乎無所不能，她們的身份極高，每一個人都有將軍銜，她們受過各種各樣的訓練，這十二個人的名字，都是現成的花卉名字，而這種花卉的第一個字，又必定是中國人固有的姓氏。

黃蟬，正是這十二金花中的佼佼者——她是特務系統的最高負責人，涉及許多一級機密的掌權人物！

在衛斯理的眼中，黃蟬本來清麗絕倫，無論舉手投足，一顰一笑，都大具迷人的風姿，比起白素也毫不遜色，但可惜她是為了達到目的不擇手段的特務頭子，頓時品級就低了，成了徒具美麗的外型，再也沒有那種發自自然的迷人風姿了。

然而，投身於特務系統又豈是黃蟬心中所願？

她自出生起就被鐵大將軍收養，被組織禁錮，並培養成「人形工具」，完全不能有自己的思想。她也曾想過逃離組織，但是，這幾乎是不可能的事，連衛斯理也想不出有甚麼辦法可以令她「脱籍」，她的無助、迷惘、孤苦，從雙眼之中流露出來，淒艷之極！

（三）

有一次，衛斯理在酒醉時，將黃蟬認作白素，險些「誤闖禁地」，這一段描寫，妙不可言，忍不住摘錄於下：

我由於酒興高，所以一路「引吭高聲」，唱的是「滿江紅」，從「怒髮衝冠」開始，進屋之後，剛好唱到「壯志饑餐胡虜肉」。

一進門，酒眼朦朧之中，見一個佳人俏生生地站着。佳人穿無袖上衣，玉臂裸露，肌膚賽雪，耀眼生花，長髮飄落，身形窈窕，這般可喜娘，又是在自己家中，不是白素是誰？

我打了一個噎，哈哈大笑：「我是沒有壯志的，不要餐胡虜肉，咬咬佳人的裸臂就行！」

說着，一把把佳人拉了過來，摟在懷中，張口向白生生的玉臂便咬。

這「咬」，當然不是真的咬，而是調情行為的一種。而夫婦之間，這種調情行為，真是普通之至，何足為奇，我預算白素會忍受我的輕咬，然後再饗我以老大白眼，那真是賞心樂事。

可是，我才一張口輕輕咬了上去，就覺得不對頭了。

首先，温香軟玉，才一入懷，便覺通體酥柔無比，那遠非我擁慣了的愛妻，緊接着，我左胸乳下，陡然一麻，我全身的氣力，一起消散，連張開了的口，也沒有了合起來的氣力。

……

黃蟬笑得不懷好意：「原來你和白姐，常這樣打情罵俏，咬來咬去！」

這女子真可惡，我已老實不客氣，借用了現成的典故：「閨房之樂，有甚於齧臂者！」

她再厲害，畢竟是一個大姑娘家，話說到這裏，她也就說不下去了，她只是狡獪地一笑。出乎意料之外，在一笑之際，竟然有兩朵紅霞，飛上了她的雙頰。

剎那之間，她俏臉白裏透紅，嬌艷欲滴，看得人賞心悅目之至——不管是不是好色之徒，人總有對美的欣賞能力，而那時的黃蟬，真是美艷不可方物，令人無法不讚嘆這種難得一見的美色。

我看得大是失態，而黃蟬卻立時恢復了原狀，適才的艷麗，不復再見。

連衛斯理都如此失態，遑論旁人？宋自然在「神木居」邂逅黃蟬，佳人千嬌百媚，俏麗無比，明知是陷阱，他還是墮入情網，不能自拔，幾近瘋狂。後來靠了先進的手術，消除一部份記憶，才恢復正常。

（瘋狂便瘋狂，人生難得幾回狂，為如此佳人而狂，大是值得，手術去除記憶，實在可惜！）

黃蟬動人若此，可見一斑，真心羨慕宋自然！

黃蟬出場故事：

《還陽》、《轉世暗號》、《暗號之二》、《遺傳》、《偷天換日》

077

安妮——身殘志堅的天使俠女

（一）

安妮的出場，是突如其來的。

一輛病人所坐的輪椅，正自斜山路的上段，疾滑下來。

坐在輪椅上的，是一個大約十二三歲，面色蒼白，十分瘦削的女孩子，她並沒有發出驚呼聲，只是緊抿着嘴。

這時，正有一輛汽車向斜山路上駛去，那輛輪椅，必然要和這輛汽車相撞，而輪椅與汽車相撞的必然結果，便是輪椅上那個瘦弱的女孩子的喪失生命！一時之間，幾乎每一個人都尖聲驚呼了起來。

那個輪椅上的女孩子，就是安妮！

（二）

作為日後木蘭花故事中的主要角色，安妮自然不會一出場就被汽車撞死，在緊急關頭，穆秀珍路過，出手救了安妮。

安妮雖然出場，但她卻一句話也不說，不說話並不代表她是聾啞人，她只是緊緊記住父親的話，守住一個秘密，任何人也不能告訴。

任何人的意思當然也包括了木蘭花和穆秀珍。

安妮從小就患了小兒麻痹症，雙腿癱瘓，只能靠輪椅來行動，然而，她卻是一個智力極高、極聰慧的孩子，她的性格和木蘭花一樣，也極為自信，極為倔強。如果安妮下定了決心要做一件事，那麼要勸服她，將是十分不容易的事。

但是，安妮雖然固執，卻也是個很重感情的人，當她知道如果她不把秘密說出來，穆秀珍在兩個小時之內，便會被殺死時，她毫不猶豫地選擇了營救穆秀珍。

她用輪椅上的麻醉劑放倒了兩名看守她的警官，獨自一人，闖入虎穴，以秘密為代價，救出了穆秀珍。這份膽識，令人敬佩，要知道，安妮那時，還只是一個十二三歲的殘疾孩子！

（三）

安妮的父親柏克為了維護和平，拼死守護了「鑽石雷射」的秘密，安妮成了孤女，於是，木蘭花姐妹收養了她，把她當作親妹妹一樣。

安妮的年紀雖小，但她具有穆秀珍所缺乏的縝密的頭腦，再加上雲四風為她特製的萬能輪椅，在日後的冒險生活中，她成為了木蘭花最好的助手，若干年後，「天使俠女」名頭之響亮，已不在她的兩位姐姐之下！

安妮出場故事：

《鑽石雷射》、《北極氫彈戰》、《潛艇迷宮》、《玻璃偽鈔模》、《黑暗歷險》、《人形飛彈》、《軍械大盜》、《斷頭美人魚》、《蜘蛛陷阱》、《無敵兇手》、《沉船明珠》、《無價奇石》、《失蹤新娘》、《怪新郎》、《金庫奇案》、《龍宮寶貝》、《珊瑚古城》、《獵頭禁地》、《魔畫》、《死神宮殿》、《復活金像》、《遙控謀殺案》、《地道奇人》、《蜜月奇遇》、《冷血人》、《生死碧玉》、《電網火花》、《古屋奇影》、《金廟奇佛》、《天才白癡》、《生命合同》、《三屍同行》、《無風自動》、《無名怪屍》、《妖偶》

078

大亨——綿延千年的梟雄之血

（一）

按維基百科的說法，「大亨」一詞最初的意思是專稱為霸一方的幫會頭目或達官巨富的。

「大亨」一詞的來歷很有趣，十九世紀中葉，英國人約翰・亨生發明了一種名叫「亨生」的馬車，這種在車後駕駛的雙輪小馬車進入上海後，被稱為「亨斯美馬車」。第一個擁有這種馬車的華人是申報老闆史量才，他花費了數十萬銀兩從一個德國人手中買來，於是，當時的上海人就將擁有這種馬車的人稱為「大亨」，一直沿用到了今天。

一般來說，「大亨」一詞，雖然形容有地位的人，但是骨子裏都含有貶義成分，然而很微妙，這種貶意，在某些人的心目中，卻又是褒獎之詞。因為人的價值觀不同，一些人認為是不齒的事，卻是另一些人心中光宗耀祖的事。

（二）

我們的這位大亨，堪稱是大亨中的大亨，非但富甲一方，而且與另一位大富翁陶啟泉相比，更有着不可低估的勢力，他勢力的觸及範圍，延伸之廣，真是不可思議。

受他直接影響的國家執政者，至少有三十個之多，其中還包括有意想不到的大國在內，近十年來，世界上幾件大事，決策人之中都有他的份，而且他的意見，起主導作用。

大亨在國際上有翻雲覆雨的能力，可以隨時製造戰爭和動亂。多少國際間的大事，都和他有關，或由他一手造成，其中不可告人的內幕之多，天下第一。

事實上，大亨的勢力，究竟去到何等程度，又豈是我等一介草民能夠了解的！

（三）

大亨第一次出場，令人印象頗佳。

他雖然富可敵國，卻甚是低調，自己開着一輛吉普車來見衛斯理。當他下車後，衛斯理在樓上推開窗，叫了他一聲，他居然「哈」地一聲，向上指了指窗子，大聲道：「要我爬上來？」

衛斯理也哈哈一笑：「雖非延客之道，但如貴客有興趣，又有何妨？」

大亨居然真的張開雙手，向手中吐了一大口口水，再一搓手，就開始行動。他的一連串動作，純熟自然之至，他自窗中躍入，拍了拍手，又伸雙手在他自己的身上，用力擦了幾下，才自報姓名，向衛斯理伸出手去。

衛斯理看呆了，怎麼也沒想到，大亨會以這種方式來和自己見面，甚至沒有排場，簡直是前所未見。

（四）

大亨有着十分傳奇的身世。

雖然他只是個約莫五十歲以上，短小精悍，身體極壯，充滿精力，頭部比例相當大，樣貌並無甚麼特殊之處的半老頭子，但是，他的祖先，是「孛兒只斤貴由」。

若只看名字「貴由」，似乎並無甚麼特別，可是，說起「孛兒只斤」這個姓氏，卻是大大地有名。一代天驕成吉思汗，就是蒙古部落孛兒只斤氏族人！貴由是在蒙哥之前，窩闊台之後的一個元朝皇帝——元定宗。

原來，大亨竟是成吉思汗的後代，體內有着成吉思汗的遺傳因子！

難怪大亨總會覺得不滿足，總是覺得世界上還有自己勢力不能影響到的地方，哪怕這地方千里荒野，闃無人煙，他總要千方百計，不惜代價，一定要達到目的才休。

他的心頭有一股狂熱在燃燒，不達到目的，他就會被自己燒死！

他清醒的時候，也會懷疑自己這樣子，是不是屬於變態，但是，誰讓他有這樣一個祖宗，而任何人，是無法選擇自己祖宗的！

也因此，他和同樣有着海迷失皇后（貴由的皇后）血統的朱槿一見鍾情，哪怕朱槿是極權統治下的十二金花之一，也絕不影響他們之間的關係。

（五）

大亨與衛斯理的關係也十分微妙。

雖然大亨與衛斯理之間，始終有點格格不入，他們的交往，始終停留在客氣的階段，而且大亨還經常無事生非，找些岔子來和衛斯理過不去，但他們的關係，似乎也不能說不是朋友，衛斯理只好無奈地將這種情形歸咎於他們兩人的腦電波頻率不合。

後來，外星朋友亮聲對大亨作了一番十分透徹的評價：大亨的本質是一個商人，他的行為全都依據商業行為的準則來進行。追求利潤，是商人的生命目標，除了賺錢，還是賺錢。除此之外，和他講任何原則都屬多餘。雖然也不是完全不可以和商人談道德、正義、民主、自由，但首先一定要有錢賺，能賺錢，甚麼都可以談，不能賺錢，一切免談。這是商人的生命本能，要是沒有了這種本能，就不是商人了。

這一切，都和衛斯理的做人原則截然不同，兩人自然無法講到一起去，還能保持場面上的平和，已是上上大吉了。

大亨出場故事：

《遺傳》、《水晶宮》、《雙程》、《買命》、《另類複製》、《閉關開關》、《一個地方》

079 長老——難以解決的人口爆炸問題

(一)

長老不是人，長老是外星人，長老來到地球，已經有很多很多年了，那時候，地球甚至才剛剛誕生！

長老是個十分神通廣大的外星人，他的神通，讓我想起中國古代神話中的盤古氏，盤古開天闢地，才有了地球上的生命，而長老和他的伙伴們所做的，正和盤古所做的一模一樣！

長老和另外六個星球的外星同伴全是因為各自的母星人口太多，超過了星體可容納的極限，而遭致毀滅，他們不得不離開，在宇宙中尋找新的地方供生命延續。

他們來到地球，將地球按他們的藍圖，改造成一個適合進化出高級生物的星球，而且他們還將他們本身的遺傳基因給予將來發展出來的高級生物。

（是不是可以聯想開去，「盤古」，也許並不是地球人，而是一群外星人？或者，根本不是生物，而是外星人改造地球計劃的代號？）

如果改造成功，地球上的環境將會美麗理想到接近夢幻的程度，人類也將變得散發着祥和的光輝、充滿內心美，看不到一絲一毫的暴戾之氣。

（「盤古計劃」，看上去很威風的樣子，哈哈！）

可惜的是，那麼宏偉龐大的計劃，沒有成功。不知哪裏出了差錯，發生了一場大爆炸，地球從此變成了現在的模樣，而長老也被深埋在大山的山腹中，無法脱身，這一困，就困了億萬年。

（二）

地球上的時間，對長老這個外星人來説，完全不起作用，雖然他無法從山腹中脱身，但是他的腦電波卻能發射出來，影響到大山附近的人。

也因此，一個幸運的人（抑或不幸？）無意間進入了長老被困的山洞，接收到了長老的腦電波，得到長老傳授降頭術的本領之後，成為出色的降頭師，這才創立了「天頭派」，也就是藍絲所在的這一派。

「天頭派」之所以地位、神通、降頭術的能力能夠遠遠超越所有降頭師教派之上，所掌握的降頭術種類之多，範圍之廣，遠非其他降頭師所能企及，關鍵就在長老身上。

藍絲成為教主後，也在山洞中接收到了長老發出的訊息，她十分享受和長老的溝通，她比其他教主花更多的時間在「寶地」，而因此得到更多降頭術的傳授，使她在降頭術上的造詣，遠遠超過了所有降頭師。

所以，藍絲對長老的崇拜，超乎世界上一切宗教教徒對他們信仰的神的崇拜，長老在藍絲心目中有至高無上的地位！

後來，受到長老腦電波的影響和控制，連溫寶裕也成為了長老的信徒，在很長一段時間內，由於觀念不同，甚至和衛斯理一家形同陌路！

(三)

長老認為：地球上——所有星體上都一樣，一切惡劣行為的來源，都來自人口太多。人一多才會使星體上生活必須的資源缺乏，這才有人和人之間的利益衝突，才會產生種種侵犯傷害他人的行為，才使得高級生物淪落為低級生物，當然有少數的例外，現在地球上的情形，就是如此，只有將已經淪為低級生物者清除，使人口回到原來計劃中的數字，才能拯救地球。

為了不使地球毀滅，就必須大幅度減少地球上的人口！

就算在理論上長老的說法可以成立，地球這顆宇宙間的小行星會因為他說的理由而毀滅，衛斯理也無法接受他的拯救方法。

（其實，我倒是頗贊同長老的意見，哪怕被減少的人口中有我自己。）

（是不是我也和溫寶裕一樣，中了長老的毒？）

所以，除了溫寶裕和藍絲，大家都不同意幫助長老開關出來。

另外，也因為完全不知道長老出來之後，會做些甚麼。他如果要胡作非為起來，就沒有任何力量，可以制衡——這種現象最最危險，比甚麼都可怕。

好在，後來又有了「將人類縮小」和「索性離開地球去尋找新生活」的辦法，這比大量消滅人口要溫和得多，但那是藍種人和溫寶裕的主意，和長老已經沒有甚麼關係。

所以，長老將繼續被困在山腹中，見證着地球的未來——或者被拯救，或者被毀滅！

長老出場故事：
《閉關開關》、《行動救星》、《一個地方》、《須彌芥子》

080 ＡＢＣＤ——救世主還是原罪者？

（一）

ＡＢＣＤ在倪匡先生筆下的涵義，絕不僅僅是四個英文字母那麼簡單，熟讀倪匡小說的朋友（甚至只須略熟），提到「頭髮」這兩個字，就必然立即知道，ＡＢＣＤ是怎麼回事了。

ＡＢＣＤ，代表了四個人物。

先不說被代表的是誰，且看他們的神情與言論。

（二）

Ａ說話的語氣十分激昂、果斷，他道：「我的辦法是一定要他們相信我的話，我一面向他們講明我的來意，一面用武器顯示我的威力，令他們服從！任何對我服從的人，經過考察，認為他們確然夠條件了，我會使他們回來！」

B的聲音，充滿了平和寧謐，他語調緩慢，可是有極強的說服力，他道：「他們和我們本來是平等的，他們所受的苦楚，連他們自己也不知道是為了甚麼，他們的貪婪無知，並不是他們的過錯。只要他們一認識了自己的過錯，我就會帶他們回來。當然，我要每一個信我的人知道我是最尊貴的，他們信我，就必須要能放下一切。我會要他們將已經根本沒有用處的頭髮全去掉，去掉了根本沒用的東西，才能使他們知道還有更多東西沒有用，包括他們認為最珍貴的肉體在內！」

C的語調，誠摯懇切，令人感動。他說：「他們實在是太值得同情了！遺傳因子的發作，使他們漸漸地愈來愈接近他們的祖先，而他們不自知。他們所在的地方一定已成了罪惡之都。我要他們明白，他們的一切成就，根本算不了是甚麼成就，我要顯示一定的力量，但力量只能使他們懼怕的。唉，希望他們能信我！信我的人，都可得救！」

D的語調最輕鬆：「當然要講道理給他們聽，但是以他們的知識程度而論，可以講給他們聽的道理，就不會是真正道理。我看只好看他們各人的領悟能力，不能強求。他們要是明白了身從何來，自然會覺得他們現在的所謂一生，實在只是一種虛像，當他們明白這一點之後，當然有資格回來了！」

（三）

這些言論是不是十分熟悉？ABCD，正是世界四大宗教的領袖！

ABCD分別代表了伊斯蘭教的真主穆罕默德、佛教的如來釋迦牟尼、基督教的主耶穌、道教的老子李耳。

但是，你知道麼，他們其實不是地球人！

（他們是神，神又怎麼可能是地球人？）

他們來自天堂星，自願來到地球上，拯救地球上的人類，他們的理論，在世界各地廣為流傳，他們的宗教，在地球上留下了極深遠的影響，他們的終極目標，都是要使人「回去」，回到沒有罪惡，美麗永生的天堂星！

（四）

寫《頭髮》這個故事時的倪匡先生，對任何宗教，連粗淺的認識都沒有，一切只憑想像。

天堂星人，雖然靈魂永生，卻逃不過肉體的腐朽，於是通過人的生殖細胞，培育肉體，製造了一大批可供替換的「製造人」。

原來以為這些「製造人」沒有自己的思想，但是，他們卻漸漸產生了思想，而且，他們的思想，逸出了天堂星人思想的範圍。他們的思想極原始，天堂星人經過了無數年代的進化之後，早已將這種原始的思想拋棄了，可是他們，那一大批自實驗室中長大的人，由於某種不可知的因素，他們的思想，竟然和進化的程序脫了節，他們發動了相當大的動亂，挑起了不知多少年未曾有過的戰爭，他們變成了罪人！

最後，這一大批人，就被剝奪了智力，送到地球上去了！

但是，天堂星人並不願完全放棄他們，於是，ＡＢＣＤ登場了。

他們不遠萬里來到地球，用他們的真理拯救人類，遺憾的是，經過千百年的努力，被接回天堂星的地球人還是寥寥無幾。

這是地球人的悲哀，還是ＡＢＣＤ的悲哀？

（五）

我與倪匡先生一樣，對任何宗教也全都沒有認識，但是，我極為贊同倪匡先生借衛斯理之口對天堂星人所作的譴責：

「這批罪人，本身根本不必負責，要負責的是你們！」

「他們四個人到地球上去拯救地球人？他們只不過去轉了一轉就回來了，究竟做了甚麼？你們的錯誤，造成了地球上無數有思想的生命，在無窮無盡地受苦！」

「這種醜惡，從你們的實驗室中製造出來。地球人也有不醜惡的一面。地球人正努力使自己不醜惡，很多地球人在作這一方面的努力。可是他們卻失敗了，失敗得比你們還要慘，全然沒有人可以幫他們，因為你們已經走了，而且沒有再去的打算！你們的失敗，使地球上善良的人更是進入痛苦的深淵，你們先是製造了罪惡，然後又放棄了對罪惡的懲戒，這究竟算是怎麼一回事？」

（六）

將地球上四大宗教的領袖，設想成外星人，這絕對是倪匡先生的首創！若干年以後，我或許會忘記《頭髮》這個故事，但我絕不會忘記ＡＢＣＤ這四個人！

ABCD出場故事：

《頭髮》

081

秦正器——響噹噹的一條夯貨

（一）

在衛斯理口中，這個秦正器，是一條硬漢子。

黃龍會的頭子秦正器：是一個極為耿直的人，黃龍會原是在日本鬼子打進中國的時候才成立的，是一支以幫會形式組織的抗日遊擊隊，活躍在浙江山區，實在立下了不少汗馬功勞，也不知殺了多少日本鬼子。勝利了，他不會吹牛拍馬，不會欺善怕惡，自然當不了官，只是在山區，守着那十幾畝薄田，黃龍會的會眾，也已星散。

可是過了幾年，時代一變，他竟成了「反動幫會頭子」，給抓了起來，着實吃了不少苦頭，才捨死忘生地逃了出來，來到了這裏，空有一生本領，但是人生地疏，又有甚麼用處，所以生活便一直潦倒不堪。

（二）

在我看來，這條硬漢，十分無用！

在香港這塊土地上，只要你肯賣力工作，且不說會不會發財，吃個飽飯是絕無問題的。可是這硬漢，連一份工，即使是苦力也找不到（還是不去找？），整天懶洋洋躺在床上，只知道喝酒混日子。

當衛斯理去找他的時候，一進門就聞到他的木屋中瀰散着一股腐味和酒味，中人欲嘔，他躺在一個不能稱之為「床」的東西上，懶洋洋地轉過身來，見到是衛斯理，才「啊呀」一聲，跳了起來。

想當年，倪匡先生初到香港，也是從苦力做起，所賺的錢，一日三餐並無問題，為甚麼倪匡先生能做到的事，秦正器就做不到？大白天的在床上睡覺，還說甚麼「空有一身本事」，根本就是偷懶的藉口而已！

哪怕真的找不到活，當個乞丐也不至於餓死。甚麼？當乞丐豈是我堂堂七尺男兒所做之事！哈哈，難道你靠衛斯理接濟，就很光榮嗎？

虧他還好意思在衛斯理面前發牢騷：「他媽的，上哪兒去？咱們不肯做偷雞摸狗的事，在這裏哪能活得下去？兄弟，你大哥喜歡說實話，這幾年來，要沒有你，大哥只怕，早已經就死了……」

衛斯理也真給秦正器面子，誇他：「這人也真有骨氣，一不偷，二不搶，不是餓極了，也絕不來找我，當真是一條響噹噹的漢子！」

好吧，如果不偷不搶也值得表揚的話，那秦正器倒也真是條響噹噹的漢子了。

後來，衛斯理為了假冒秦正器的身份，獨闖七幫十八會的龍潭虎穴，便將秦正器藏在G領事的使館內。G領事十分給衛斯理面子，替秦正器安排了專門用來招待國家要人的豪華房間，秦正器卻還大表不滿，說甚麼床太軟，人又不懂話，總之又是一番牢騷，實在讓人無語。

似這等夯貨，你不潦倒誰潦倒？

秦正器出場故事：

《地底奇人》

082

「死神」——被愛情拯救的兇惡匪徒

（一）

一個人若被稱為「死神」，可想而知他有多可怕。

如果形容一個無惡不作的匪徒，也可以用「傑出的」這一形容詞的話，那麼，他便是一個本世紀最傑出的匪徒，最偉大的匪徒，他所進行的犯罪活動，範圍之廣，簡直是不可想像的，從販賣女人到偽製各國的錢幣。他殘殺同道的手段，簡直是駭人聽聞的。

以致人們幾乎忘了他原來的名字唐天翔，而稱他為「死神」！各國警局的資料室中，莫不將他的資料，列入頭等地位。

然而，令衛斯理無論如何想不到的是，「死神」竟然是一個文質彬彬的紳士：他穿着一套筆挺的、三件頭、領子很闊的西裝，戴着一副金絲邊眼鏡，手中握着一條黑沉沉的手杖，大約有五十上下年紀，完全是一個受過高等教育的中年紳士。

他的臉上，一直保持着微笑，那種微笑，甚至是極其優雅的。只有他那行動不方便的左腿（那是一條木製假腿），才隱隱透露出他的身份。那是他在一場槍戰之中，僥幸漏網的結果。

(二)

衛斯理和「死神」的幾次交手，都以失敗而告終，最慘的一次，甚至失去了他深愛的黎明玫！

黎明玫為了救衛斯理和石菊，答應了「死神」的求婚，然而，在黎明玫心中，對「死神」又何嘗沒有一絲愛意呢？

「死神」雖然是一個窮兇極惡的匪徒，但是，在黎明玫面前，他卻從來沒有顯示出粗暴的一面。他是那麼的溫柔和儒雅，身上無不散發着成熟男子的魅力，相比之下，衛斯理簡直就像個毛頭小子，對黎明玫這樣自幼就飽經滄桑的女子而言，這種男性的成熟魅力所帶來的安全感，是絕無法抵抗的，她需要的，是一個有能力保護她的男人。衛斯理做不到，但「死神」能做到，哪怕他是個匪徒！

最重要的是，他對黎明玫的愛，完全是真心實意的。

(三)

在義大利錫恩太村的惡鬥中，「死神」為了救黎明玫，開槍射殺了石軒亭，可惜的是，他晚了一步，石軒亭臨死前的一掌，還是擊中了黎明玫。

佳人就此香消玉殞，「死神」也因為被控殺人罪，而被送上法庭。他是從不親手殺人的，他被控殺人罪，和阿爾．卡邦以欠稅罪被控，一樣的幽默。

然而這並不幽默，「死神」會親手殺人，完全是因為他心中深愛着黎明玫的緣故，一個人若有愛，便算不得真正的壞人。

在庭審時，衛斯理替「死神」作證，證明石軒亭雖然只不過是一掌擊向黎明玫，但受過嚴格中國武術訓練的人，不要說一掌打死一個人，便是一掌打死一頭牛，也是有可能的，「死神」的行動，只是為了保衛他的妻子。

衛斯理明白，「死神」對黎明玫的愛，遠在他之上。或許，他不願承認的還有，黎明玫對「死神」的愛，也在對自己之上！

所以，當「死神」問衛斯理為甚麼要救自己時，衛斯理答道：「為了你也真愛黎明玫！」

「死神」的面上現出一個極其難以形容的表情，毫無變化，然後，他一言不發，便離開去。

其實，「死神」能否如衛斯理所言，從此改邪歸正，我是極度懷疑的，更有可能的是，受到打擊的「死神」從此變得更加窮兇極惡，變本加厲地報復社會。

但是，這畢竟只是一個故事，一個淒美的愛情故事，我也願意接受這樣的結果。

從此以後，世上少了一個「死神」，卻多了一個傷心人！

「死神」出場故事：

《鑽石花》

083 梁若水——擁有三個名字的傷心女子

（一）

在衛斯理故事中，若說名字最多變的，除了安寧療養院的精神病科醫生梁女士，還會有誰？

梁女士是在台北的一家藝廊和衛斯理相識的，他們一起討論了一幅題名為「茫點」的畫，後來成為了朋友。

（倪匡先生也正是在台北的藝廊，參觀了徐秀美小姐那幅題名為「茫點」的畫之後，產生靈感，寫下《茫點》這個故事的。）

（二）

梁女士是個下頦略微尖削，皮膚極其白皙的女子。她曾是英國愛丁堡醫學院的院士和德國柏林大學的醫學博士。

梁女士最初的名字，是「梁若水」，可是，到了《水晶宮》這個故事，名字卻變成了「冷若水」，及至《病毒》這個故事，名字又是一變，成了「冷若冰」。

古有柳三變，今有梁三變，古今遙相輝映，不亦説乎！

(三)

但是，別看梁若水名字換得那麼熱鬧，她卻不是一個開心的人。

在她出場的第一個故事《茫點》裏，她的男朋友張強，就因為腦部受到外來的影響，以為自己是一隻蛾，而跳窗墜樓身亡。

本來，梁若水和張強年齡相仿，供職於同一家醫院，都是神經病科及腦部活動方面的專家，志趣相投，多好的一對，可惜命運多舛，老天偏偏不讓他們在一起。

梁若水是一個非常堅強的人，當她預感到發生了不幸時，反而安慰不知如何開口的衛斯理：「衛先生，在電話中，我已經聽出在你的聲音之中，含着極大的不幸，別忘記，一個精神科醫生，必須同時是心理學家。」

當她終於從衛斯理口中聽到了張強的死訊後，她仍然筆挺地站着，只是口唇在顫動，看來像要說話，但又不知道該說甚麼才好。

這時，正是夕陽西下時分，梁若水站在醫院建築物前的空地上，斜陽的餘暉，籠罩着她的全身。在金黃色的陽光下，她臉上的那種煞白，看起來有一種異樣的愴惘。

梁若水眨着眼，看來是想竭力忍住了淚，不讓淚水湧出眼睛來，接着，她抬頭向天，緩緩地說了一句：「你我進入了不幸之城，陷身於永恆的痛苦之中。」

這是佛萊茲．李斯特寫在他的「但丁交響曲」總譜上的一句名言，梁若水在這時候說了出來，是不是表示她心中的極度哀痛呢？

這情形，實在無法不使人對她產生深切的同情。

（四）

不久後，梁若水離開安寧療養院，去了昆蟲學家陳島主持的、位於維也納的安普蛾類研究所，研究思想的直接傳送。她遠離故土，也是為了使自己不再睹物思人，不再沉浸於悲傷之中。

後來，她和陳島之間產生了感情，但也不長久，於是又回到了原來供職的醫院。

因為感情上經歷過了淒慘的挫折，所以她的性格及神情也較「冷」，至今仍是一個人獨處。

或許，這就是她屢屢改名的原因吧。

梁若水出場故事：

《茫點》、《犀照》、《招魂》、《水晶宮》、《病毒》、《活路》

084 康維十七世——假作真時真亦假

（一）

甚麼是真，甚麼又是假？

如果說有血有肉的地球人是真的，那麼，那些沒有自己思想，活像行屍走肉的人是不是真的？

如果說全身都由各種精密零件組成的三晶星機械人是假的，那麼，他們能夠獨立思考，活得自由自在，這，又怎算是假的？

（二）

和很多神秘人物一樣，康維十七世也是個很神秘的人，就像是突然冒出來的，沒有人知道他的來歷（甚至連外星人也不知道）。

但是，每隔三年，他就會在他的古堡舉行盛宴，這盛宴每次只邀請一百人參加——參加者可以攜帶一位伴侶（不論性別），所以，實際上，參加宴會的人數是兩百人。

每次宴會上，康維都會向來賓展示一項稀世奇珍，那是真正的稀世奇珍，比如兩百多卡拉的淡綠色鑽石、秦始皇下令鑄成的十二金人之一等等。

這盛宴，使他成為最高級的社交場合中的名人。

又神秘又出名，十分矛盾和詭異！

其實，康維的神秘和出名，只是為了更好地融入地球生活，做一個真正的地球人。

哈哈，說了半天，原來，康維是一個外星人！

但是，錯了，康維不能算是一個外星人。

（三）

在倪匡先生筆下，康維十七世是一個十分特殊的存在，沒有一個角色像他這樣，有着自己獨一無二的生命形式。

他，可以說是一個「活了的機械人」。

這種情形，和地球人對生命的理解，相去實在太遠。大致地說，就像是有人在一個十分巨大的機械人的總控制室之中，控制着這個機械人的行動。

雖然整個身體是機械的（外部當然有一層人造皮膚，不然如何混在地球人當中），但是康維十七世有自己的生命，有獨立的意志和不可侵犯的尊嚴。他因為不甘心永遠當一個被人控制的機械人而造反，於是成為宇宙間第一個有生命的機械人。

十分了不起！

想到地球上如今還有數以億計的人，寧願拋棄自己的思想，拋棄做人的尊嚴，心甘情願做強權的奴隸，這些人，哪裏配得上稱作「人」！

反倒是康維這個機械人，才是真正的人！

（四）

康維後來愛上柳絮，幫助她脫離了「無間地獄」，兩個人從此在古堡中相親相愛地生活着。

那，當然又是另一個故事了。

康維十七世出場故事：

《夜光》、《異人》、《假太陽》、《無間地獄》、《人鬼疑雲》、《天皇巨星》、《在數難逃》、《買命》、《賣命》

085 高翔——從風流浪子到正義警官

（一）

倪匡先生筆下的人物，姓「高」的有很多（因為「高」字的草書寫起來最方便），其中最著名的，當然是那位號稱「浪子」的高達。其實，還有一位姓「高」的，名聲絕不在高達之下，那就是「東方三俠」中唯一的男性——高翔！

（二）

高翔剛出場時，還不是「東方三俠」，他只是混跡於眾多冒險家中的一個小小的「俠盜」，甚至連他的名字，也只是無數化名中的一個。

（冒險家是不是都是那樣地神秘？）

在表面上，高翔是馳騁商場的能手，他才三十出頭，但已擁有一家規模十分大的出入口洋行，生意興隆，人家稱他為「商場最有前途的人」。在上流社會的社交活動中，少不了他的份兒。

但是在暗中像許多人一樣，他也不免幹一些非法的勾當——只不過，我們的高先生，是不肯承認「非法」這兩個字的，據説，他所幹的勾當，只不過是法律所及不到的部份，由他來代為施行而已。

高翔通過這種活動，收人十分可觀，偶然，他也會以「無名氏」的名義，捐出一小部份去充善款，於是久而久之，他居然被目為「劫富濟貧」的「俠盜」了，但是他自己卻從來沒有那麼以為過。

他只是做着自己想做的事。他雖然不是一個自私的人，卻也不會讓自己的日子過得不舒服。

（三）

和浪子高達一樣，高翔也是個風流人物，他三十出頭，瘦削、英俊，有着典型的紳士風度，這樣的外形，自然容易吸引女人，而對於女人，高翔當然是不會拒絕的。

他的口袋中，永遠有着那麼多的鈔票，所以，在他身邊的女人，幾乎每天都是不同的，而且她們都是那麼地豐腴美麗、風情萬種，她們都想以自己的美麗、風姿來捕捉高翔的心，但是卻沒有一個人成功。

本來，高翔也許就將這樣度過他的一生，雖然每個人都有選擇自己生活方式的權利，但一輩子混跡於紙醉金迷的日子，總不是甚麼值得誇耀的事，高翔的運氣不錯，他遇上了木蘭花。

（四）

高翔第一次見到大名鼎鼎的木蘭花時，他的心頭，便起了一陣十分異樣的感覺，後來，為了死光武器的爭奪，高翔和木蘭花不斷地衝突、鬥爭，但是他心中那種奇妙的感覺，卻是有增無減。

高翔的一生中，不知有過多少美麗動人的女伴，但是他從來也沒有對哪一個女伴，產生過這樣奇妙的感覺。

同樣地，木蘭花也逐漸被這個大膽機智的男子所吸引，他雖然看起來風流不羈，但本質上，卻是個正直爽朗的人。

而且，在經過了「巧奪死光錶」事件後，高翔得到了警方的賞識，棄邪歸正，雖然過的仍是冒險生活，但是身份卻變成了警方機密工作室主任。

（在木蘭花的故事中，也出現了「警方機密工作室」，與衛斯理故事中的「警方秘密工作室」僅一字之差，不知道它們是不是同一個機構？而高翔又是不是傑克上校的前任？）

從此，高翔和木蘭花兩個人，並肩作戰，對付着各種各樣的犯罪分子，而高翔與木蘭花的愛情，也在他們無數次共同冒險中，慢慢開花，終於修成正果！

高翔出場故事：

全部六十個「女黑俠木蘭花」傳奇故事

086 李宣宣——神秘美女的夙世情緣

（一）

李宣宣是個很神秘的女人。

她是一位艷光四射的美人兒，不論是濃妝艷抹，還是淡掃蛾眉，都叫人見了神為之奪。她的體態肌膚，五官臉龐，甚至頭髮腳趾，無一處不美。她參加的小型選美會，一亮相，就使得其餘十來位候選者自知絕無希望，紛紛退出，以致形成了世界選美史上從未出現過的奇景，只有李宣宣一個候選人！

她是眾所公認的美女，也是本城的電影大明星，由她主演的兩部電影，都贏得了國際聲譽，令人吃驚的是，她的演技之精湛，無與倫比，和她的美麗一樣，立刻得到了公認。

但是，她的來歷，卻沒有人知道！

所以，不但是本城的傳媒，拼命竭力想揭開她身上的神秘迷霧，連國際傳媒，也加入努力。李宣宣對一切有關她來歷的問題，照例報以她迷人的微笑，這種微笑，被傳媒形容為「精神核彈」，當者披靡，無人能敵，也有武俠小說迷，稱之為「迷魂一笑」，形容其瓦解他人意志的威力。

於是，李宣宣的來歷，始終是個謎。

（二）

但是，如此神秘的大美人李宣宣，卻嫁給了一個普普通通的醫生王大同。這出乎所有人的意料，他們的婚姻，成為了轟動一時的大新聞！

王大同娶得美人歸，每一個人看來，他如同掉進了一缸蜜糖之中，生活甜得再也化不開。可是他卻不死心，還是想弄明白李宣宣的來歷，於是，他暗中委託大偵探小郭去調查李宣宣，結果當然一無所獲。

王大同醫生的同行原振俠曾聲色俱厲地痛罵他：「面對這樣的美女，還要念念不忘去追究她的來歷，王大同，你不配！」

原振俠又罵：「我看你是鬼迷了魂，油脂蒙了心！如果你認為她來歷不明，你就不敢愛她，那麼，請退位讓賢，我第一個做後補！」

面對原振俠的責罵，王大同暫時收起了念頭，工作之外，享受着美人的軟言淺笑，無比溫柔，但是，他的心中，卻仍是憂慮重重。

終於，他動用了祖傳的寶物「許願寶鏡」，來追查李宣宣究竟是何方神聖。他看到的結果，讓他的精神崩潰了，雖然他還站着，但是給人的感覺他已經死了！因為只有死人，才有這樣死灰一樣的臉色！他直挺挺地站在那裏，甚至沒有出氣入氣，全身都是冰冷的，有股陰森森的寒意！

(三)

王大同究竟看到了甚麼？李宣宣的來歷又是怎樣的呢？

當然不能說，說了，就失去了看小說的樂趣。

總之，當王大同知道李宣宣的來歷之時，也就是他們緣盡之時。李宣宣的心中，本來可能還存有萬一的希望，可是王大同如此明顯地表示了害怕，極度的害怕。於是，李宣宣也完全明白，兩人之間，再無任何情意可言了！

王大同連看也不敢看李宣宣，在沙發上縮成一團。還是李宣宣先打破沉默，她笑了一下，聲音很平靜：「好笑吧，同床共枕那麼久……世上還有甚麼關係比夫妻更親密的？竟然也會視同陌路……當日的山盟海誓，卻明明是口中說出來的啊！」

李宣宣在這樣說的時候，像是在說一件和自己完全不相干的事，她對王大同已然徹底絕望！

（四）

幸好，李宣宣的夙世情緣，對象並不是王大同，而是盜墓專家齊白。

（這其中的愛恨糾纏，複雜無比，還是不說，請自行看書。）

齊白暗戀李宣宣，可以說由來已久，從他很多年前，從古墓中發現那扇屏風起，他就被屏風上所畫的女子深深吸引。

那美女，在江之濱，水波粼粼，藍天白雲，如在眼前，衣裙飄飄，蓮步搖搖，令人不能自已。

那美女，斜倚在一株大海棠之前，人比花嬌，巧笑倩兮，美目流盼，如流星，似閃電，能叫人廢寢忘食……

從此以後，齊白就把她當成了自己的妻子，深戀着的妻子。那時的齊白，甚至還不知道畫中的美女，就是李宣宣。

當齊白第一次見到李宣宣，他的模樣，失魂落魄，視線牢牢盯在李宣宣的臉上，他感到窒息，雙手不住抓著自己的喉嚨。

李宣宣在看到了齊白這種神態之後，非但沒有見怪之意，而且，在她嬌艷如花的俏臉之上，大有輕憐淺愛的神情。她來到齊白的身前，伸手輕撫着齊白的胸口，好令他的氣息順暢一些。這情形，直看得衛斯理目定口呆。

李宣宣第一次和齊白見面，就一下子毫無保留地接受了齊白，他們之間的戀情，非比尋常，上下兩千年，縱橫三萬里，那是超越了多少個世紀的延續，一旦重聚，他們便再也不願分開了！

她長長地吁了一口氣，靠向齊白，道：「終於真正的只有我們兩個人了！這是我們多久以來的願望啊！」

齊白感嘆之極，摟住了李宣宣：「就讓只有我們兩個，永遠這樣，永遠這樣！」

李宣宣出場故事：

《從陰間來》、《到陰間去》、《許願》、《將來》、《改變》、《解脫》、《只限老友》

087

杜良——超越人類知識範疇的怪醫生

（一）

一直以為，和衛斯理處於亦友亦敵關係的，傑克上校已達極致，沒想到，後來又冒出一個杜良醫生。

杜良醫生是德國人，是人類腦部研究的先鋒，也是勒曼醫院三位創辦人之一。他是一位偉大的科學家，有着所有偉大科學家應有的品質，他為了能在勒曼醫院進行一項偉大的研究，隱名埋姓，甚至拋下了一對可愛的八歲雙生女。

（偉大的科學家必然不會是一個好丈夫和好父親。）

（二）

衛斯理初次探訪勒曼醫院時，就是由杜良醫生接見的。

本來，杜良對衛斯理並無惡感，但因為衛斯理覺得杜良的研究「鬼頭鬼腦」（尖端科技的研究在得出結果之前必然「鬼頭鬼腦」），而進行了鍥而不捨的追究和騷擾，哪怕杜良和他的同伴們將勒曼醫院從瑞士小鎮轉移到格陵蘭冰川底下也逃不過衛斯理的好奇心，這使他非常鄙視和痛恨衛斯理，對衛斯理的好管閒事簡直反感到了無以復加的地步。

他每次見到衛斯理，都用許多刻毒到近乎下流的話來咒罵衛斯理，所用的語句和名詞其骯髒的程度，簡直匪夷所思至於極點，充份表示了他心中對衛斯理的厭惡程度，但衛斯理卻並不討厭他，反而對他在人類文明進展過程中的偉大成就而感到了不起。（自知理虧？）

（三）

杜良醫生的確了不起！

他因為不喜歡勒曼醫院有外星人的加入，於是偷偷離開醫院，躲起來獨自研究一些人類目前科學還未能觸及，還屬於幻想範圍的課題，而且取得了非凡的成就。

他早已成功進行了思想複製，擁有他思想的複製人曾將勒曼醫院瞞了好多年，連外星人都甚為佩服。

但是，他畢竟只是一個人，有時候，還是需要尋求衛斯理的幫助，然而他明明有求於衛斯理，卻仍將對衛斯理的不屑和鄙視赤裸裸地完全表現在臉上，讓衛斯理很難接受。

他的性格，實在太強烈一些了！

杜良出場故事：
《後備》、《另類複製》、《乾坤挪移》、《身外化身》

088 水葒——永遠沉淪的小小金花

（一）

倪匡先生筆下的「十二金花」，並沒有全部出場，即使出場，也不是每個人都有充足的戲份可供發揮。其中，最常露面的，要數黃蟬、海棠、水葒、朱槿、柳絮這五個女子。

這五個人中，論外形，我最欣賞的是黃蟬，但論性格，卻是水葒最討人喜歡。

（二）

水葒初次登場，是在「亞洲之鷹」羅開的故事中：

羅開循聲看去，只看到毛茸茸的白色的一團，那是一個穿着白狐裘的女人……

羅開注意到她有一雙大得出奇、明亮之極的眼睛，和小巧的鼻子，薄薄的嘴唇……

和黃蟬出場時的形象完全不同，但同樣令人喜歡。

可是，令人感到悲哀的是，水菈和黃蟬一樣，又都是那個極權組織中的一員！

這個外貌上看來，完全像是一個少女的女郎，在這一批高級特務之中，十分突出，可能是由於她性格的天生開朗，也可能是由於她和一個長期掌握實權的領袖，十分接近，所以，組織的桎梏，在她的身上，似乎並不嚴酷，至少，不像柳絮那樣，要把自己的眼睛弄瞎，也不像海棠那樣，在深思之中，為自己是「人形工具」而感到深切的悲哀。

也因為水菈調皮的性格和可愛的外表，讓她得到了「亞洲之鷹」羅開的信任，在經歷了幾次共同的冒險後，他們之間甚至還產生了兄妹一樣的感情。也由於羅開的緣故，使得水菈在日後的冒險生涯之中，平添了許多助力。

（三）

本來，由於水菈在勒曼醫院幫助「老人家」回復青春時立下大功，得到了組織的「特赦」，她像是飛出了竹籠的小鳥一樣，高興得又叫又跳：「我要飛！能飛多遠就多遠，能飛多高就多高，盡情地飛，盡量地飛！」

但是，倪匡先生似乎對這個少女過於殘忍，他連這一點機會都不給水菈（其實估計還是「忘記了」）。

在《算帳》這個故事中，倪匡先生筆鋒一轉，又說水葒覺得自己難以適應外面的世界，所以放棄了徹底脫離組織的機會。

從此，水葒便永遠地沉淪在「無間地獄」中，再也沒有翻身的機會……

水葒出場故事：

《蜂后》、《火鳳》、《飛焰》、《夜光》、《異人》、《無間地獄》、《人鬼疑雲》、《魂飛魄散》、《天皇巨星》、《還陽》、《算帳》、《買命》、《傳說》、《另類複製》、《閉關開關》、《財神寶庫》、《一個地方》、《須彌芥子》、《死去活來》

089

於是——自欺欺人的謊言製造者

（一）

紅綾大叫着撲到了衛斯理的面前：「來了一個好漂亮的姑姑！」

衛斯理抬起頭，和那女士打了一個照面，剎那之間，只覺得眼前陡然一亮，一腳踏空，幾乎沒有從樓梯上自摔下去，趕緊抓住了扶手，兀自覺得一陣目眩。

能讓衛斯理如此失態的美女，實在不多，而且衛斯理對她完全沒有任何目的，尚且如此，如果對之有愛慕之意，所感覺到的震撼，必然十倍、百倍之！

這位女士已然不年輕，至少有五十歲了，尚且能夠令人看到了她感到這樣的震動，真難想像她在青春煥發的時候，是如何動人。

（二）

這位女士名叫於是，她的父親，是著名的抗戰猛將於放將軍，她的母親，是伏牛山的女大王「賽觀音」竇巧蘭。她本是名門之後，可惜的是，於是年幼的時候，遇上了那場令全世界震驚的「全民大瘋狂」。

因為她的母親曾是土匪出身，所以全家都遭到了嚴重的迫害，在她的父母遭遇悲慘的同時，她也跟着受苦——其所受的苦難，絕非外人所能想像於萬一！尤其她是一個異常美麗的女子，遭遇必然更百倍不堪。

在於是從小到大所處的環境中，有一種極可怕的現象——每一個人身上都有一個無形的烙印，這個無形的烙印叫做「出身成份」。「出身成份」被簡單地、白癡式地分成好和不好兩種。

好出身受到崇敬和好待遇，在政治上可以成為新的權貴；壞出身就永遠是清算和被鬥爭的目標，是社會的最底層，理所當然受到輕視。這種烙印對心理的影響，遠遠超過了傳統的親情！

這段殘酷的經歷，從此改變了她。她認定了是由於父親娶了一個土匪當老婆的緣故，所以把怨氣全都出在母親的身上。

雖然於是的職業是「國家歷史研究所現代史研究員」，但她實在很無知，她不知道在權力鬥爭的風暴之中，有土匪老婆固然要被清算，沒有土匪老婆，要清算還是一樣。隨便加上罪名，就可以任意虐待至死，連有國家元首身份的都不能幸免，比起來，大將軍又算得了甚麼？

所以，當衛斯理望着她美麗動人的臉龐時，心中感到悲哀：人怎麼會如此麻木！

（三）

別說她父親死得如何悲慘，她自己本身，也必然經過了將近十年的非人生活。在那段時期，除非她是死人，不然一定對自己所處的環境有所反省。可是當她又恢復了身份，再次進入特權階層之後，她卻用自己騙自己的方法，參加了製造謊言的行列，在自己騙信了自己之後，還希望騙信別人：現在不同了。

現在不同了，或者是將來會不同，這種話說多了，別人或者有足夠的智慧不相信，可是說這種話的人本身，反而會相信。這種情形真是又可怕又可悲。在心理學上來說，只有經歷過大悲痛的人，才會在下意識中要求這樣的麻木，在麻木中逃避，完全不敢正視過去，不敢面對現實。

於是女士，就是這樣一個典型！

於是出場故事：

《偷天換日》

090

陳名富——兩個身份的兩段人生

（一）

這個人，真不知道該稱他陳名富，還是叫他游救國。

（二）

五十多年前，他的名字叫做陳名富。

那是抗日戰爭時候的事，在一列行駛中的火車頂上，擠滿了逃難的人，那些人要盡量連接在一起，才不會在搖晃中跌下來。

陳名富，就是這些逃難人群中的一個。

他動作比較快，因此，幸運地佔據了位置比較好的火車頂，而另一個青年因為帶着行李，行動略慢，只能夠在車頂的邊上棲身。

陳名富抓住了那個青年的行李，這樣，就增加了青年的安全程度，青年向他投來感激的目光。

火車在進入一條隧道後，發生了慘事，不知道由於甚麼原因，出現了一個障礙，而這個障礙在火車駛過的時候，把在火車頂上，一邊的人全都掃了下來，從火車頭到火車尾，無一幸免。

漫天的血雨，無數的殘手斷腳，使得火車彷彿行駛在地獄中一般！

陳名富運氣好，在火車頂的另一邊，躲過了一劫，而那個青年就沒那麼幸運了，從疾駛的火車上摔了下去。

當火車停下來的時候，陳名富才發現，那個青年的行李，居然還抓在自己的手裏。他在行李中發現了一封信和兩百銀洋，信並沒有封口，陳名富取出信紙，打開看了，這才知道那個青年名叫游救國。

這封信是要游救國面交一個叫做盧振中的人，而這個盧振中是游救國父親的結拜兄長。

當他趕到盧家的時候，還沒有來得及解釋，就被對方認作了游救國，並準備把女兒盧喜鵲嫁給他。

陳名富和盧喜鵲的眼光一接觸，視線就再也離不開她秀麗的臉龐。

盧喜鵲清秀亮麗，口角微抬，似笑非笑，有三分嬌羞、三分矜持，明艷照人，並不畏懼陳名富的眼光，反而在她的眼中流露出無數難以確實，可是又可以有深深感受的信息。

陳名富自然而然開始編謊，謊話出口，流利無比。

就這樣，陳名富以游救國的名字和身份，開始了他以後的人生。

(三)

他們夫妻，恩愛無比，數十年如一日。

陳名富在結婚十週年的那天，把一切事情都向盧喜鵲坦白，盧喜鵲雖然感到意外，可是立刻原諒了陳名富，而且替陳名富保守這個秘密。在她臨死的時候，她還特地對陳名富說，她一生愉快幸福之極，一大半是由於她嫁了一個好丈夫！

盧振中去世之後，陳名富和盧喜鵲順理成章繼承了家族的銀號。陳名富不但愛妻子，也對岳母孝順，而且對岳家的所有人都照顧備至，以致整個家族都對他十分尊敬，就算真的游救國，只怕也不能做得更好！

這樣的陳名富，你能說他是一個卑鄙的人嗎？

我覺得不能。非但不能，甚至覺得陳名富對於盧家兩老，還做了很好的好事。

盧振中在臨死之前得到了滿足，而就算真正的游救國完整無損地來到，他和盧喜鵲是不是能夠成為一對恩愛夫妻，也很難說——世界上由始至終都恩愛不渝的夫妻不是很多！

陳名富出場故事：

《本性難移》

091

海王星生物——恐怖莫名的暗紅色怪物

（一）

在衛斯理故事中，讓我覺得恐怖莫名，在夢中都會嚇醒的，那幾個被巨蜂刺死的人變成的怪物必然在列！

看完《蜂雲》後的最初幾天，幾乎每次我閉上眼，腦海中就會浮現出那個雨夜的墳場……

（二）

當衛斯理趕到墳場時，天色已然全黑了。天上下着牛毛細雨，十分陰森，在墳場之中，更有着一種說不出來的怪異味道。

（看，倪匡先生是多麼地善於渲染氣氛，甚麼東西都還沒有出現，就已經讓人心裏開始發毛了。）

那幾個權充仵工的警員，老大不願意地揮着鋤頭，雨越下越密，轉眼之間，衛斯理身上全都濕了。

（越是沒有東西出現，越是讓人感到莫名恐懼。）

衛斯理順着傑克所指的方向，向前看去：只見強光燈的燈光範圍之內，斜斜的雨絲，編織成為一幅精光閃閃，極其美麗的圖畫。

由於下雨的緣故，天色更是陰暗了，在強光燈的照射範圍之外，幾乎是一片漆黑，甚麼都看不到了。

（索性把氣氛做足。）

傑克的聲音，在這種情形之下聽來，顯得如此之緊張，以致令人毛髮直豎！

他叫了一聲之後，立即按亮了電筒，電筒的光芒穿過了雨層，向前射去，停在一株樹上，那株樹在風雨之中，微微顫動着。

（這，簡直就是恐怖小說的最佳範本！）

在做足了前戲之後，那怪物終於登場了。

（三）

有一隻「手」，從屋頂的洞中伸了出來！

然後，那條手臂突然之間，像燭淚一樣地「流」了下來。當它「流」下來的時候，它也不再是一條手臂，而只是向下「流」下的一股濃稠的，血色的液體。在它的尖端觸及地面之際，又出現了五指，又成了一條手臂。

許多股那種流動着的液汁，正在迅速地收攏。然後，一個人「站」了起來。

那個「人」其實並不是站起來，而是在突然之間，由那一大堆聚攏在一起的暗紅色液汁「生」出來的，首先出現一個頭，頭以下仍是一大堆濃稠的東西，接着，肩和雙手出現了，胸腰出現了，雙腿也出現了，那堆濃稠的東西完全變成了一個「人」，一個暗紅色的「人」。

（四）

在雨夜的墳場突然間看到這樣的怪物，怎不叫人嚇得三魂出竅七魄離體！我被嚇壞了，幾乎想將書扔得越遠越好，彷彿那可怕的怪物會從書中「流」出來一樣！

但是，還是捨不得，故事發展到這個地步，讓我如何能放得下？即使害怕萬分，但還是小心翼翼地翻開書頁，戰戰兢兢地看下去。

萬幸的是，那些怪物出現後沒有多久，就消失了。

據陳天遠教授的說法是：「它們走了，不管能不能到達，它們走了。從甚麼地方來，便回甚麼地方去。」

這可怕的怪物，終於回去了它們的母星——海王星。

故事結束了，但是，為甚麼，合上書的我，會覺得它們還在呢？

太可怕了！

海王星生物出場故事：
《蜂雲》

092

黃彼得——無故消失了的名偵探

（一）

在衛斯理的朋友中，專職做偵探的，有兩個人。一個自然是大名鼎鼎的大偵探小郭，另一個，估計大多數人已經把他給遺忘了。

那時，小郭還只是衛斯理進出口公司中的一個小職員，是個無足輕重的小配角，以至於在被白奇偉打傷住院後便一直昏迷不醒，直到故事的結尾，也沒有交代（根本就是把他忘了）。從這一點上看，也許倪匡先生一開始，並沒有打算把小郭作為日後的一個主要人物，雖然在小郭出場時也曾提及他「是一個一心希望做偵探的年輕人」，但這樣的伏筆當時還看不出有甚麼用處，畢竟那時，衛斯理有着另一位偵探朋友——黃彼得。

(二)

這位黃彼得，樣貌普通：

他是一個三十五六歲的人，學識相當淵博，興趣也極其廣泛。他的外形，十分普通，像是一個洋行的普通職員，絕看不出他是有名的私家偵探。

但出場氣勢卻很足：

這位朋友在偵探學上的成就極高，可以稱得上大名鼎鼎，他說在這裏，如果寫出他真姓名的話，會有「做廣告」的嫌疑，因此，我為他取了一個假名，稱他為黃彼得。

原來這「黃彼得」還不是真名，真名為何，不得而知。

倪匡先生極擅長在這種小地方故弄玄虛，讓人覺得真有黃彼得其人，並猜測不已，這也增添了閱讀的趣味。

(三)

黃彼得的登場，是為了引出湯姆生道二十五號，田利東夫婦巨宅的鬧鬼事件。

在《地底奇人》的後半部，衛斯理和宋堅既要追尋宋富的下落，還要躲避警方的追捕，於是打電話聯絡黃彼得，請求他的幫助，黃彼得果然是好朋友，雖然有些為難，但還是嘆了口氣，為衛斯理四處奔波，查找線索，並提醒衛斯理小心警方的追捕。

從故事情節的發展來看，似乎日後衛斯理遇到需要偵探工作的地方，這位黃彼得先生完全可以勝任，根本不必要再增添一個偵探角色。但是，當多年以後，在《合成》這個故事中，出場的卻變成了已成為大偵探的小郭，而黃彼得則不見了。

一直很奇怪，為甚麼倪匡先生要放棄名偵探黃彼得而選擇重啟小郭擔任偵探這個角色？我百思不得其解，但從倪匡先生的性格來判斷，原因也許只是「忘記了」。

這一忘記不要緊，從此成就了小郭。而倒霉的黃彼得，便宛如過氣的歌手，再也沒有人記得了。

黃彼得出場故事：

《地底奇人》、《妖火》

093

羅開——面目模糊的亞洲之鷹

(一)

倪匡先生筆下的冒險家有很多，每個人都有自己與眾不同的性格：頑固到底又好奇心害死貓的衛斯理、優柔多情卻為情所困的原振俠、美麗豪放機智爽朗的木蘭花、放蕩不羈四處留情的浪子高達、堪稱神仙眷侶的年輕人和公主、忠貞的游俠和浪漫的列傳……

惟有羅開，我實在說不上他有甚麼獨屬於自己的特點。

(二)

羅開，外號「亞洲之鷹」。

這是多年來，他獨來獨往的冒險生活帶給他的一種榮耀，從西西里島上義大利黑手黨的總部，到國際刑警裏的秘密檔案，甚至蘇聯的國家安全局、美國的聯邦調查局，都有他的若干資料，資料不可能太充份，但下面那幾句是一定有的：「亞洲之鷹，據說是中國漢族和藏族的混血兒，精通各國語言，對各種藝術品有極高的鑑賞力，精於各種冒險行動，應該列為最危險的人物，但在某種情形之下，他又可以成為最可靠的朋友。給予屬下的告誡是：盡可能不要去接觸這個人，一旦和他發生了接觸，應立即用最快的方法，向上級報告。」

以上是倪匡先生對羅開所作的最精煉的介紹，羅開所擁有的這些特質，在他筆下任何一個冒險家身上都有具備。他四處冒險卻不如衛斯理那樣好奇到底，他到處獵艷卻不如浪子高達那樣遊戲人生，他左擁右抱卻不像原振俠那樣為情糾結，所以，他就變得性格模糊、面目不清矣。也難怪當年倪匡先生在寫給我的信中，提到羅開時說了這樣一句話：「像亞洲之鷹之類，不值得去買，有得借，還勉強。」

為甚麼不提別人，單單把羅開拿出來作典型？自然是倪匡先生自己對這個角色也不是很滿意的緣故。

不過，這不能怪羅開，要知道，倪匡先生當時可是同時撰寫衛斯理故事、原振俠故事和亞洲之鷹故事三個系列，才思有枯竭是必不可免的。衛斯理是金字招牌，原振俠是後起之秀，這兩塊招牌自然不能砸在手上，於是，只好委屈羅開。

但其實，羅開的故事也沒有那麼不堪，說不好看，只是倪匡先生自謙，若和同類作家的作品比較，當然還是水準之作！

（三）

羅開的冒險故事，一共有十五個。

他擊敗過宇宙中最可怕的邪靈「時間大神」，也瓦解了地球上有着雄厚權勢的組織「蜂后王國」，更解開了月球背面死結山上「天神之盒」的秘密。

羅開不僅在屬於自己的故事中大顯身手，在別的冒險家的故事中，也屢有客串。《犀照》這個故事中，在一個宴會上，羅開與衛斯理初次見面，兩人惺惺相惜，正打算作一番長談，但羅開突然之間，有了重要的事，隨即飄然離去，令衛斯理頗感遺憾。

還有一次，在「愛酒人協會」的聚會中，羅開委託了一位朋友給衛斯理送去一件「來自陰間的寶物」，後來，這件寶物，甚至引出了一段多年前的滅門血案和一個詭異莫名的故事（詳見《陰差陽錯》這個故事）！

（四）

雖然和衛斯理、原振俠他們比，「亞洲之鷹」羅開是平庸了一些，但他畢竟也是一位著名的冒險家。

這，是無法抹去的事實！

羅開出場故事：

全部十五個「亞洲之鷹」傳奇故事、《犀照》、《陰差陽錯》

094 馬金花——從牧馬姑娘到漢學權威

（一）

馬金花雖然只有十六歲，可是方圓千里，提起金花姑娘，無人不知。馬金花最出名的四件事是：騎術、槍法、美麗和潑辣。

馬金花失蹤的那一年，年僅十六。

她，是涇渭平原馬氏牧場場主馬醉木的女兒。

馬金花雖然是女孩子，可是從小就像她豪邁俠情的父親，先學會騎馬，再學會走路；先學使槍，才學會拿筷子；先學會罵人，才學會講話。她十二歲那年，已經長得高挑成熟，不知道有多少小伙子，看到她就雙眼發直，成了出名的小美人。

不過，馬金花最敏感男女之間的情事，她十五歲之後，有不少大財主，派人來說媒，前來說媒的人，一律不見一隻耳朵離開。

這姑娘，雖然彪悍，卻十分爽朗！

（二）

如此爽朗的馬金花，在十六歲那年，突然失蹤了。

一點預兆也沒有，就在一次和平常一樣的放馬中，馬金花一馬當先地衝在最前面，當後面的卓長根趕上以後，只看到馬金花的那匹「小白龍」低着頭啃草，而馬金花卻不見了！

馬醉木幾乎找遍了整個平原，都沒有找到馬金花，誰也不知道馬金花到哪裏去了。馬醉木悲痛萬分，整日沉浸於酒醉中，日子就這樣一天天地過去，轉眼間，過了五年。

那一天，當卓長根在失蹤地點的附近緬懷故人時，突然又看到了馬金花！誰也不知道馬金花是從哪裏冒出來的，就像誰也不知道馬金花是如何失蹤的一樣。

卓長根當然要問，但是，他得到的答案卻是「別問我，甚麼也別問我，問了，我也不會說。」

而且，馬金花變了，她的聲音變得十分溫柔，在卓長根的記憶中，從來也未曾聽馬金花用這樣的語調說過話。

（三）

溫柔的馬金花一點也不可愛。

面對大夥兒的關心和疑問，她始終不肯說出她的秘密，她只是悄悄地對父親說，她要去北京城上學堂。

第二天一早，她就離開了自幼生長的土地，走了。

多年以後，世界上少了一個彪悍爽朗的牧馬姑娘馬金花，卻多了一個國際公認的漢學權威馬源教授。

這樣的轉變實在突兀，令人十分好奇，這五年，馬金花到底去了哪裏？又到底發生了一些甚麼事使得她要離開家鄉而去北京上學堂？

她的秘密始終沒有告訴過任何人，所以，我也不打算告訴你。

有人會問：既然她沒有告訴過任何人，那你又是如何知道的呢？

哈哈，不告訴你！

馬金花出場故事：

《活俑》

095

柳絮——逃離無間地獄的幸運兒

（一）

吸引了原振俠的，是柳絮的名字。

柳絮是一個相當特別的名字，令得原振俠浮想聯翩。原振俠首先想到的是海棠，然後又想到了鳳仙。

海棠和鳳仙，都屬於一個組織嚴密之極，勢力龐大無比的特務系統。她們都是自出世起就接受嚴格訓練的特務精英，據說，上萬個女嬰之中，被訓練成材的，只有十二個人，她們都以花為名，而姓卻又都是真實存在的姓。

原振俠沒有想錯，柳絮，正是「十二金花」中的大姐！

（二）

柳絮之所以會與原振俠見面，完全是一場安排好的陰謀，目的是要讓原振俠吐露已逃離組織魔爪的海棠的下落。

然而，柳絮心中，又是極度矛盾的。一方面，她希望藉完成任務，得到組織的嘉獎，可以將功抵罪，可以使她和情郎有相聚的機會（雖然明知機會渺茫）；另一方面，她又對組織充滿了忿恨、厭惡，希望能像海棠一樣，永遠地逃離組織。

可是，柳絮的不幸在於，十五歲那年，她的腦中，被組織植入了生物電腦組件，使得她的思想行為，都受這個生物電腦組件的控制，而且由於手術的不完全成功，她的視覺神經被隔斷了，從此變成了盲人！

這個生物電腦組件，向柳絮的大腦發出的訊號是：忠於組織，只要是組織交下來的任務，不論採取甚麼方法，都要完成。忠於組織，完成任務，忠於組織，完成任務，忠於組織……

這等於說，無論柳絮有甚麼自己的思想，到最後，都會被組織所影響，所控制。在生物電腦組件所發出的命令下，她會不顧一切，勇往直前，用各種手段——在使用各種手段的過程之中，毫無道德標準可言，因為那不是她自己的意志，而是組織的意志。組織根本不必派人來監視她，有了這個生物電腦，柳絮就是最忠誠的絕不會叛變的「人形工具」！

組織甚至把柳絮的臂骨和腿骨，都鋸去了一截，而代之以微型的核武器，她若是爆炸起來，甚至可以毀滅一座小型城市！

（三）

諷刺的是，即使是這樣，柳絮還是產生了逃離組織的想法，因為不論怎樣，她始終是人，有人的天性。

後天灌輸的概念，不論看起來多麼堅強，不論看起來被灌輸得多麼成功，但是一旦到了和人的天性起正面衝突之際，必然敵不過人的天性，而潰不成軍。

柳絮本來就沒有奴性，她之所以對組織忠誠，全是由於她腦部植入體所發出的訊號之故，不是她自己本身的思想。

當柳絮遇到康維十七世後，康維一下子就愛上了她。康維利用超能力，使柳絮恢復了正常人的身體，並在原振俠的幫助下，讓柳絮實現了自己的願望，永遠地逃離了組織——那個被她稱作「無間地獄」的可怕地方。

柳絮何其幸運也！

柳絮出場故事：《無間地獄》、《人鬼疑雲》、《天皇巨星》

096 「靈魂」——活在恐懼中的獨裁者

（一）

「靈魂」是他的代號，他很喜歡這個代號，因為這表明了他真正的身份。他雖然沒有實際職務，但在A區卻炙手可熱，權傾朝野！

這樣的情況，在民主國家中，簡直不可思議，但在一個獨裁地區，卻順理成章。

「靈魂」是他的代號，沒有人敢直呼他的名字，「靈魂」的意思是：他是主席的靈魂。

衛斯理稱他為「骯髒的靈魂」，因為他所做的，全是髒事。死在「靈魂」簽署的秘密文件下的人、因為「靈魂」的手令而下獄的人，七位數字總是有的。

誰遇到了「靈魂」，誰就要倒霉了。

「靈魂」說要逮捕衛斯理，就立刻逮捕衛斯理，即使衛斯理抗議，「靈魂」也只是冷笑：「所謂權力，是強者的象徵。如果你現在不能抵抗我們，那我們就有權力，而你的被捕，也成為事實！」

完全不講道理，完全是野蠻人的做法！

而這，正是獨裁統治的普遍行為。

(二)

「靈魂」作為獨裁者最得力的助手，運籌帷幄，叱吒風雲，一人之下，萬人之上，不知有多威風。可是，沒有人知道，私底下，這麼多年來，他過的實在是非人生活，而且他還必須不惜一切代價，去維持這種非人生活。

因為他一垮下來，就甚麼也沒有了！

「靈魂」在和衛斯理提及他幾十年來的緊張生活時，內心恐慌得如同暴露在萬支燈光下的小老鼠！

「靈魂」和衛斯理互相敵對，照理來說，他絕不該相信衛斯理，但是，「靈魂」無法對自己最得力助手說的心裏話，卻反而可以對衛斯理說說。

這情形，一點也不可笑，甚至很可悲。

然而，活該！

「靈魂」出場故事：

《換頭記》

097 米倫太太——最美麗女人的最悲苦命運

（一）

若讓我在衛斯理故事中，選一個最美麗的女人，我會選米倫太太。

（二）

米倫太太是個神秘的女人，一開始，衛斯理甚至以為她是一位老太太，但是，當看到了米倫太太的照片之後，衛斯理立刻有了一種窒息感，照片中的米倫太太，實在太美了！

她是一個金髮女郎，一頭純金色的頭髮，直長到了腰際，散散地披着，像是一朵金色的雲彩一樣，襯托着她苗條的身形。

她的眼珠美得像寶石，膚色潔白，如夢似幻，她的美麗，已經超越了地球上所有語言所能形容的範圍。

但是，這樣一個夢幻般美麗的女子，卻異常地孤獨。她沒有朋友，沒有親人，只是孤僻地住在一間小房間中，那房間中除了床，甚麼也沒有。

這位米倫太太，究竟是甚麼來歷呢？

衛斯理一層層地掀開了米倫太太的神秘面紗，米倫太太，原來是上一代的地球人！

（三）

那時的地球人，科技已發展到了極高的程度。

米倫太太和她的先生一起，離開地球，進行星際旅行。當他們返航時，飛船出了故障，最後墜毀在地球上，米倫先生不幸身故，只留下米倫太太一個人。

但是，米倫太太的惡夢這時才剛剛開始。

她突然發現，身邊的一切都變得那樣不對勁，人們穿着她從未見過的衣服，說着她完全聽不懂的話，她以為自己來到了另一個星球，但是，那藍天白雲，那紅花綠草，卻又分明是地球！

就在米倫夫婦太空飛行的時候，地球上歲月如流，他們那一代地球人，早已因為不可知的原因而覆亡了，又過了很久，地球上出現了我們這一代地球人，然而這與他們已完全無關。

他們回到了家鄉，但家鄉已不是他們的家鄉。他們的心情甚至比到了第二個星球更痛苦，在第二個星球上，他們還能設法回地球去，而如今，他們已然回到地球，但他們失落了，他們再也找不到他們的時代，他們徹底迷失在宇宙中！

而且，米倫太太又失去了她的丈夫（回到地球時因飛船失事而喪生），她一個人，孤苦伶仃地活着，不知該何去何從，完全沒有一點希望。

米倫太太，實在是地球上最悲苦的人！

米倫太太出場故事：

《奇門》

098

祖天開——滅門血案的無知幫兇

（一）

祖天開是怎樣一個人，很難一言以概之。

若說他是壞人，他平生獨來獨往，專在窩子裏起瓢子（也就是專和綁匪作對，單人匹馬，獨闖匪窩，把被綁票的人救出來），算得是條好漢；若說他是好人，他又害了自己的結拜兄弟曹普照全家性命。

這樣的祖天開，矛盾之極！

（二）

祖天開年輕時，是個十分傳奇的人物。

當老蔡還是小孩子的時候，有一次，跟着大夥兒一起去「看殺頭」。

老蔡形容那次看殺頭，用的詞句，十分生動，也道出了他兒童的想法——他跟着大夥奔向刑場的時候，心中只在想，自己個子小，到了之後，要揀一棵樹爬上去，才能看到殺頭的情形，不然，人牆一檔，甚麼也看不到，就難以向人炫耀了。

可是，等他趕到刑場的時候，人山人海，附近的樹上，早已攀滿了人，哪裏還輪得到他這個小孩子。而且，正有一株樹，因為太多人爬了上去，被壓得倒了下來，十來個人頭破血流，老蔡看了也害怕，但是既然來了，也不想立刻離開，只得遠遠地等着，努力踮高了腳。

所有的人都努力向前擠，希望可以看到死囚的真面目。但是，等到死囚一亮相，各人都停止了向前擠的動作，個個都發出「啊啊」聲和驚詫的神情。

因為死囚的身量極高，比在場的所有人都高，所以個個都可看得清楚。相形之下，劊子手努力高舉着手中雪亮的鋼刀，刀尖也不過和死囚的頭頂一樣高。

死囚的年紀極輕，至多二十歲，神情剽悍，顧盼自豪，雙手被反綁着，大踏步前進，在他身邊的兵丁和差役，根本跟不上他。

死囚的背上，插着一塊木牌，上寫：「斬立決江洋大盜祖天開一名」，在「祖天開」三個字之上，用紅筆劃着圓圈——那情形，和舞臺上可以看到的情形相彷。

死囚的雙眼極有神，許多人期待他大叫「十八年後又是一條好漢」，可是他卻緊抿着嘴，一言不發，所以看熱鬧的人之中，有沉不住氣的，就代他叫了起來，他向聲音最響亮處，望了一眼，神情頗不以為然，也沒有人知道他心中在想些甚麼。

那時的法律程式比較粗疏，說是「江洋大盜」，但具體的犯罪情形如何，也不得而知，多半曾經殺人，但是也難以肯定。

臨刑的時候到了，這是人人在等待的最緊張時刻，劊子手對昂然而立，比他高了兩個頭的死囚，早已反感之至，這時大喝一聲：「跪下受刑！」

劊子手是老手，一喝之下，一腿掃出，掃向死囚的腿彎。那一腳，可以令死囚身不由主，曲膝跪倒，再接着，左手一伸，拔掉插在死囚背後的木牌，順勢用木牌在死囚的頭頂用力一拍。

死囚在頭頂被一拍之後，自然會縮一縮頭，然後再伸一伸。

就在這一縮一伸之間，劊子手橫刀切入，人頭就落地，再一腳把人頭踢出，殺頭事件就完成了。

這一切開始之前，已有不少曾看過殺頭的人，口沫橫飛地在說這些必然會發生的過程。

可是，這次的殺頭事件卻亂了套，劊子手一腿掃過去，挺立着的死囚，竟然沒有跪倒。非但不跪倒，而且大喝一聲，如同半空中陡然響起了一個焦雷，只見他雙臂一振，身上的衣服，首先脹裂，接着，綁住他雙手的繩子，也斷裂開來。

在他雙手得了自由之後，再一伸，就把劊子手手中的刀，搶了過來，飛快地虛砍了三刀，風聲霍霍，雪亮的鋼刀，如同劃出了三道閃電。他就這樣，揮着刀，大踏步向外走去。

所有的人都驚得呆了，除了給他讓一條路出來之外，沒有別的動作，除了刀風聲之外，也沒有別的聲音！

他飛快地揮着刀，前一刀，後一刀，左一刀，右一刀，一刀又一刀，不停地砍着。

老蔡事後的憶述，也很生動：「就像是一道又一道的閃電，自他的手上發出來，把他整個人都包圍住了，也像是他整個人都閃閃生光。總有好幾十人，就眼睜睜地看着這個天神一樣的死囚，越走越遠。」

有時老蔡喝多了酒，就會信口開河，加上另一番形容：「說也奇怪，本來是烈日當空，午時三刻處決的，在他走遠了之後不久，天上就烏雲密佈，雷聲隆隆，閃電霍霍，像是他已到了天上，正在天上揮刀一樣！」

老蔡説完了那次殺頭事件之後，總會現出十分敬仰的神情。

倪匡先生筆下的這段描寫，精彩之極，實在難以割捨，只好盡數摘錄原文。

(三)

若祖天開就此退出江湖，隱居山野，倒也成就了他的傳奇，可惜的是，他在退出江湖前，遇上了王朝。

王朝是個商人，在那個兵荒馬亂的歲月中，遇上了盜匪，恰好祖天開路過，出手救了王朝，兩人就此相識。

王朝自號「绛霞」，英俊挺拔，儀表出眾，使得祖天開同性戀的因子就此發作，偏偏對方也有同性戀的傾向。從此，就開始了兩人之間難分難捨的關係，一直到王朝死，祖天開傷心得七天不進食。

（祖天開居然有龍陽之癖，令人決想不到！）

王朝的情形，比祖天開複雜。祖天開是徹底的同性戀人，而王朝則是雙性戀，所以他也娶妻生子。祖天開對王家三代，忠心耿耿，把王家的下一代當成了是自己的後代。這份感情始終未曾終止，一直延續到王朝的孫子王大同！

（四）

本來，就算是這樣，也沒甚麼，但是，一場滅門血案，改變了祖天開的一生。王朝聽了陰差的話，要祖天開幫着奪取湖北大豪曹普照手中的「許願寶鏡」。曹普照是祖天開的結義大哥，祖天開思前想後，一邊是愛情，一邊是友情，左右都不是，為難了自己，最後終於決定重色輕友，拋開結義兄弟之情。

沒想到王朝和陰差利用了他，在爭奪中，陰差用「奪命環」攝去了曹家全家老小三十多口人的性命，祖天開這才如夢初醒，悔之晚矣，但他又捨不得和王朝的這份孽緣，只好從此退出江湖，終身陪伴在王朝身邊。

許多年以後，當他得知這一切其實另有隱情，曹普照全家別有奇遇時，他終於放下了壓在心中的大石，命運捉弄了他幾十年，也該捉弄夠了。

他這一生，活了一百多歲。他的是非，只有留待後人慢慢評說。

祖天開出場故事：

《從陰間來》、《到陰間去》、《陰差陽錯》、《許願》

099

雷九天——雷動九天最後的光輝事蹟

（一）

雷九天有一個外號喚作「雷動九天」，他是與白老大齊名的武林高手，有着「南白北雷」之稱，但就像許多小說中都出現過的齊名人物（例如「南慕容北喬峰」），往往其中一人無論在哪方面，都無法望另一人項背，雷九天也不例外。

雷九天比起白老大，先天上就吃了很大的虧（他不是衛斯理的岳父），倪匡先生的讀者知道白老大的多，知道雷九天的少；即使知道，他的形象也遠遠及不上白老大。

（二）

雖然同是武林大豪，但是，白老大是知識分子，有三個博士頭銜，興趣廣博之極，雷九天卻是斗大的字識不了一擔，是一個十足地道的傳統中國武術奇人。

可是奇怪得很，這兩大武學高手，竟然未曾謀過面。自然免不了有好事之徒，挑撥離間，搬弄是非，想唆弄得他們比試武功，好看一場天大的熱鬧。

雷九天和白老大兩人的態度，卻大不相同。雷九天躍躍欲試，已經公開說了：只要白老大定下地點，時間，他必然依時赴約！

而白老大卻一點興趣也沒有，一口回絕。

於是江湖有了各種各樣的傳說：有說白老大自知不敵，所以避戰的；有說白老大恃才傲物，根本瞧不起土包子雷九天，所以不屑與之交手的。

話在人們的口中傳來傳去，只有越來越難聽。白老大相應不理，一概不問不聞。雷九天卻有點沉不住氣，幾次請白老大「放馬過來」。而且他門下的一些好事之徒，還曾生過幾次事，都叫白老大輕描淡寫地打發掉了。

後來，局勢發生了變化，白老大為避暴政，遠走海外，雷九天卻被政權利用，成了強大政權最高情報組織的武術教頭。

（三）

本來，江湖大豪，應該自有他的氣概，不論在甚麼人面前，都應該顧盼自豪，旁若無人，但是雷九天被組織找去，覲見領袖（他稱領袖為「皇帝」）的時候，竟然不由自主，雙腿一軟，直挺挺地跪了下來。

這舉動，實在令人不住搖頭。

但再深一步想想，卻也怪不得雷九天。雷九天不像白老大，接受過西方式的教育，他從小都在鄉下長大，除了練武，甚麼也不懂。他接受的教育，也是中國式的、傳統的忠君愛國思想，他沒有廣闊的眼界，也沒有足夠的能力去衝破思想上的阻礙，這不是他一個人的悲哀，而是大多數中國人的悲哀！

（四）

雷九天雖然性格上大有奴性，但畢竟是與白老大齊名的英雄豪傑，他流傳在江湖上的事蹟，武林中人當真如雷貫耳，黑白兩道，莫不敬佩。

在他的晚年（超過一百歲），他還曾與來自外星的宇宙殺手作過殊死鬥爭，儘管在面對強大的宇宙殺手時，雷九天曾膽怯過，退縮過，但是在最後關頭，他卻表現了無比的英勇。

他犧牲了自己的性命，和宇宙殺手同歸於盡，使宇宙殺手不能再在地球上為禍。

僅憑這一點，他便有資格與白老大平起平坐了！

（五）

後來原振俠有感於他的非凡豪俠，盡力去搜集他在江湖上東闖西蕩的資料，所得極是豐富，是一連串驚心動魄的故事，而且，和其他一些故事中的人和事都有牽連。

倪匡先生藉原振俠之口說，有機會，會整理出來，以饗讀友。

但是，當原振俠迷失太空之後，便再也沒了下文。

實在可惜！

雷九天出場故事：

《大秘密》、《陰差陽錯》（僅提到）、《宇宙殺手》

100 陳長青——那一位特立獨行的老友

（一）

陳長青在衛斯理的朋友中，絕對是個特立獨行的存在。

他既有着憨傻愚魯的一面，也有着聰慧狡黠的一面。

陳長青初出場時的情形，十分搞笑。

他看到了報上的木炭廣告，於是打電話給衛斯理，卻又不好好說話，非要裝神弄鬼讓衛斯理「猜猜他是誰」。

衛斯理又好氣又好笑：「去你的，除了是你這個王八蛋，還會是誰？」

「哈哈，你猜不到了吧！我是陳長青！」

「真對不起，我剛才所指的王八蛋，就是說你。」

陳長青大聲抗議：「你這種把戲瞞不過我！你可以說每一個人都是王八蛋，事實上，你絕對未曾猜到是我。」

接着，他居然還列舉了三條理由來證明為甚麼說衛斯理沒有猜出來，令衛斯理無名火起，大聲喝罵，這才使得陳長青「其怪遂絕」。

當陳長青莫名其妙地夾纏起來，任何人都無法用正常的方式與他交流。

這一段，把陳長青神經兮兮的性格刻畫得十分生動！

（二）

> 陳長青這個人，十分有趣，他不但接受一切不可理解的怪事，而且，還主動憑他的想像，去「發掘」古怪的事情。
>
> 關於他最著名的一個段子是：走路時有一張紙片飄到他的面前，他可以研究那張紙片一個月，以確定那是不是甚麼外星生物企圖和他通信息。

陳長青的好奇心，比衛斯理還要強上百倍，衛斯理不屑一顧的木炭廣告，陳長青會進一步鑽研，甚至冒名去和賣家接觸，乃至引出一段玄妙之極的故事來。

（看來，讀者能讀到《木炭》這個故事，還真要好好感謝陳長青呢！）

陳長青還有很多奇怪的本領，其中一項，是「看得懂聲音」，因為他懂得從音波波形辨別聲音。這項本領後來幫了衛斯理的大忙，他「看」懂了困在木炭中的鬼魂說的那句話：「放我出來」，也使得大家能與林子淵的靈魂相互交流。

（三）

陳長青的家世十分好，繼承了祖上巨額的財產，花也花不完，這也令得他完全不必為生活辛勞奔波，可以把所有時間都投入到他發掘怪事的「事業」中去。

世上就是有這樣的人，羨慕也羨慕不來，但陳長青那種極度的鍥而不捨的精神，十分令人欽佩！

他相信世界上任何事情，只要通過不斷的努力，就一定可以達到目標。

有一次，他為了學習星相學，甚至跑到星相家孔振泉的家中，當了一年的僕人。這一舉動，頗有唐伯虎遺風，但陳長青並非追求女孩子，比唐寅更為不易。

再後來，陳長青為了「上山學道」，毅然割捨了與塵世所有的聯繫，放棄了他所有的一切，追隨天池老人去探索生命的奧秘。

這一點，更非常人能夠做到！就連衛斯理，也承認有無數事物是自己所放不下的，只好做做普通人算了。

（四）

陳長青最令我佩服的，還是徒步踏着死蝙蝠，進入礦洞的那段經歷（詳見《到陰間去》這個故事）。

那一次，為了追尋李宣宣的秘密，陳長青與衛斯理、小郭展開了內部競爭，由於晚到一步，等陳長青到達礦洞口時，已有大批的死蝙蝠，在地上疊起來好幾十公分高，情景駭人之極！

見到了這種情景，任何人都免不了頭皮發炸，尤其陳長青要向前去的話，必須踏着那厚厚的一層死蝙蝠向前去，他猶豫了一會，慢慢伸出了腳，輕輕一腳踏了下去——一腳踏出，問題還不是很大。可是當他又提起另一隻腳來的時候，體重就集中在先前跨出去的那一隻腳上，當時就聽得「滋」地一聲響，腳下一軟，血和肉和皮，糊成了一團，不知有多少隻蝙蝠，在他的腳下，成了肉醬。

陳長青接下來的行動令人目瞪口呆，他雖然心中極度害怕，但是呆了三分鐘後，咬咬牙，下定了決心，就這樣一步一步地踏着死蝙蝠那血肉模糊的屍體，進入了礦洞。

他的理由是，衛斯理與小郭都能進去，他若竟然受阻在礦洞之外，那就證明了他是膿包！

他不知道，小郭進礦洞時，蝙蝠災害還沒發生，而衛斯理則是開着車硬衝進去的，而他，陳長青，卻是徒步前行！

太瘋狂！也太令人佩服了！

所以，衛斯理從此服了陳長青，將他當作了最好的朋友！

陳長青也一直把衛斯理當作最崇敬的朋友，他甚至願意替衛斯理去赴生命之險，還立下遺囑，把所有遺產全歸衛斯理夫婦處理，這也令衛斯理感動萬分。

當陳長青拋下一切，「上山學道」之後，衛斯理每每憶起這位老友，總會唏噓不已。

而我，作為一個衛斯理故事迷，又何嘗不是呢？

陳長青出場故事：

《木炭》、《追龍》、《命運》、《十七年》、《異寶》、《極刑》、《生死鎖》、《從陰間來》、《到陰間去》、《陰差陽錯》、《解脫》

101 祁士域——嫌疑犯K的獻身

（一）

祁士域的死，令人感到十分可惜，也令人感到十分不值。

祁士域是一個衣冠楚楚的西方紳士，也是一家航空公司的副總裁。他一生的成敗，都和馬基機長脫不了關係。

馬基機長曾經支持祁士域的一項改革計劃，其他機師認為祁士域的計劃根本行不通，馬基力排眾議，不但做到了，而且做得極成功。這項計劃的實現，是祁士域開始成為公司行政人員的一個起點。

所以，祁士域和馬基機長的感情很好，好到不論在甚麼情形下，他總會站在馬基這一邊。

從這一點可以看出，祁士域是個很重感情的人，也是一個很稱職的朋友，但這樣的性格，絕不適合做公司總裁！

（二）

馬基機長醉酒駕機，導致飛機失事，三十多名乘客無一生還，這樣的悲劇，無論馬基機長有多麼強大的理由，也決不能為他開脱。

但是，祁士域毫無保留地信任了馬基機長，他為了營救馬基，想盡了辦法，可馬基的沉默，使得祁士域完全使不上力。在馬基受審的前夜，祁士域甚至想到了最糟糕的辦法：策劃劫獄來幫助馬基逃亡。他不想馬基在不替自己辯護的情形下受審，希望馬基在離開拘留所之後，會説些甚麼，替自己辯護。然而，當他剛要準備行動時，馬基卻被另一群神秘人物劫走了！

這下苦了祁士域，他無法洗清自己協助馬基逃亡的嫌疑。在為馬基四處奔波的那些日子，他心理上的負擔和壓力早就超越了他所能負擔的程度，忽然之間又發生了這樣的意外，打擊令得他更無法承受，所以他只好在死亡中解放他自己。

祁士域自殺了！

這絕對是一場悲劇！祁士域本來有着大好的前途，但是為了朋友，為了這樣一件莫名的事情，而結束了自己的生命。他的死，讓我的心中很是難過了一陣子。

(三)

以下，就是祁士域的遺書：「我，祁士域，現在決定自殺。我的死亡，絕對是出於我自己的意志，與任何人沒有關係。我自殺，因為我實在無法洗清我自己協助馬基機長逃亡的嫌疑。

「我曾詳細計劃，將馬基機長自拘留所中救出，避免他在法庭上受審。他是我的好朋友，這次飛機失事，眾口一詞，都一致認為是他的責任，而他又全然不對自己進行辯護，採取了一種十分奇怪的態度。這使我可以肯定，這次飛機失事，一定另有隱情，我想先避免他受審，然後才慢慢尋求事實的真相。

「在我計劃期間，我曾和很多人接觸過，他們全是一些相當成功的罪犯，他們都一致認為，要救馬基機長出來是十分容易的事……

「我也曾將自己的計劃，向衛斯理透露過。我明知這樣做的結果，會引致我觸犯法律，但是我堅信馬基機長無辜，為了救援一個無辜的朋友，我自己就算因之犯法，也算值得！

「可是意外的是，我還沒有採取任何行動，馬基機長突然在一批人的幫助下，自拘留所逃脫了！

「馬基機長逃亡一事，任何人都會想到，那是我做的，我絕想不出有任何方法，可以使人相信我清白。我計劃了要做這樣的事，但是我並沒有做。我將因為沒有做的事而受審，身敗名裂。

「我不知道誰救了馬基機長，我罰誓，以我的死亡罰誓，我真的不知道。我一得了馬基機長離開了拘留所的消息之後，我就知道我除了自殺之外，沒有第二條路可走。

「願馬基機長能夠有機會為他自己辯護，我已經不需要辯護了，因為我的死亡，證明了我清白。」

這，就是祁士域最後的心聲！

祁士域出場故事：

《第二種人》

（註：祁士域的英文名應為Keswick，即本文副標題中K之所指。）

102

言王——極權組織中的浪漫主義者

(一)

言王這個人，自有其特別之處。

其一，他是衛斯理故事中最後一個出場的新人物。

言王是以戈壁沙漠的朋友身份出場的，一見面，便和戈壁沙漠擁抱在一起，雙方互相用力拍對方的背，同時口中大聲互相問好，問好的語句粗俗無比，甚麼樣的髒話都有，這場面，真是滑稽之極！

但其實，言王真正的身份卻是極權組織中的重量級人物，有着上將的軍銜，專門負責軍事科學學院的管理。

要知道，戈壁沙漠最討厭和極權組織的人發生關係，這樣的身份，是怎樣和戈壁沙漠成為朋友的呢？十分奇怪。倪匡先生在故事中也未曾交代。

而且，當衛斯理猶豫要不要和言王握手時，戈壁沙漠反倒向衛斯理叫起來：「衛斯理，言王要和你交朋友呢，我們保證，這個朋友可以交！」

的確，言王這個朋友，可以交！

（二）

這就是他的第二個特別之處了，他的性格，十分豪爽（自然也要看對方是誰，不然他的腦袋早就不保了），這樣的性格，在極權組織中十分難得！

面對衛斯理，言王說得極為坦白：「我身為統治集團的一分子，當然希望統治時間越長越好，天下是我們上一代、上兩代經過慘烈無比的鬥爭，流下了不知道多少血才打下來的，要是很快就完了，怎麼對得起那些犧牲的英雄好漢！」

看到衛斯理那種震驚的樣子，言王笑着攤了攤手，道：「其實很公平，要是不喜歡，也可以和我們上代一樣，起兵造反，成則為王啊，衛先生！」

言王的話不能說沒有道理，雖然這只是他的理，然而根據幾千年歷史來看，他的理，也並非完全無理，甚至於可能根本就是這個「理」。

他並不否認實行的是專制統治，確然與眾不同，其他統治階層分子是還要高唱民主自由的，他比較起來，承認事實，不加粉刷，就很難得了。

更難得的是，在組織中幾乎所有人都在追逐着權力和金錢的時代，言王居然還保有着一份浪漫主義的情懷，真正忠於組織所追求的理想，願意為組織研究製造「虛擬人」而犧牲自己的生命。

這，不由得讓人對他產生一份敬意。

言王出場故事：

《死去活來》

103

十二天官——天官門之一代不如一代

（一）

十二天官，是一個十分秘密的江湖幫派中的核心組織。

一般人提起的時候，多有稱之為「天官門」的，而「天官門」究竟有多少幫眾，也沒有人知道，只是傳說，由十二天官掌策一切，十二天官是十二個人，形影不離，行動一致，十二人如同一體。

「天官門」叫人一提起就不禁又陰風慘慘之感的，是這個幫派，和死亡有直接的關係，他們殺人——為了各種理由，甚至完全不為甚麼理由就殺人。

他們殺人的手法，高明之至，從無失手。由於他們活動的範圍，多在西南各省、雲貴一帶，所以也推測和蠱有關，總之人人談虎色變，在江湖上活動的人，莫不提心吊膽。

但是，正如很多小說中描寫的一樣，越是出場時陰風慘雨的角色，越到後來就越無用

（比如青城派的余滄海），十二天官也逃不出這個規律。

（二）

這一代的十二天官，雖然各有一身超群的武功（卻從未見他們發揮），可是頭腦簡單，生活質樸，完全就是一群生活在山區裏的普通苗人。

對了，甚麼叫做「這一代」？

原來，十二天官並不只是十二個人，而是每一代都有十二個人，十二個人各自收一個徒弟，十二個徒弟也和師父們一樣，結盟之時，就落了「齊心蠱」，自此十二人一條心，生死與共，誰也不能單一活着。這樣一代代傳下來，傳到如今，已不知是第幾代了。

這一代的十二天官雖然平凡，但是他們的上一代（老十二天官），卻是叱咤風雲的人物。

（一代不如一代？）

（三）

十二天官的名字，不但有出典，而且出典極古，出自《爾雅》，是中國古代陰陽家和古天文學家共認的專門名詞：大歲在子曰「困敦」，在丑曰「赤奮若」，在寅曰「攝提格」，在卯曰「單閼」，在辰曰「執徐」，在巳曰「大荒落」，在午曰「敦牂」，在未曰「協洽」，在申曰「涒灘」，在酉曰「作噩」，在戌曰「閹茂」，在亥曰「大淵獻」。

他們各自的外形，也和那十二種生物很是吻合，「鼠天官」又乾又瘦，「牛天官」健壯無比，「蛇天官」是個高瘦的女子，「羊天官」留着山羊鬍子，「豬天官」是個胖子……這種情形，是在挑選傳人時就留了意的緣故。

那麼「龍天官」呢？上哪兒去找一個像龍的孩子？根本龍是甚麼樣子的，也沒有人知道。

其實，「龍天官」的身份最是特殊，他真的是龍子龍孫，天皇貴冑。天官門是在明朝末年成立，其中第一代的「龍天官」，就是桂王朱由榔的孫子朱文非。後來，乾隆末年在台灣作亂、曾自稱「順天王」的林爽文與洪憲皇帝在朝鮮時留下的龍種，他們都曾當過「龍天官」。

老十二天官中的「龍天官」，身份更是中國近代史上的大秘密！

而且，直到今天，這秘密還在起作用，並不因為時間的逝去而消失，所以也就更加驚心動魄，震撼人心。

然而，所有的秘密，都逃不過時間的推移，這大秘密，自然也早已毫無價值可言。

十二天官出場故事：

《拼命》、《圈套》、《烈火女》、《大秘密》、《禍根》

104

「非人協會」——最古怪最神秘最特殊的組織

（一）

說實話，「非人協會」的會員，到底有多少，我完全搞不清楚。只知道，「非人協會」距今已有二百年的歷史。剛創辦的時候，是三位會員，這種情況一直維持了二十年，才又接受了一個新會員。往後的三十年中，三個老會員相繼逝世，這個協會，就只有一個會員，直到他也快死了，才又接納了另一個新會員。一百多年來，都保持着舊會員在逝世前，才接納一個新會員的狀態，直到百年以後，海烈根先生逝世前，才一下子發展了六位會員。

除了六位會員之外，還有一個總管。這位總管，無名無姓，既不知道他究竟多少歲，也不知道他到底是哪裏人，總之，他是個極神秘的人物。

「非人協會」並不是一個公開的組織，它的正式名稱很長：「有過非常人所能忍受、達到、經歷者協會」。

意思是說，一個人，必須要有一次獨一無二的異常經歷，他必須完成過一件事，或者忍受過甚麼，都不是普通人所能做到或忍受的，才能有資格成為這個協會的會員。

「非人協會」的會員，每年只在阿爾卑斯山麓，瑞士境內那座古堡中，聚會一次。

以上是對非人協會最簡單的介紹。

（二）

「非人協會」的六個會員，比起那位總管來，更加深不可測。

在一次聚會上，每個會員又各自推薦了一個新會員。

范先生推薦的是都連加農。

大家只知道范先生在亞洲大陸上，有着極大的影響力，尤其是在西藏喇嘛和印度土王之間，影響力更大，其他的，一無所知。

而范先生推薦的都連加農，是一個「魚人」。

他生活在海中，和所有海裏的生物，都能互相溝通，他不像是一個人，而更像是一條魚。

卓力克先生要推薦的是一個死了三千年的人。

卓力克先生是六個會員中，行蹤最為飄忽神秘的一個人，其他的，一無所知。

他要推薦的「三千年死人」，是他在埃及的地宮中發現的，有着超越時代的知識與能力，但已死去三千零二十四年的怪人魯巴。

阿尼密推薦的，是一個還沒有出生的人。

阿尼密是一個靈媒，他已經勘破了生命的奧秘，勘破了生死的界限，他可以使死人與活人進行溝通。

而阿尼密推薦的那個還沒出生的人，是即將轉世的寶德教授，只可惜，這位知識淵博的寶德教授不幸投胎在一個穴居人部落，痛苦的他選擇結束自己的第二次生命，再也不願嘗試了。

史保推薦的，是一株大樹。

史保是個很羞怯的小伙子，但是，他對植物的了解之深，比起全世界所有的植物學家加起來的所有知識，還要超過了十倍以上。

他要推薦的大樹，是一株存世已超過一萬年的大樹，而當史保通曉了樹的語言後，大樹能告訴他的，將是超越人類歷史的見聞與變遷。

端納先生推薦的是「泥沼火人」。

端納先生是一個「探測師」，他的任務，是探測一切隱藏着的資源，土地下、沙漠下、岩石下、河流下、海底下、泥沼下，只要是對人類有用的資源，都在他的工作範圍之內。而端納先生的探測，從來不用儀器，完全是靠自己天賦的感覺，指哪哪就有自然的蘊藏，近乎奇蹟。

端納先生推薦的「泥沼火人」，是生活在澳大利亞叢林深處的泥沼中，渾身會發電的外星人，與當地的土人，剛剛族女子倫倫所生的孩子。

（後來才知道，倫倫生下的，是一對會發電的雙胞胎！詳見《電王》這個故事。）

金維推薦的是一頭大羊鷹。

金維是中國西康地區，黑彝中的格倫彝族人。他是族中最好的獵人，整個西藏，沒有人不知道他的威名，他的名字金維，在彝語中，就是「大鷹」的意思，其他的，一無所知。

而金維要推薦的大羊鷹，不是普通的大鷹，牠曾和外星人一起在雪山之巔共同生活過，牠也曾見證過生命的奇蹟。

以上是對六位會員，以及他們所推薦的新會員的最簡單的介紹。其實，介紹了也等於沒介紹一樣，因為出現最多的句子，是「其他的，一無所知。」

(三)

再後來，「一無所知」的現象就越來越嚴重，「非人協會」目前到底有哪些會員，我便再沒有搞清楚過。

總管從神秘人變成了范總管，據説此人神通廣大到了不可思議的地步，其他的，一無所知。

（不知范總管與范先生有甚麼關係？）

有一位嘲諷衛斯理的老者，只知是「非人協會」會員，其他的，一無所知。

有一位明白老夫人，名頭是「非人協會」的會長，相貌千變萬化，雌雄難辨，是「非人協會」中所有人都推舉的會長，其他的，一無所知。

黃堂的弟弟黃而皇之因為能與水溝通而被都連加農推薦成為了會員，其他的，一無所知。

白素也因為范總管的邀請，加入「生命配額轉移決策委員會」而成為了「非人協會」的會員，很是莫名其妙，其他的，一無所知。

在歡迎白素入會的儀式上，「非人協會」現任的七個會員全部出場，照例全無介紹，神秘莫測，一無所知。

有那麼多的「一無所知」存在，看來，這「非人協會」當真是個古怪之極、神秘之極、特殊之極的怪協會呢。

（四）

有趣的是，多少年來，每年都有人提出要讓衛斯理加入「非人協會」，但結果是沒有一次能夠通過。衛斯理心中忿忿不服，雖然嘴上不說，但心中對「非人協會」總是感到看不順眼，認為他們鬼鬼祟祟，不是甚麼好東西。

（典型的酸葡萄心理，哈哈！）

我非常好奇的是，這個「非人協會」現在還存在着嗎？倪匡先生是不是也是他們的會員呢？

照例，一無所知！

「非人協會」成員出場故事：

全部六個非人協會故事、《極刑》、《電王》、《生死鎖》、《圈套》、《洪荒》、《賣命》、《真實幻境》、《天打雷劈》、《解開密碼》、《快活秘方》、《人鬼疑雲》、《暗算》

105
穆秀珍
——木蘭花背後的超級綠葉

（一）

少女穆秀珍，十分可愛！

如果說木蘭花過於完美給人以距離感，穆秀珍就完全是一個鄰家小妹的形象。

她嬌美秀麗，大眼杏臉，嘴唇的線條十分頑皮，一看就知道她是一個十分淘氣的少女。

她生性好動，爽朗直率，雖然不如木蘭花那樣聰明機智，沒有木蘭花那樣無所不能，但她身上的光環卻一點也不比木蘭花差。

她會為了得到蘭花姐的稱讚而雀躍歡叫，也會為了任務失敗而垂頭喪氣；她會為了一時的靈光閃現而得意洋洋，也會為了想不出一個好辦法而埋怨自己，她，就是這樣一個有着神經刀般性格的可愛少女！

每個主角的背後，總有一片綠葉在無私地付出，在木蘭花背後，穆秀珍就是這片綠葉。

（二）

穆秀珍好生事，經常不聽木蘭花的勸告，獨自行動。每次看穆秀珍單獨冒險，心裏總是替她捏一把汗。

穆秀珍並不是不聰明的人，但是她脾氣急躁，沒有耐性，做甚麼事情都是潦潦草草，三下五去二就算數，不肯用她的腦筋去多想一想，她的行動，往往都以失敗告終。

面對失敗，穆秀珍絕不甘心，她一定要設法脱出匪徒之手，然而她的行動又不夠小心，計劃也不夠縝密，每每胡亂行事，使得情形變得更加糟糕，最後，還是靠了木蘭花才逃離險境。

不過，她是從來沒有心事的人，一脱險，馬上又變得高興起來，又笑又跳。這樣的穆秀珍，愈發地真實可愛！

（三）

但是，少女穆秀珍在感情上遇到了難題。

起初，倪匡先生給穆秀珍安排了一個科學家男朋友馬超文，兩個人於《神秘高原》故事中認識，也曾一起共患難過，但是，隨着時間的推移，倪匡先生逐漸發現，讓一個手無縛雞之力的文弱書生來當熱愛冒險的女黑俠的男朋友實在太不適合，只能以馬超文在國外留學為由，讓他盡可能地避免參加穆秀珍的冒險活動。

不過，這只是暫時性的，一對戀人分居兩地，又怎能長久地維持感情呢？所以，雲四風登場了。

雲四風的登場，使得穆秀珍開始煩惱，一邊是男友，一邊是對她很好的雲四風，這種情形，是穆秀珍從來沒有遇到過的，她破天荒第一次，在感情上有了煩惱。

不過不用擔心，倪匡先生為了替穆秀珍解開難題，安排了一個情節，令得馬超文退場，雲四風上位。

（詳見《天外恩仇》這個故事。）

雲四風的性格與穆秀珍相反，穩重精細，恰好彌補了穆秀珍的不足，在日後的冒險生涯中，他成為穆秀珍最好的依靠，兩人也順理成章地結為夫妻。

婚後的穆秀珍，性格依然故我，一樣地開朗豪爽，嫉惡如仇，後來在機緣巧合下，還成了衛斯理女兒紅綾的乾媽，成就了一段佳話。

（四）

中年穆秀珍，家庭生活成功，事業成功，朋友遍天下，本身又技藝超群，很難想像她的生活會有煩惱，但偏偏就是這樣開朗豪爽的穆秀珍，真的有了煩惱。

她的煩惱來自於她六年前不斷夢見的一串數字，令她知道了自己其實並不是穆家莊穆莊主的女兒，也不是木蘭花的堂妹，她的身世，是一個謎！

（也難怪穆秀珍，無論是誰，在得知自己身世成謎時，必然煩惱不堪。）

但穆秀珍畢竟性格開朗，很少會將煩惱放在心中，她通過衛斯理、戈壁沙漠、康維十七世等好朋友的幫助，終於在《在數難逃》這個故事中，得知了自己的真實身世。

這是一個十分驚人的秘密，足可影響世界大局。這一變化，當年看木蘭花故事時，絕想不到。我不得不佩服倪匡先生那異想天開的大腦，帶給讀者如此之多的驚喜。

倪匡先生曾說過，他筆下創作過無數傳奇人物，自己最喜歡的人物卻不超過十位，而穆秀珍，就是其中之一！

穆秀珍出場故事：

全部六十個「女黑俠木蘭花」故事、《禍根》、《開心》、《轉世暗號》、《在數難逃》、《新武器》、《行動救星》

106

陰差——色中餓鬼的卑鄙陰謀

（一）

陰差這個名字，實在不像真名，可他偏偏真的姓「陰」，而且，他的職業也真的是「陰差」。

「陰差」的意思就是「陰間使者」。

甚麼！居然有人是「陰間使者」？

對的，這位陰差先生，正是一位「陰間使者」！

好詭異的名字，好詭異的身份！

不過，陰差的模樣，卻一點也不詭異。

他是一個胖子，器度軒昂，出言斯文，面團團如富家翁，半禿頭，頂心沒有頭髮之處，冒油而發亮，看起來很有氣派。

這樣的形象，根本無法讓人將他跟甚麼「陰間使者」聯繫在一起。

（二）

陰差是如何會成為「陰間使者」的呢？

其實他自己也不怎麼清楚，他很老實地告訴祖天開：「陰間主人要人差遣，看中了我，把我帶去的！」

祖天開笑：「陰間有的是鬼，陰主為甚麼不差遣鬼，要差遣人？」

陰差對這個問題，答得比較滑頭：「那得去問陰主，我不知道！」

他當然不知道，他根本連陰主的面都沒有見過。陰主只是通過影響他的腦電波，而驅使他去做事的。

世上有那麼多人，為甚麼陰主偏偏挑中陰差？這個問題，倪匡先生始終沒有解答，看來，只好等我百年之後，自去陰間問陰主了。

（三）

陰差雖然是「陰間使者」，卻也沒有甚麼本事，只靠着從陰間偷來的「陰間三寶」，在江湖上鬼混。正因為他偷了陰間的寶物，所以再也不敢回到陰間去了。

陰差在江湖上混的時候，機緣巧合，竟然與白老大相識，甚至還拜了把兄弟。他出身官家，自有一番風度，白老大那時正想着重振七幫十八會，和有官家背景的陰差結義，也不是甚麼奇怪的事。

但是，陰差有一個壞毛病，卻是白老大所不知道的。

陰差是個好色如命的傢伙！

當年，陰差曾遠赴湖北，去找曹普照，為的就是和他在杭州爭粉頭的那商人的一句話。那商人爭不過陰差，就說了如下的氣話：「我看閣下也不像見過真正的美人，哼，這粉頭是還可以，可哪裏算得上是美人？真正的美人在湖北，武林大豪曹普照的續弦夫人，只怕你一見之下，會閉過氣去！有本領的，少在堂子裏和人爭，去和曹大豪爭去！」

陰差竟然真的為了這一番話而到湖北去，當他在曹家看到曹普照的續弦夫人時，他那種色授魂與的模樣，已到了極形極狀的地步，哪裏還有一點上等人的儀態，就算是市井流氓，色中餓鬼，只怕也沒有那種難看的樣子。

陰差簡直就如同癱倒在椅子上一樣，雙眼睜得老大，口也張得老大，口角竟然有涎沫流了出來！那情景，分明是受到了麗人美麗的震撼，三魂七魄，在這時都不知還在不在身上了！

若只是這樣，還不打緊，可陰差就此動起了壞腦筋，為了將曹夫人佔為己有，他利用王朝和祖天開大鬧曹府，並用「奪命環」攝走了曹普照全家上下三十多條性命，曹夫人不甘落入陰差之手，在悲憤中自殺身亡。

（四）

一場腥風血雨的慘事，全是由陰差懷着極卑鄙的念頭播弄出來的。

然而，犯下大錯的陰差卻突然消失了，再也沒有人見過他，也沒有人知道他的下落。他，就這樣神秘地消失了！

陰差出場故事：

《陰差陽錯》、《陰魂不散》、《許願》

107

祝香香——謎一樣的少女

（一）

祝香香是衛斯理的初戀。

她是一個瘦弱文靜，從來不惹是生非的乖女孩。雖然瘦削，可是她卻有一雙極美麗靈活、會說話的大眼睛。

但其實，這些只是表象。

祝香香背後的身份，是「鐵血鋤奸團」的成員！

「鐵血鋤奸團」是專門把抗日戰爭時期做過漢奸，戰後又隱藏身份的人抓出來嚴懲的組織。

很難想像，這樣的組織，會和祝香香這麼文靜的女生聯繫在一起，可事實卻又不由得人不信。

祝香香把自己的秘密，只告訴了衛斯理一個人，少年人的心思，千變萬化，很難捉摸，但是，共同擁有同一個秘密，使得他們兩人迅速拉近了彼此的距離。

當她有意無意邀請衛斯理和她一起進行任務時，衛斯理頓覺千情萬願，興奮不已。

（二）

祝香香雖有令人驚駭的身份，但她的性格，仍屬多愁善感那一型。

那一次，在一個奇特之極的情形下，祝香香和衛斯理彷彿夢中相會，又彷彿身處現實，有了如夢似幻般的初吻。

那種感覺實在太美麗，也太真實了，留在他們的心中，成為一輩子的回憶。

可是，祝香香卻又早已指腹為婚，有了丈夫！

這個消息令衛斯理極為震驚，但後來，衛斯理與祝香香指腹為婚的丈夫況英豪不打不相識，成了好朋友，卻又是始料不及的。

衛斯理與況英豪，兩個少年，同樣地優秀。祝香香到底喜歡他們中的哪一個，誰也不知道，也許，就連她自己也不知道。

少女的心思，又有誰能知道呢？

祝香香後來跟着衛斯理一起去了「三姓桃源」，而況英豪則去了德國的少年軍校，少年們的故事在這裏戛然而止，倪匡先生再也沒有繼續寫下去。

祝香香日後的際遇又是如何？沒有答案。

正像倪匡先生在書中寫的那樣：「你有詩一樣的臉譜，謎一樣的生命！」

祝香香出場故事：

《少年衛斯理》

108 木蘭花——女黑俠星光燦爛耀四方

(一)

木蘭花　美麗豪放　惡賊聞聲膽喪走遠方
木蘭花　正直豪爽　普濟孤苦似活慈航
論身手何硬朗　還鑄有鐵膽肝　神勇勝女金剛　千秋仰望
有木蘭花　惡賊難安　好比星光燦爛耀四方

耳邊傳來葉麗儀激昂的歌聲，木蘭花的形象在我腦海中漸漸浮現……

一位美麗的少女，面對着邪惡的匪徒，運用她智慧的頭腦，施展她高超的身手，轉眼間，就將兇神惡煞般的匪徒打得落花流水，再也無法逞兇作惡。

她，就是女黑俠木蘭花！

（二）

女黑俠木蘭花，自上世紀六十年代初誕生於倪匡先生筆下，至今已有五十餘年。論知名度，木蘭花的名聲絕不在衛斯理之下，甚至，木蘭花打擊犯罪集團、進行冒險生涯的時候，世上還沒有衛斯理這個人物。

木蘭花和她的堂妹穆秀珍，還有她的丈夫高翔，並稱「東方三俠」。他們行俠仗義，先後瓦解了黑龍黨、超人集團、紅衫俱樂部、赤魔團、秘密黨、暗殺黨、黑手黨、血影掌、「暹羅鬥魚」貝泰主持的犯罪組織，並和各國的特務組織鬥智鬥勇，用他們的血汗，換來了城市的寧靜和世界的和平。

在木蘭花的故事中，出現過許多超時代的尖端科技，比如死光錶、隱形衣等等，但是，本質上還是冒險故事，高科技道具，只是為了給故事增添更多的趣味。

直到衛斯理的出現，倪匡先生的創作才真正從冒險故事轉變成為科幻故事，科幻成為故事的主題，而不再是點綴，從這點而言，木蘭花可以說是衛斯理的先驅。

木蘭花的冒險故事一共有六十個，她的足跡遍及世界各地：神秘的利馬高原、高聳的喜馬拉雅冰川、巫教盛行的海地、寒冷的北極、海底的古城、獵頭族居住的原始森林、東南亞的蠻荒地區。到處都能見到木蘭花的身影，沉浸於故事中的讀者，也彷彿跟隨着木蘭花，在世界各地盡情遨遊，增長見識。

（三）

木蘭花雖然只是一個少女，但是，她卻有着和年齡不符的成熟。無論遇到甚麼樣的險境，她總能保持冷靜。她知道，情況越是對自己不利，焦急也就越是沒有用，倒不如冷靜下來思索對策的好。

冷靜，是木蘭花的優點，也是缺點。冷靜，使得木蘭花無論面對何種險境，都能從容應付，她的冒險故事也因此變得精彩萬分；但冷靜，也使得木蘭花像神一樣無所不能，無往不利，讓人產生難以親近的距離感。

其實，木蘭花無論是外形還是性格，都和白素十分相似，可以說木蘭花就是白素的雛形。這也可以看出倪匡先生有多麼喜愛這樣的女俠形象，讓她們頻頻在自己的作品中出現。木蘭花與白素兩位女士，成了倪匡先生冒險傳奇故事中的經典角色！

（四）

木蘭花姐妹曾在世界各地十分活躍，可是這幾十年來，近乎銷聲匿跡。如此神秘，不知道是否有驚天動地的大事在做。

時代在進步，科技在進步，然而人類的思想卻一點也沒有進步，犯罪分子依然活躍在世界各地，利用最先進的高科技，犯下一樁樁令人髮指的罪行，而這些犯罪分子，卻根本得不到應有的懲罰，這時候，我有多麼懷念木蘭花！

耳邊忽然又飄過一段熟悉的旋律：

「可惜我已經退休，一早已養尊處優，坦克再駐守，只可高叫快走快走，不可以插手，青春些會救到亞洲、歐洲與美洲，今天怎強出頭……」

謝安琪的歌聲讓我驀然驚醒，原來，我們的女黑俠木蘭花，畢竟也老了啊！

一瞬間，無限感慨湧上心頭，久久未能平復……

木蘭花出場故事：

全部六十個「女黑俠木蘭花」故事。

後記

寫完了，是的，寫完了。

寫完了，心裏卻突然變得失落起來。

五百個日日夜夜，我一直與這些人物為伴，在我開心的時候，他們陪我一起歡笑，在我悲傷的時候，他們給我安慰。

每一個人物，彷彿都成為了我的朋友。

我沉浸於他們的故事中，他們也沉浸於我的故事中。

但是，終於到了尾聲，而每一次臨近尾聲，總會讓人覺得有種傷感的情緒在心中翻滾。

幸好，只是尾聲，而不是告別。倪匡先生筆下的這些人物，並不會因為我完成這部書稿而驟然消失，他們，仍馳騁於那些精彩無比的故事中。

只要我願意，隨時可以與他們進行溝通交流，當然，只是精神上的溝通交流。儘管如此，那已足夠令我感到快樂。

寫這本書，佔據了我大部份的業餘時間，卻也帶給了我無比的樂趣。蒙天地圖書出版社厚愛，將我的這些文字結集成書。我寫得很開心，於是，也希望各位讀者看得開心，然後，更希望這本書能夠大賣，替出版社帶來利潤，如此，則皆大歡喜也，哈哈！

王錚（藍手套）

二〇一四、三、五 初稿

二〇一九、二、六 二稿

附錄：衛斯理故事全部出場人物

（按出場順序排列）

序號	初次登場	人物	簡介
1	鑽石花	衛斯理	衛斯理系列的男主角
2	鑽石花	黃俊	北太極門嫡傳弟子
3	鑽石花	施維婭（羅菲）	黃俊的愛人，意大利少女
4	鑽石花	石菊	北太極門掌門石軒亭之女，母黎明玫，黃俊的師妹
5	鑽石花	「死神」（唐天翔）	本世紀最傑出的匪徒、最偉大的匪徒
6	鑽石花	蔡博士	「死神」的部下，是真正的醫學博士
7	鑽石花	傑克	「死神」所囿養的長臂白猿
8	鑽石花	石菊的媽媽	應該是養母，在西康足不出戶，雙腿已風癱
9	鑽石花	畫家朋友	衛斯理的朋友，住在長洲島，衛斯理問他借了一隻快速小艇，向香港疾馳而去
10	鑽石花	進出口公司經理	是衛斯理的父執，替他打理公司的一切事務
11	鑽石花	當私家偵探的朋友	翻新電話簿，在《透明光》和《瘟神》中也曾出場
12	鑽石花	黎明玫	北太極門長輩之中，最年輕的一個
13	鑽石花	格里遜警官（格里遜幫辦）	衛斯理在警界中唯一的朋友
14	鑽石花	唐氏三兄弟	是東川武林中以等一的高手
15	鑽石花	××酒店的經理（××酒店的司理）	衛斯理好友
16	鑽石花	邵清泉	七十二路鷹爪法的唯一傳人
17	鑽石花	柳森嚴	外號「三湘大俠」。只在衛斯理的介紹中現身了一下，生平只服一人，那便是邵清泉的叔父
18	鑽石花	錢七手	漢口扒手大龍頭孟阿三之後唯一的扒手天才
19	鑽石花	孟阿三	前清雍正年間，漢口扒手的大龍頭。扒手天才
20	鑽石花	納爾遜先生	國際警察部隊的首長
21	鑽石花	馬非亞	法國科西嘉島北端，巴斯契亞鎮上的大亨

22	鑽石花	尼里	外號「石頭心」，黑手黨徒
23	鑽石花	范朋	外號「除了他自己，誰也不認識的范朋」，黑手黨徒
24	鑽石花	佩特·福萊克	納粹近衛隊的隊員，屬於希特勒最親信的部隊
25	鑽石花	洛奇	范朋的手下
26	鑽石花	達雨中校	納粹黨徒
27	鑽石花	G領事（G先生）	衛斯理的外交官朋友，後主持一個特務集團
28	鑽石花	石軒亭	北太極門掌門人，石菊之父
29	鑽石花	金二	衛斯理的師父，外號「揚州瘋丐」
30	鑽石花	陰大師伯	衛斯理的大師伯，赤水幫的龍頭之一
31	鑽石花	蔡胖子	赤水幫的另一個大龍頭
32	地底奇人	蔡小姐	衛斯理公司的女秘書，公司中有名的美女
33	地底奇人	于廷文	昔年青幫司庫
34	地底奇人	阿雯	新版中刪去了她的名字，帶引着于廷文來見衛斯理的小女孩
35	地底奇人	小郭（郭則清）	郭大偵探
36	地底奇人	李警官（李幫辦）	和衛斯理很熟
37	地底奇人	老蔡	衛斯理家的老管家
38	地底奇人	崇明島神鞭三矮子	是青幫在長江下游的頭子
39	地底奇人	白素	衛斯理的妻子
40	地底奇人	三個阿飛	想搶劫衛斯理，反被衛斯理打倒
41	地底奇人	王紅紅	衛斯理的表妹
42	地底奇人	衛斯理的祖父	衛斯理的祖父，僅提到
43	地底奇人	黃彼得（黃彼德）	私家偵探

序號	初次登場	人物	簡介
44	地底奇人	田利東	大富翁，和他太太一起住在湯姆生二十五號的巨宅之中
45	地底奇人	田利東太太	田利東的太太
46	地底奇人	田利東的兒子	花花公子，前幾年駕車墜崖而死
47	地底奇人	蘿絲	田利東的外甥女，半年之前突然死去
48	地底奇人	金先生	有名的作家，暗喻金庸
49	地底奇人	董先生	有名的作家，暗喻董千里
50	地底奇人	大胖子	××公司董事長，參加降靈會
51	地底奇人	杜仲	白奇偉的手下
52	地底奇人	白奇偉（白勇）	白老大之子，白素之兄長
53	地底奇人	秦正器	七幫十八會中，黃龍會的頭子
54	地底奇人	程警官（程幫辦）	知道衛斯理在警局中有很多熟人，但卻絕不徇私
55	地底奇人	白老大	青幫在中國大陸上，最後一任的總頭目
56	地底奇人	宋堅	飛虎幫大阿哥，宋富的哥哥
57	地底奇人	劉阿根	鐵櫟會大當家
58	地底奇人	石看天	金雞幫的大龍頭
59	地底奇人	蔣松泰	金雞幫前任大龍頭
60	地底奇人	程兄弟	和白老大關係很好
61	地底奇人	宋富（坂田高太郎）	宋堅的弟弟，化名坂田高太郎，是著名的「旅行學者」，也是活躍國際的大毒販
62	衛斯理與白素	電影明星	有着「第一美人」之稱
63	衛斯理與白素	採訪主任	在菲律賓一家報社中當採訪主任
64	衛斯理與白素	余兄	原是青幫中的小角色，借快艇給衛斯理

65	衛斯理與白素	格麗絲	紅紅的同學，去了新幾內亞的吃人部落
66	衛斯理與白素	李根	美國流氓
67	衛斯理與白素	里加度	胡克黨的首領
68	妖火	張海龍	著名的富豪
69	妖火	舊瓷器店老闆	他家的店員，拍張海龍馬屁，拍在馬腳上
70	妖火	張小娟	張海龍之女，張小龍之姐，各地的罪犯都稱她為「偉大的策劃者」
71	妖火	兩個印第安侏儒（兩個特瓦族人）	是生活在洪都拉斯南部的原始森林之中的特瓦族人，奉信大力神「特武華」
72	妖火	花王	張海龍別墅的的守門人、老傭人
73	妖火	勞倫斯·傑加	曾經領導過一個奴隸販賣集團
74	妖火	羅勃楊（楊天復）	勞倫斯·傑加的朋友
75	妖火	生物系講師	衛斯理問他有甚麼特異的生物學上的發現
76	妖火	主持化驗室的朋友	專攻毒物學
77	妖火	阿曉	吸毒者，在賊窟中司守望之責
78	妖火	施興	原是銀行行員，受上司所陷害，而致坐了幾年的牢
79	妖火	劉森	大隻古的手下
80	妖火	覺度士	巴西富豪，是嗜殺狂者
81	妖火	大隻古	名流，未發跡時的混名叫做「大隻古」
82	妖火	霍華德	國際警方的高級人員，他的上司是納爾遜先生
83	妖火	莎芭	野心集團的成員
84	妖火	漢克	野心集團的成員
85	妖火	首領	野心集團的最高首領（影射希特勒）
86	妖火	張小龍	生物學家，張海龍之子，張小娟之弟

序號	初次登場	人物	簡介
87	真菌之毀滅	甘木	野心集團最高首領的四個私人秘書之一
88	真菌之毀滅	久繁	升降機中的年老司閘，是個酒鬼
89	真菌之毀滅	五郎	久繁的朋友，愛喝酒
90	真菌之毀滅	彌子	五郎的妻子或情人
91	真菌之毀滅	白勒克	納爾遜先生的手下，國際警察部隊十分得力的幹部
92	真菌之毀滅	轎車車主	因衛斯理偷他的車而成好友
93	真菌之毀滅	A醫生	他的脾氣，凡事都要從頭說起
94	真菌之毀滅	B醫生	第一流的心理學家
95	真菌之毀滅	C醫生	是內科專家
96	真菌之毀滅	阿根廷老鎖匠	張小娟書桌上所有的抽屜，全是阿根廷一個老鎖匠的手製品
97	真菌之毀滅	警察力量的最高首長	本地警察力量的最高首長
98	真菌之毀滅	海軍少將	××海軍第七艦隊副司令
99	藍血人	藤夫人	北海道一家小旅店的主人，是個上了年紀的老婦人
100	藍血人	草田芳子	日本最有前途的女滑雪選手
101	藍血人	教練	芳子的滑雪教練，對芳子有不軌的野心
102	藍血人	佐佐木青郎	很有名氣的日本外科醫生，佐佐木季子的父親
103	藍血人	草田芳子的表妹	本來是和芳子住在一起的，因未婚夫出車禍而趕回東京
104	藍血人	方天	衛斯理的大學同學，英文名為海文·方，土星人
105	藍血人	林偉	衛斯理的同學，體育健將
106	藍血人	三位上海小姐	衛斯理的同學，無意中救了正想自殺的衛斯理
107	藍血人	一個朋友	擁有世界上最後一盒「九蛇膏」

108	藍血人	護士	違反規定替衛斯理寄信及塗「九蛇膏」
109	藍血人	佐斯	德國科學家，某國征服土星計劃的主持人
110	藍血人	某國大使	委託衛斯理幫忙將一件重要東西帶離東京
111	藍血人	小田原	私家偵探，多年前和衛斯理一起合作偵查過一起和「商業戰爭」有關的案子
112	藍血人	佐佐木季子	佐佐木青郎的女兒，在某國太空署工作，是方天的同事
113	藍血人	井上次雄	全日本聞名的富豪
114	藍血人	井上五郎	是「月神會」的創立人之一
115	藍血人	木村信	日本著名科學家，是一間精密儀器製造廠的總工程師
116	回歸悲劇	梅希達	希臘親王，是希臘抗納粹的地下英雄，「七君子黨」中的一員
117	回歸悲劇	獲殼依毒間	「無形飛魔」，是土星的衛星上所特有的，一種類似腦電波的存在
118	回歸悲劇	大郎	月神會會員
119	回歸悲劇	鈴木	國際警方的幹員，他的弟弟在執行任務中不幸殉職
120	回歸悲劇	井上長老	井上家族在月神會中的現任長老
121	回歸悲劇	三個年輕人	炸毀了月神會總部，並與之同歸於盡
122	回歸悲劇	山根勤二	木村信精密儀器製造廠的副總工程師
123	回歸悲劇	齊飛爾將軍	某國軍事部門的高級負責人，也是太空基地的行政首長
124	回歸悲劇	小納爾遜	本名皮福，納爾遜之子，隸屬美國中央情報局
125	回歸悲劇	史蒂少校	軍中律師，方天的代表
126	透明光	王俊	衛斯理的朋友，水利工程師
127	透明光	王彥	王俊的弟弟，數學專業，在一間高等學校中工作
128	透明光	燕芬	王彥的未婚妻，在漢堡大學學歷史
129	透明光	羅蒙諾教授（赫斯）	是頂替了真正的羅蒙諾教授身份的德國特務赫斯

序號	初次登場	人物	簡介
130	透明光	拉利	羅蒙諾教授的管家
131	透明光	勃拉克	是一個真正的殺人王
132	透明光	傑克上校（傑克中校）	警方秘密工作室負責人，由少校而升至上校
133	透明光	依格	全名為：索帕米契勃奧依格，是索帕族最後一代的酋長
134	真空密室之謎	葛地那教授	是研究古代文字的專家
135	真空密室之謎	舍特	酒店侍者，熱心為衛斯理介紹埃及的景點
136	真空密室之謎	薩利	舍特的侄子，帶衛斯理去見講神秘故事的人
137	真空密室之謎	艾泊	曾任沙漠中活動的盟軍情報工作組的組長，別名叫做「沙漠中的一粒沙」
138	真空密室之謎	費沙族長	阿拉伯民族中最擅長用刀一族的族長
139	真空密室之謎	尤普多	費沙一族中最著名的刀手
140	真空密室之謎	一個朋友	衛斯理託他安排一間真空密室
141	真空密室之謎	張技師	負責操縱真空密室的開關
142	地心洪爐	張堅	衛斯理的朋友，著名南極探險家
143	地心洪爐	史沙爾爵士	南極探險隊的負責醫生
144	地心洪爐	史谷脱	南極探險隊基地的隊長
145	地心洪爐	空中平台的機械人	它們能接受傑弗生的思想控制
146	地心洪爐	傑弗生	空中平台的領導人
147	地心洪爐	羅勃·強脱	張堅的老朋友，南極探險隊基地成員
148	地心洪爐	藤清泉博士	世界著名的地質學家
149	地心洪爐	南極白熊	衛斯理故事中最著名的錯誤，後被衛斯理殺死，剝了皮禦寒

150	地心洪爐	綠色外星人	因害怕嗜殺的地球人有一天會發現他們，所以派兩個人前往毀滅地球
151	蜂雲	陳天遠	國際著名生物學家
152	蜂雲	某殷嘉麗	陳天遠教授的女助手，背後身份是特工人員
153	蜂雲	闊佬	將其郊外別墅借給衛斯理住
154	蜂雲	實驗室中產生的海王星生物	它們生長的方式就是依靠吞噬自己本身
155	蜂雲	上校	國際刑警的高級人員，納爾遜先生的好友
156	蜂雲	朗弗生	上校的手下
157	蜂雲	阿星	無恥之徒
158	蜂雲	胖子	特務集團的成員
159	蜂雲	化妝師	白髮老者，衛斯理曾救過他全家的性命，他以雙重化妝的方法幫助衛斯理脫離特務的追蹤
160	蜂雲	大蜜蜂	陳天遠教授的實驗室中培育出來的海王星生物
161	蜂雲	符強生	衛斯理從小的朋友，生物學家
162	蜂雲	錫格林	是G先生國家的特務
163	蜂雲	總理	G先生國家的總理
164	蜂雲	墳場管理人	老者，因看到變成濃紅色稠液的怪物而導致心臟病發作去世
165	蜂雲	被巨蜂刺殺的人	由巨蜂刺入他們體內的生命激素，將他們變成一種暗紅色半透明濃稠的稠液
166	奇玉	熊勤魚	是一個有着數不清銜頭的豪富
167	奇玉	周知棠	衛斯理的一位父執，世伯，在外替衛斯理大肆吹嘘
168	奇玉	王丹忱	熊勤魚的表親，代為管理熊家大宅奇玉園
169	奇玉	阿保	奇玉園的司機，被安放在汽車中的炸彈炸死
170	奇玉	杜子榮	名義是警方的顧問，但實際上是懸案部門的負責人
171	奇玉	丁廣海	犯罪集團的「皇帝」，外號「廣海皇帝」

序號	初次登場	人物	簡介
172	奇玉	牛建才	丁廣海的手下
173	原子空間	泰勒	高級警官，隸屬於傑克中校的特別工作組
174	原子空間	朱守元	是一個能幹的警官
175	原子空間	格勒	生活於二零六四年，是星際飛行員
176	原子空間	法拉齊	生活於二零六四年，是星際飛行員，較年輕，性格神經質
177	原子空間	革大鵬	星際飛船的領航員
178	原子空間	遜里將軍	被政敵逐出國來的獨裁者
179	原子空間	懷士叔叔	美國中央情報局的負責人，新版刪去
180	原子空間	迪安	他生活於二四六四年，是第七號天際軌道探測站的負責人
181	原子空間	森安比	二四六四年最偉大的科學家
182	原子空間	永恒星人	發展成為腦電波可以單獨存在的游離狀態，變成永恒存在的生物
183	天外金球	中年人	薩仁的叔父，被特務綁架並殺害
184	天外金球	周法常	本名周易，特務首腦
185	天外金球	米蘇局長	羅馬市警局的局長，新版刪去
186	天外金球	伊卡博	安卡拉警局的第二負責人，新版刪去
187	天外金球	薩仁	他是領白素進神宮的嚮導，後因特務誤認為他持有天外金球，而被機槍掃射而死
188	天外金球	章摩（章摩活佛）	是那次政治性、宗教性的大逃亡中第二號重要人物，也是一個具有他心通能力的上師
189	天外金球	張將軍	他統治着一片廣大的地區和數十萬人的生死
190	天外金球	錢萬人	曾是白老大的助手，後來從了軍，在張將軍手下做事
191	天外金球	松贊	薩仁的堂兄，武裝游擊部隊的首領之一
192	天外金球	格登巴	武裝游擊部隊的首領之一

193	天外金球	大活佛（最高領袖）	他是一個宗教領袖，同時也是一個政治人物（影射達賴喇嘛）
194	天外金球	王逢源	光學專家
195	天外金球	小外星人	他們的形體很小，不能用肉眼看見
196	支離人	成立青	他看到了一隻怪手在敲他的玻璃窗
197	支離人	郭明	成立青的手下，自告奮勇陪成立青一個晚上
198	支離人	楊教授	是一所高等學府的教授，向衛斯理夫婦介紹了鄧石
199	支離人	鄧石	神學博士、靈魂學博士、考古學博士，家中很有錢，一生最大的嗜好便是旅行，是一個怪人
200	支離人	楊探長	警方的高級探長，和衛斯理相當熟稔
201	支離人	胡明	衛斯理的朋友，在開羅大學教授考古學
202	支離人	貝克教授	古代文字研究的權威
203	支離人	拉達克	是埃及全國總警署中的不管部長
204	支離人	某國特務頭子	被鄧石利誘
205	支離人	雅拔	替特務頭子與鄧石接頭的人
206	支離人	鹿答	他是一個侏儒，有遙控肢體的的能力
207	支離人	古勒奇教授	古代文字專家
208	支離人	占美	加拿大一家大規模電子工廠的工程師
209	支離人	大祭師	打算移民地球的外星人大部隊的先行者，後成為伯特雷王朝的大祭師，牛神的化身
210	不死藥	駱致遜	是一個十分富有的人，駱致謙的哥哥
211	不死藥	駱致謙	要求衛斯理幫助他越獄
212	不死藥	柏秀瓊	駱致遜的妻子，與駱致謙合夥謀害了自己的丈夫
213	不死藥	韋鋒俠	千萬富翁，喜歡「紙上談兵」式的犯罪
214	不死藥	黃先生	白老大的朋友，江湖豪客

序號	初次登場	人物	簡介
215	不死藥	「十九層」	是一個對甚麼事都有辦法的人
216	不死藥	船長	白駝號輪船的船長，收留了被通緝的駱致謙與柏秀瓊
217	不死藥	波金先生	是帝汶島上極有勢力，極有錢的人
218	不死藥	漢同架土人領袖	從波金的別墅逃出來的土人員
219	不死藥	日本人	波金與駱致謙的同夥，是二戰時，一艘日本潛艇上的副司令
220	不死藥	萊爾將軍	一艘澳洲軍艦的司令官
221	紅月亮	巴圖	「異種情報處理局」的副局長
222	紅月亮	女秘書	「異種情報處理局」的女秘書，巴圖的手下
223	紅月亮	史萬探長	西班牙蒂卡隆小鎮的探長
224	紅月亮	三十四號	被「白衣人」收買的集團中的一員
225	紅月亮	普娜	在義大利黑手黨中，坐第四把交椅。外號「重擊手」
226	紅月亮	白衣人	他們因為原來居住的星球太擁擠，所以另外尋找適當的居住地方
227	紅月亮	保爾	美國人，《搜尋》雜誌的攝影記者
228	紅月亮	蓋博博士	是世界上首次進行腦部手術的權威，新版刪去
229	紅月亮	密蓓拉·巴昂	希臘最大輪船公司的董事長，巴圖的密友，新版刪去
230	換頭記	奧斯教授	世界知名的生物學家
231	換頭記	「靈魂」	他的代號是「SOUL」，是A區主席的靈魂及得力助手
232	換頭記	京版	桃版的兒子，芭珠和猛哥的父親，是阿克猛族的族長
233	換頭記	平東上校	極之幹練的情報人員
234	換頭記	泰中將	A區特衛隊的副司令官
235	換頭記	A區主席	A區的大獨裁者

236	換頭記	四個鐵砂掌高手	靈魂的手下，將巴圖打成重傷
237	換頭記	空軍司令	趁主席不在時發動政變，但被靈魂平息並解除職務
238	換頭記	換頭人	為免被殺，無奈接受悲慘命運，「自願」成為主席的換頭人
239	蠱惑	老張	葉家的車伕
240	蠱惑	猛哥	蠱苗新族長
241	蠱惑	葉老太太	葉家祺的母親
242	蠱惑	麻皮阿根	葉家的男工
243	蠱惑	四阿姨	葉家祺的四阿姨
244	蠱惑	葉家敏	葉家祺的妹妹
245	蠱惑	葉家祺	葉家的大少爺，衛斯理的好友
246	蠱惑	芭珠	美麗之極的苗族少女
247	蠱惑	平納教授	瑞典著名生物學家，國際上細菌學的權威
248	蠱惑	德國專家	精神病專家，上海虹橋療養院的醫生
249	蠱惑	葉財神	葉家祺的父親，得知兒子死訊後，腦溢血死去
250	蠱惑	王小姐	葉家祺的妻子，是典型的蘇州美人
251	奇門	一個朋友	集郵狂
252	奇門	姬娜（姬娜·基度）	美麗的十二歲女孩，十年後再次出現
253	奇門	基度太太	姬娜的媽媽，樣子可怖，後因炫富而被謀殺
254	奇門	古物專家俱樂部的會員	其中三個人在大學執教，五個人是世界著名大學的博士
255	奇門	貝教授	古物專家俱樂部眾會員之首
256	奇門	基度·馬天奴	姬娜的爸爸，一直暗戀着米倫太太
257	奇門	米倫太太	上一代的地球人，或者是平行宇宙中的地球人

序號	初次登場	人物	簡介
258	奇門	丁科長	僑民管理處的科長
259	奇門	尊埃牧師	是墨西哥古星鎮上受崇敬的人物
260	奇門	季洛夫上校	某國現役海軍軍官
261	奇門	肯斯基	某國海軍少將
262	奇門	葛里牧師	接替尊埃牧師的職位
263	奇門	米倫先生	米倫太太的丈夫，在一次星際飛行中死去
264	奇門	小鬍子警官	墨西哥的高級警官
265	奇門	副部長	墨西哥內政部副部長
266	奇門	極好的朋友	有着極其豐富的太空知識和天文知識
267	屍變	鄭保雲	天龍星人與地球人的混血兒
268	屍變	鄭老太太	鄭保雲的母親，口操中國福建北部山區一種十分冷門的方言
269	屍變	鄭天祿	天龍星人，鄭保雲的父親
270	屍變	姓鄧的中年人	他是老蔡的表親，鄭保雲是他的船主
271	屍變	費格醫生	鄭天祿唯一一次生病，是由他診治的
272	合成	裘達教授	在大學主講生物遺傳學
273	合成	貝興國	是裘達教授的學生和得力助手
274	合成	裘珍妮	貝興國的未婚妻，裘達教授同父異母妹妹
275	合成	亞昆	本是白癡，被裘達教授改造成了怪物
276	合成	林二叔	十分著名的腦科專家，是衛斯理的父執
277	筆友	高彩虹	白素的表妹
278	筆友	伊樂	是軍事基地的一台電腦

279	筆友	白素的舅父	高彩虹的父親，年輕時是三十六幫之中赫赫有名的人物，經商多年
280	筆友	白素的舅母	高彩虹的母親
281	筆友	麥隆上尉	是市郊最大的軍事基地的聯絡官
282	筆友	譚中校	軍事基地檔案室的負責人
283	筆友	列上士	當班的士兵
284	筆友	曼中尉	軍事基地第七科的其中一名職員
285	叢林之神	霍惠盛	恒利機構（東南亞）總裁
286	叢林之神	霍景偉	從事醫療工作，加入了「叢林之神崇拜者俱樂部」
287	叢林之神	殷伯	霍景偉生前僱用來看屋子的人
288	叢林之神	史都華教授	認識霍景偉
289	叢林之神	勒根醫生	腦科專家
290	叢林之神	歇夫教授	是一個研究玄學的人
291	叢林之神	總工程師	一家設備良好的金屬工廠的總工程師
292	再來一次	蒙博士	對多個老人進行回復青春的實驗
293	再來一次	郭老夫婦	他們超過八十歲，自願接受了蒙博士的試驗
294	再來一次	彼得	年輕人，蒙博士的助手
295	再來一次	報館的朋友	在夏威夷當地的一家報館服務
296	再來一次	占太太	曾看到過蒙博士培育出來的怪物
297	再來一次	布朗太太	曾看到過蒙博士培育出來的怪物
298	再來一次	布朗先生	「占和布朗遊艇公司」的老闆之一
299	盡頭	丁阿毛	對衛斯理懷恨在心的少年
300	盡頭	章達	群眾心理學家，衛斯理的童年好友、結義兄弟

序號	初次登場	人物	簡介
301	盡頭	李遜博士	章達的合作者，好朋友
302	盡頭	比利	國際刑警的要員
303	盡頭	米軒士	比利的同伴，國際刑警的要員
304	盡頭	阿玲	丁阿毛的妹妹，過着娼妓生活
305	盡頭	阿中	很喜歡阿玲
306	盡頭	地下夜總會經理	十分抗拒衛斯理調查他的夜總會
307	盡頭	「時間會所」樂隊	由五個年輕人組成
308	盡頭	方根發	「時間會所」樂隊成員，他的車子被丁阿毛偷用
309	盡頭	「神秘力量」的兩名亞洲代表	他們幫助「神秘力量」做事
310	盡頭	「神秘力量」	他們的目的是驅使人類的發展走到盡頭，去除人類對其他星球的威脅
311	湖水	江建	年輕教師，年振強的侄子，他假扮叔叔嚇死了殷殷
312	湖水	王振源	十二歲的學生，旅行時失足於湖水，被救起後彷彿變了另一個人
313	湖水	王太太	王振源的母親
314	湖水	珠寶金行的老前輩	衛斯理的父執，教訓衛斯理不該整天不務正業弄些稀奇古怪的事
315	湖水	花花金舖的主人	老翁，一直懷疑當年是年振強放火燒了他的花花金舖
316	湖水	年振強	牛大角手下的軍師，湘西山區中的土匪
317	湖水	殷殷	曾是大紅特紅的明星，當年因貪圖錢財謀殺了年振強
318	湖水	報界的朋友	衛斯理的朋友
319	消失	余全祥	衛斯理作為他唯一的中國朋友，參加他的婚禮
320	消失	雲妮	余全祥的新婚妻子，在新婚之夜，她神秘消失
321	消失	賓納	高級警務人員，傑克是他的主管

322	消失	正村薰子	長崎原子彈爆炸時，被壓縮氣囊捲進了太空，後被蛋形外星人所救
323	消失	蛋形外星人	是一隊科學工作者，在距離地球很遠的工作站中，研究地球人
324	影子	許信	衛斯理中學時代的好朋友
325	影子	許信的嬸娘	返回大屋拿回首飾、嫁妝及地契
326	影子	許信的堂叔	放棄了大屋及家中的財產
327	影子	阿尚	許信嬸娘的男僕
328	影子	老鎖匠	許信付了十元銀洋請他開啟一個神秘的鋼櫃
329	影子	影子	從很遠的地方來到地球，來了已經很久了
330	影子	毛雪屏	××大學歷史系主任
331	影子	科學家	一個對星體生物素有研究的科學家
332	多了一個	卜連昌	是一個脾氣暴躁之徒，瀕死之際被申索夫的腦電波佔據了身體
333	多了一個	顧秀根	吉祥號貨船的船長
334	多了一個	姜經理	輪船公司貨運部的經理
335	多了一個	七嬸	中年婦女，和卜連昌住在同一幢大廈
336	多了一個	包太太	包存忠的太太，住在卜連昌隔壁
337	多了一個	亞珠	卜連昌的女兒六七歲
338	多了一個	卜錦生	卜連昌之子八九歲
339	多了一個	彩珍	卜連昌的老婆，才從鄉下出來不久
340	多了一個	包存忠醫師	中醫，住在卜連昌隔壁
341	多了一個	申索夫上校	蘇聯最優秀的太空飛行員之一，也是最好的電腦工程師之一
342	多了一個	蘇聯特務	他們偽裝成「東南亞貿易考察團」前來追尋申索夫的下落
343	仙境	古董店主	為了多賺點錢，而將德拉已付了定金的油畫轉賣給衛斯理

序號	初次登場	人物	簡介
344	仙境	德拉	遮龐土王王宮的總管
345	仙境	黛	土王宮中的侍女，德拉的妻子
346	仙境	晉美	武裝反叛的西藏康巴族首領
347	仙境	珠寶店主人	加爾各答市內第一流珠寶店的店主，想奪取衛斯理從仙境帶回來的綠寶石
348	仙境	一個美國從事核子反應研究的朋友	衛斯理請他幫忙檢查自己有沒有沾染到輻射
349	狐變	酒博新	建築師
350	狐變	酒博新的父親	參與他弟弟的實驗後，因難以忍受每天變小而自殺
351	狐變	酒博新的叔叔	是一個出色的科學家，已經克服了第四度空間
352	狐變	阿發	酒家的老僕人，前後服侍了酒家兩代
353	古聲	熊逸	德國一家博物院的研究員，和白奇偉是好朋友
354	古聲	黃博宜	熊逸的老同學，學考古的，在一間博物院工作
355	古聲	鄧肯院長	博物院院長，是熊逸的好朋友
356	古聲	紅頭髮女孩	嬉皮士，告訴衛斯理太陽教的所在地
357	古聲	米契·彼羅多夫·彼羅多維奇	自稱是太陽教教主，對催眠術有深湛的研究
358	古聲	安小姐	黃博宜在大學時的同學，後在黑貓夜總會跳脫衣舞
359	虛像	江文濤	衛斯理的朋友，航海家
360	虛像	酋長	疏爾港附近一個小部落的酋長
361	虛像	思都拉	是沙漠強盜族中第二號刀手
362	虛像	彭都	可羅娜公主的表哥，是大學的法學博士，也是一個兇殘狡猾的強盜
363	虛像	可羅娜公主	沙漠強盜族的首領，窮兇極惡的嗜殺狂
364	訪客	鮑伯爾	是一個大人物，是一個政治家，是一個經濟學家，還是一個醫生

365	訪客	鮑伯爾的男僕	他和管家堅稱看到石先生進入書房拜訪鮑伯爾
366	訪客	鮑伯爾的管家	他和男僕堅稱看到石先生進入書房拜訪鮑伯爾
367	訪客	石先生	是一個死人
368	訪客	陳福雷	衛斯理的舊同學，是一個牙醫
369	訪客	陳小雷	陳福雷之子，是一個十二三歲的少年
370	訪客	小輝	鮑伯爾的孫子
371	訪客	王法醫	衛斯理的好朋友
372	訪客	丁納醫生	醫學博士
373	訪客	巫都教教主	巫都教的教主
374	風水	李恩業	他重金禮聘兩名堪輿師，替他剛死去的父親尋得一塊煞氣極重之血地
375	風水	楊子兵	省城著名的堪輿師
376	風水	容百宜	省城著名的堪輿師
377	風水	陶啟泉的父親	原是李恩業的一個僕役，求楊子兵指點，把他的父親赤葬在鯨吞地
378	風水	陶啟泉	東南亞第一富豪
379	風水	楊董事長（楊副董事長、楊姓老者）	是本市數一數二的銀行家，陶啟泉的得力親信
380	風水	李恩業的三兒子	權傾朝野，是政權的重要人物。但最後在鬥爭過程中完全失勢（影射劉少奇）
381	風水	孟先生	是一個報人，同時也是極權政府的特務
382	風水	萬世窮	是一群年輕人的領導，其名字表示了他革命的決心
383	環	雷小姐	土星環上的人
384	環	王主任	警方的研究室主任
385	環	阿發	有過入獄十八次記錄的慣偷
386	環	洪老三	是衛斯理認識的三山五嶽人馬中的一個，控制着許多小偷

序號	初次登場	人物	簡介
387	環	寶記蜂園的人	和衛斯理搭同一輛車，向衛斯理介紹附近一座古怪的洋房
388	環	上一代的地球人	他們是上一代地球人的後代，居住在土星環上
389	聚寶盆	郭幼倫	小郭的弟弟，是美國麻省理工學院電子工程學博士
390	聚寶盆	蔡美約	郭幼倫的女朋友
391	聚寶盆	王正操	是一位傑出的科學家
392	聚寶盆	康辛博士	郭幼倫的指導教授，是麻省理工學院中的權威教授之一
393	聚寶盆	一個朋友	委託衛斯理鑑別王羲之草書條屏的真偽
394	聚寶盆	劉老闆	古董店老闆，王正操向他購買聚寶盆的碎片
395	聚寶盆	石文通	窮困潦倒，將祖傳的聚寶盆碎片賣給了古董店老闆
396	聚寶盆	韋應龍	是一家小型塑膠廠的老闆，將聚寶盆碎片賣給了衛斯理
397	雨花台石	徐月淨	衛斯理的中學同學
398	雨花台石	智空和尚	金山寺的和尚
399	雨花台石	紅白色細絲	雨花台石是他們在逃難住的臨時地方
400	雨花台石	智空和尚的師弟	衛斯理託他打聽智空和尚的下落
401	雨花台石	幻了和尚	智空和尚的徒弟，對科學有着一份難以形容的狂熱
402	雨花台石	高僧	智空和尚的好友
403	雨花台石	佛德烈少將	主持美國國防部的特種問題研究室
404	雨花台石	班納	美國海關官員，犧牲了自己，燒死了紅白色細絲
405	魔磁	于範	衛斯理的熟人，在博物館工作
406	魔磁	陳子駒	陳氏海洋研究所所長，又是陳氏海底沉物打撈公司總經理
407	魔磁	方廷寶	著名的潛水專家

408	魔磁	柯克船長	擁有最現代化設備的海盜
409	魔磁	齊博士	飛機墜海的三個科學家之一
410	魔磁	林上尉	是一艘巡邏艇的指揮官
411	魔磁	朱博士	是一位著名的海洋生物學家
412	魔磁	某國特務頭子	某國特務
413	創造	王亭	膽小的劫匪
414	創造	潘仁聲博士	著名的生物學家
415	創造	王慧博士	著名的生物學家
416	創造	劉律師	衛斯理的律師，出面保釋衛斯理
417	創造	陸瑪麗	和王亭同居過一個時期，在一家低級酒吧中做吧女
418	鬼子	鈴木正直	在南京大屠殺中，折磨淩辱殺死過一個女子，後日夜活在恐懼中乃至上吊自殺
419	鬼子	唐婉兒（郭夫人）	小郭的妻子，任職順惠旅行社副經理
420	鬼子	藤澤雄	是「全日本徵信社社長」，極其有名的私家偵探
421	鬼子	山崎	藤澤雄的助手
422	鬼子	女職員	戰時檔案清理辦事處的女職員，幫助衛斯理尋找鈴木正直的檔案
423	老貓	李同	因多個晚上受到樓上住戶張老頭的敲打聲而與他爭吵
424	老貓	王傑美	才從警察學校畢業，是傑克的下屬
425	老貓	張老頭	來自外星的高級生物，大黑貓是他的愛人
426	老貓	專門搜集中國早期郵票的朋友	向衛斯理炫耀稀有的郵票
427	老貓	大黑貓	是個被外星人侵入體內的三千年埃及老貓
428	老貓	暴發戶朋友	衛斯理的朋友，被老貓襲擊
429	老貓	古董店老闆	張老頭在他店裏寄售一對宋代瓷瓶

序號	初次登場	人物	簡介
430	老貓	老陳	一生除了養狗，沒有別的愛好
431	老貓	老布	老陳養着的法國純種狗
432	貝殼	徐諒	小郭僱用他駕機在海面上搜尋一艘遊艇
433	貝殼	何艷容	萬何集團的主席
434	貝殼	紅蘭	紅得發紫的電影明星，和萬良生關係曖昧
435	貝殼	萬良生	他有數不盡的財產，事業幾乎遍及每一個行業
436	貝殼	兩個神秘男人	他們應萬良生的請求，把他變成了一枚貝殼
437	貝殼	年輕的水手	聽到萬良生在遊艇上唱歌，但是看不到他的人
438	地圖	羅洛	偉大的探險家，只有四個朋友，衛斯理是其中之一
439	地圖	樂生博士	偉大的探險家，也是幾家大學的高級顧問
440	地圖	唐月海教授	國際著名的人類學家
441	地圖	阮耀	非常富有的收藏家
442	地圖	唐明	唐月海的兒子
443	地圖	波比	阮耀家的長毛牧羊犬
444	地圖	吳慧	阮勤的朋友，後因自家土地被阮勤所奪，鬱鬱而終
445	地圖	阮勤	阮耀的曾祖父，奪了吳家塘的財產
446	地圖	地底人	約一百年前乘坐超越光速的太空船來到地球，直墜進了吳家塘
447	地圖	吳子俊	吳慧的曾孫，委託羅洛調查為何吳家塘變成平地及成為阮家物業一事
448	規律	田中正一	維城科學家協會會員，實際身份是間諜
449	規律	康納士博士	被譽為現代科學界最傑出的人物
450	規律	賴端	是原子動力學博士

編號	故事	人物	描述
451	規律	奧加博士	是金屬研究的有名人物
452	規律	安橋加	力學博士
453	規律	亨利	十四歲的報僮，撿到記錄了康納士博士日常活動的電影膠片
454	規律	漢經尼教授	從永無止境的科學研究中逃了出來，恢復普通人身份
455	規律	帕德拉博士	亨利的姐姐，認為永無止境的科學研究像是可怕的地獄
456	規律	白克．卑斯	國家安全局的特別調查員
457	規律	老麥克	是個吸毒者，又是個醉鬼
458	規律	舊車商	他沒有給神秘男子的駕駛執照作登記
459	規律	喬治	機場工作人員，與一個紅髮女郎在屋內通姦
460	規律	麗拉	十三歲的小女孩，和亨利是好朋友
461	規律	盧達夫	領事館新聞攝影的二級助手，真正的身份是間諜
462	沉船	喬治．摩亞船長	特別喜歡航海
463	沉船	麥爾倫	大西洋最具威望的潛水家
464	沉船	彼得．摩亞	喬治．摩亞船長的父親，是一家輪船公司的董事長
465	沉船	維司狄加度	駕駛鬼船擔任着一項極其怪異的任務
466	沉船	雲林狄加度	狄加度家族的唯一傳人
467	沉船	貝當	維司狄加度的好朋友，是世上碩果僅存的兩位人魚之一
468	沉船	貝絲	維司狄加度的好朋友，是世上碩果僅存的兩位人魚之一
469	沉船	醫生	鎮上的醫生，拒絕和衛斯理一起去救狄加度家族的人
470	大廈	羅定	看樓時進入了一架不斷上升的升降機，恐慌下駕車逃離大廈
471	大廈	陳毛	大廈管理員，後摔死在大廈的天台上
472	大廈	陳圖強	建築師，大廈的設計者

序號	初次登場	人物	簡介
473	大廈	王季博士	他是科學界的怪傑，精於數學及物理，曾是愛因斯坦最讚許的人物
474	大廈	韓澤	王直義的助手，自少就是個數學天才，被稱為「數學界彗星」
475	大廈	幕後主持人	提供龐大資金給王季博士及韓澤作實驗
476	大廈	「鯊魚」	他姓沙，外號「鯊魚」，是表面上早已收了山的黑社會頭子
477	新年	王其英	流浪漢，曾得到大量財寶，後被送入瘋人院
478	新年	像猩猩的神秘人	他研究地球人，認為地球人走的是一條滅亡之路
479	新年	宋警官	傑克上校的主要助手，帶着珍寶遠走高飛
480	頭髮	利達教授	是一個不通世務的出色的植物學家
481	頭髮	巴因	尼格底拉族的最後一人
482	頭髮	柏萊	利達教授的兒子，被辛尼刺死後，靈魂進入了巴西土人的身體中
483	頭髮	辛尼	柏萊的同學及朋友，親手在柏萊的心臟刺了一刀
484	頭髮	尼泊爾國王	要求衛斯理忘記一切及離開尼泊爾
485	頭髮	芒里博士	是尼泊爾、不丹、錫金三地的民俗權威
486	頭髮	巴宗先生	是印度次大陸宗教權威
487	頭髮	會議主持人	在他主持的會議中，討論如何將一群不受歡迎的人遣走，並消除他們頭髮的功能
488	頭髮	C的父親	那個地方的領導人，他派了四個人去察看被遣送的人的後代
489	頭髮	A	穆罕默德
490	頭髮	B	佛祖
491	頭髮	C	耶穌
492	頭髮	D	老子李耳
493	頭髮	御前大臣	尼泊爾國王的御前大臣

494	頭髮	祁高中尉	白素託他帶一卷錄音帶給衛斯理
495	眼睛	蔡根富	老蔡的姪子，後被「眼睛」附體，成了「維奇奇大神」
496	眼睛	奧干古達	非洲國家司法部官員
497	眼睛	小史	在衛斯理所熟悉而又保存着最完善資料的報館中擔任資料室主任
498	眼睛	道格工程師	一直在教蔡根富法語
499	眼睛	比拉爾	法國記者，寫過一篇文章報導維奇奇煤礦的謀殺案
500	眼睛	哈率荀	中士，被奧干古達派入礦坑執行搜索任務
501	眼睛	里耶	花絲的弟弟，帶了衛斯理去見蔡根富
502	眼睛	花絲	蔡根富的女朋友，黑女郎，後被「眼睛」附體
503	眼睛	「眼睛」	外型很像眼睛的外星邪惡生物，善於偽裝及欺騙，喜自相殘殺
504	眼睛	「眼睛追殺者」	他們來自遙遠的星空，一直與邪惡進行着鬥爭
505	迷藏	王居風	高彩虹的丈夫
506	迷藏	古昂	大公古堡的管理員
507	迷藏	莫拉	王居風的前世，因企圖逃亡而被處死刑
508	迷藏	保能大公	於公元八九四年強徵民伕建造大公古堡
509	迷藏	康司	安道耳的內政部副部長，兼任檢察署及文物保管會的工作，和處理一些非常事件
510	迷藏	費遜	居於波爾山村的一位少女，高彩虹及王居風要求她將一隻木頭盒子交給衛斯理
511	迷藏	亞里遜	波爾山村的牧羊人，兼職警員
512	迷藏	娜亞文	高彩虹的前世，是保能大公的女侍
513	天書	連倫	荷蘭阿姆斯特丹極峰珠寶鑽石公司的負責人
514	天書	祖斯基	荷蘭阿姆斯特丹極峰珠寶鑽石公司的保安主任
515	天書	莫勒	世界十大優秀警官之一

序號	初次登場	人物	簡介
516	天書	尚塞叔叔	退休了的警務人員，和衛斯理及白素非常熟稔
517	天書	雅倫	與米倫太太來自同一個地方
518	天書	倫蓬尼	唯一一個到過法屬圭亞那最中心部份的探險家
519	天書	帕修斯教堂的神父	四十年前，他參加了倫蓬尼的探險隊，從「上帝使者」那裏得到一枚書籤
520	天書	頗普	帕修斯一間雜貨店的老闆
521	天書	上帝使者	與米倫太太來自同一個地方
522	天書	楊安	米倫夫婦、雅倫和上帝使者的同伴
523	天書	賓魯達	米倫夫婦、雅倫和上帝使者的同伴
524	天書	另一個人	米倫夫婦、雅倫和上帝使者的同伴
525	天書	溫乃堅	倪匡的讀者，曾提供剪報以助衛斯理單行本出版
526	木炭	陳長青	是衛斯理的好朋友，和溫寶裕的交情也甚好，對事物的探索，有着無可比擬之熱忱
527	木炭	四嬸	炭幫幫主夫人
528	木炭	邊五	炭幫老五
529	木炭	計天祥	炭幫幫主
530	木炭	祁老三	在炭幫排行第三
531	木炭	花皮金剛	炭幫老七
532	木炭	林子淵	他看到祖先留下的記載後，跳入炭窯想取出一塊木頭，結果被燒死，靈魂困在了一塊木炭中
533	木炭	林伯駿	林子淵的兒子，汶萊的紙業鉅子及華僑首領
534	木炭	皮耀國	專門從事X光檢驗金屬內部結構工作
535	木炭	林子淵妻子	林子淵死後，得到計四叔給予的金子，和兒子到了汶萊開始了新生活
536	木炭	林玉聲	林子淵的祖先，是太平軍的一個高級軍官，有魂魄離體及重返身軀的經驗

537	木炭	普索利爵士	是一個靈學會的會員，也是一個極有成就的科學家
538	木炭	老湯姆	衛斯理的好朋友，蘇格蘭場的高級顧問
539	木炭	金特	對靈魂學有深湛的研究
540	木炭	甘敏斯	是搜集靈魂和世人接觸的資料的權威
541	玩具	浦安先生	他們在歐洲乘坐國際列車旅行時，遇見伊凡和唐娜
542	玩具	浦安太太	他們在歐洲乘坐國際列車旅行時，遇見伊凡和唐娜
543	玩具	伊凡	陶格夫婦的兒子
544	玩具	唐娜	陶格夫婦的女兒
545	玩具	陶格先生	小機械人的C型玩具
546	玩具	陶格太太（陶格夫人）	小機械人的C型玩具
547	玩具	莫里士	荷蘭小鎮的警官
548	玩具	約瑟·浦安	浦安夫婦的兒子，是一個藝術家
549	玩具	塞格盧克醫生	是一家十分有名望的醫院的院長
550	玩具	周嘉平	衛斯理的一位父執的兒子，是一名心理學教授
551	玩具	李持中	玩具推銷員，曾向陶格一家人推銷玩具
552	玩具	梅耶少將	隸屬於一個民間團體，在二戰結束後，致力於搜尋藏匿的納粹戰犯
553	玩具	齊賓中尉	隸屬於一個民間團體，在二戰結束後，致力於搜尋藏匿的納粹戰犯
554	玩具	達寶警官	丹麥特殊意外科的警官
555	玩具	小機械人	他們是未來世界的主宰，把人類當作玩具
556	玩具	C型少女	小機械人的C型玩具，被選擇來作為衛斯理的配偶
557	玩具	A型老人	小機械人的A型玩具
558	連鎖	鐵輪	第一流的職業殺手

序號	初次登場	人物	簡介
559	連鎖	板垣一郎	一家中等規模企業公司的董事長
560	連鎖	大良雲子	第三流的職業歌星
561	連鎖	貞弓	板垣的妻子，關東一個有名望家族的女兒
562	連鎖	健一	衛斯理的好朋友，日本刑事偵探員
563	連鎖	開鎖專家	號稱能打開各式各樣的鎖
564	連鎖	石野探員	健一的下屬
565	連鎖	那蒂星	印度傑出的動物學家
566	連鎖	奇渥達卡	純白色小眼鏡猴
567	連鎖	武夫	在板垣一郎及雲子幽會的大廈任管理員
568	連鎖	耶里王子	他的祖先曾在印度南部建立王朝
569	連鎖	奈可	雲子的經理人
570	連鎖	印度老人	衛斯理聽老人講述了猴神和三個願望的故事
571	願望猴神	板垣光義	板垣一郎的堂叔，是第四個見到靈異猴神的人
572	願望猴神	靈異猴神	他所做的一切，是為了要研究及了解地球上最高級的生物的一切，但沒有結果
573	尋夢	楊立群	楊氏企業的董事長，前世是小展
574	尋夢	孔玉貞	楊立群的妻子，性格保守，前世是梁柏宗
575	尋夢	簡雲	心理分析醫生
576	尋夢	小展（展大義）	楊立群的前世，深愛翠蓮但被她利用並殺害
577	尋夢	梁柏宗	和曾祖堯及王成是同黨，逼問小展財寶的下落
578	尋夢	曾祖堯	和梁柏宗及王成是同黨，逼問小展財寶的下落
579	尋夢	王成	和梁柏宗及曾祖堯是同黨，逼問小展財寶的下落

580	尋夢	翠蓮	劉麗玲的前世，利用小展，獨吞被她與梁柏宗、曾祖堯、王成合夥殺害的四名商人的財富，後將小展殺害滅口
581	尋夢	劉麗玲	美麗動人的時裝模特兒，是白素的朋友，前世是翠蓮
582	尋夢	胡協成	他曾是劉麗玲的丈夫，外形猥瑣，一無可取，前世是王成
583	尋夢	孫先生	特殊職業者，為楊立群帶路
584	尋夢	李得富	是展大義的弟弟，因從小就賣給一名姓李的人，所以改姓李
585	尋夢	四名皮貨商	約六十年前，他們身懷巨款，路經多義溝，飲用茶棚中的茶後中毒斃命
586	尋夢	黃堂	接替了傑克上校的職務，專門處理特別事務
587	第二種人	馬基機長	飛行經驗非常豐富
588	第二種人	祁士域	航空公司副總裁，馬基機長的好朋友
589	第二種人	奧昆	航空公司另一名副總裁，第二種人
590	第二種人	白遼士	機上的副駕駛員，第二種人
591	第二種人	達寶	飛行工程師，第二種人
592	第二種人	文斯	通訊員，第二種人
593	第二種人	連能	侍應長，第二種人
594	第二種人	黃堂的姑媽	她偽裝成白素的四表嬸，騙白素見被車撞傷的黃堂
595	第二種人	單相	世所公認的植物學權威
596	第二種人	白遼士二世	白遼士的化身，十分活潑，愛開玩笑
597	後備	丘倫	自由攝影記者，衛斯理的朋友
598	後備	海文	在聯合國的一個兒童機構任翻譯員，對丘倫有一定的好感
599	後備	齊洛將軍	亞洲一個國家的元首
600	後備	阿潘特王子	阿拉伯一個小酋長國的石油部長
601	後備	竹內先生	日本的新進財閥

序號	初次登場	人物	簡介
602	後備	辛晏士	華爾街的大亨，美國前十名的富豪之一
603	後備	沙靈	衛斯理的老朋友，保安專家，曾任英國情報局高級官員
604	後備	巴納德醫生	心臟手術的權威，有過五次以上進行換心手術的經驗
605	後備	羅克	勒曼醫院三位創辦人之一，曾在動物細胞分裂繁殖方面，有極高深的研究
606	後備	杜良醫生	勒曼醫院三位創辦人之一，對外星人很仇視
607	後備	哥登博士（哥頓）	勒曼醫院三位創辦人之一，用無性繁殖的方法培育出一個人的胚胎
608	後備	吉娜	助理研究員，哥登博士的助手
609	盜墓	齊白	世界三大盜墓專家之一，後成為冥仙
610	盜墓	病毒（哲爾奮）	世界最偉大的三個盜墓人之一，已退休
611	盜墓	單思	業餘盜墓專家，世界三大盜墓專家之一
612	盜墓	馮海	單家的管家，禿頂中年人
613	盜墓	羅勃．悉脱	某國太空總署的員工，工作單位是機密資料室
614	盜墓	阿達	本是胡明的學生，後來成了「病毒」的徒弟
615	盜墓	三個白袍人	他們的體型極小，但頭部十分大
616	盜墓	都寶	「病毒」的首傳弟子
617	盜墓	道格拉斯博士	某超級大國太空總署太空人訓練中心負責人
618	盜墓	泰豐將軍	某超級大國的太空總署負責人
619	盜墓	胡非爾上校	某超級大國的太空總署情報組主管
620	盜墓	亞倫上尉	某超級大國的太空總署情報組組員
621	盜墓	李沙摩夫上尉	某超級大國的太空總署情報組組員
622	盜墓	超級大國最高領導人	和衛斯理及白素討論外星人

623	搜靈	康和	大魔術師侯甸尼的好友，對靈魂學有極深刻的研究
624	搜靈	喬森	情報工作者
625	搜靈	但丁·鄂斯曼	土耳其鄂斯曼王朝的最後一個傳人
626	搜靈	青木歸一	「天國號」通訊室主任，也是唯一的生還者
627	搜靈	山本五十六大將	「天國號」艦長，「天國號」計劃主持人，替日本的復興作準備
628	搜靈	巨大光環	他們是「反生命」
629	搜靈	但丁的祖母	原是宮女，在土耳其民主革命時期逃往保加利亞，被當地貴族收留
630	茫點	梁若水（冷若水、冷若冰）	精神病科的專家
631	茫點	殺手	他從心理學的範疇得知委託人有想要殺死的對象
632	茫點	委託人	身份不明，委託殺手去暗殺一個叫做「白里契·赫斯里特」的著名股票經紀行主理人
633	茫點	葛陵少校	隸屬於美國太空總署的太空人
634	茫點	桃麗	葛陵少校的妻子，標準的金髮美人
635	茫點	安普女伯爵	歐洲社交場合中的名人
636	茫點	陳島	維也納大學的教授，並在奧地利維也納成立了「安普蛾類研究所」
637	茫點	尾杉三郎	陳島的中學同學，也是日本最年輕的九段棋士
638	茫點	時造旨人	家庭刊物的特約作者，因報導尾杉九段曾公開說過的話，而被尾杉責罵他洩露了秘密
639	茫點	張強	精神病科醫生，張堅的弟弟
640	茫點	江樓月	世界知名的電腦工程師，棋迷
641	茫點	道吉爾博士	太空生物學家
642	茫點	白里契·赫斯里特	是紐約華爾街一個十分出名的股票經紀行主理人
643	茫點	時造芳子	時造旨人的妹妹
644	茫點	洪安	安普蛾類研究的研究人員

序號	初次登場	人物	簡介
645	茫點	高田警官	猜測可能是因「連鎖」一案，健一介紹他和衛斯理認識
646	茫點	上遠野	計程車司機，因覺得白素和張強的行動十分怪異而對他們加以注意
647	茫點	河作新七	時造旨人的鄰居
648	茫點	寶田滿	酒店的管事，和兩名女工是白素謀殺張強一案的目擊證人
649	茫點	大黑英子	圍棋社的女主持人，尾杉九段的情婦
650	茫點	彌子	時造芳子的好朋友，在東京鐵塔中開一個擺賣紀念品的小攤子
651	茫點	傑克	安普蛾類研究所的研究員
652	茫點	弗烈	安普蛾類研究所的研究員
653	神仙	魯爾	住在東德的農夫，為了找衛斯理而想越過柏林圍牆，被捕入獄
654	神仙	賈玉珍	十分精明的古董商，對中國古董的鑒賞能力極其高超
655	神仙	科學家朋友	學的是天文
656	神仙	東德特務雙生女	她們原先計劃扮演外星人複製人類，以欺騙衛斯理
657	神仙	普列維教授	代表美國，在東德的萊比錫參加量子物理的世界性會議時，投誠東德
658	神仙	托甸將軍	蘇聯國家安全局的領導人
659	神仙	胡士中校	負責逼問衛斯理地球人關於抗衰老素的合成公式
660	神仙	專研究人體潛能的朋友	也是一位武俠小說迷
661	神仙	頑皮小神仙	無意啟動了衛斯理裝置的引爆器，引起爆炸
662	神仙	一個好朋友	不同意衛斯理有關「人類對宇宙間的能量還一無所知」的說法
663	神仙	老神仙	東漢末年已經得道，很久已沒見凡人
664	追龍	孔振源	世家子弟，殷實可靠的商人，孔振泉的弟弟
665	追龍	孔振泉	星相學家

666	追龍	江星月	對中國古典文學有極深的造詣，對中國的玄學有着過人的見解
667	追龍	殷達	在比利時的國家天文台作研究工作
668	洞天	布平	攀山專家，雲南人，漢族
669	洞天	恩吉喇嘛	桑伯奇喇嘛廟的主持，竭力隱瞞廟中發生的神秘事件
670	洞天	貢雲大師	是桑伯奇廟中資格最老智慧最深的喇嘛
671	洞天	李一心	他是一個沒有形體的外星人，借用了地球人的身體，來接引地球上的修行者們
672	洞天	李天範	李一心的父親，傑出的天文學家，創造了星體學
673	洞天	馬克	美國青年攀山隊成員，和李一心一起攀登阿瑪達布蘭峰
674	洞天	搖鈴大師	不屬於任何喇嘛教派，智慧很高
675	活俑	馬金花（馬源）	專研歷史，成了先秦文化的權威
676	活俑	馬醉木	馬氏牧場的主人，馬金花的父親
677	活俑	卓長根	在南美洲建立了聯合企業的大王國
678	活俑	卓齒	因替始皇嘗藥而得長生不老，自願為始皇殉葬，成為千年活俑
679	活俑	江忠	馬販子，是第一個見到卓齒的人
680	活俑	鮑士方	卓長根的得力助手之一，對卓長根非常忠心
681	犀照	溫媽媽	溫寶裕的母親
682	犀照	溫寶裕	藍絲的丈夫，衛斯理的好友
683	犀照	羅開	亞洲之鷹
684	犀照	溫大富（溫伯如）	溫寶裕的父親
685	犀照	胡懷玉	水產學家
686	犀照	田中博士	日本的海洋學家
687	犀照	精通術數的朋友	是個斯文人

序號	初次登場	人物	簡介
688	命運	宋天然（宋自然）	溫寶裕的舅舅
689	命運	卡爾斯將軍	北非獨裁者（影射卡達菲）
690	命運	蓋雷夫人	華沙公約組織的最高情報首長，有「東方第一特務」之稱
691	十七年	王振強	電機工程師，王玉芬與王玉芳的父親
692	十七年	趙自玲	因女兒有不尋常的舉動，寫信向衛斯理求助
693	十七年	王玉芳	十六七歲的女學生，是姐姐王玉芬的轉世
694	十七年	敵家健	二十二歲時發生車禍，為了救王玉芬失血過多而死，轉世後的靈魂進入了玉像中
695	十七年	敵文同	是一位工藝非常出眾的玉雕家，也是陳長青的遠房親戚
696	十七年	敵太太	敵文同的太太，是陳長青姑丈那裏的一個表親
697	十七年	王玉芬	敵家健的女朋友，和敵家健在車禍中一同死去
698	異寶	三位博士	都是世界著名大學的物理學博士
699	異寶	卓絲卡娃	蘇聯科學院高級院士，是輻射能及磁能專家
700	異寶	十二金人	他們的體型非常巨大，面目相當威嚴
701	極刑	米端	是一間怪異蠟像院的主持人
702	極刑	蠟像	蠟像院的主題人物，有袁崇煥、岳飛及岳雲、方孝孺、司馬遷等
703	極刑	劉巨	舉世公認的大師級藝術家，專攻人像雕塑
704	極刑	阿尼密	非人協會的會員，對靈魂的感覺特別敏銳和強烈
705	極刑	李亞	白奇偉於巴拉那河水壩工作時的助手，性格十分開朗的巴西小伙子
706	極刑	神秘女郎	她和米端都是來自外星的生物，白奇偉愛上了她
707	電王	笛立醫生（紅頭老爹）	緬甸皇族後裔，曾是瑞士日內瓦一間產科醫院的院長
708	電王	倫倫	澳洲腹地剛剛族的土人，文依來兄弟的母親

709	電王	倫倫的兒子	文依來的弟弟，是外星人和地球人的混血兒，他們遺傳了父親極強的發電能力
710	電王	卡利	來往各山區之間的騾販子，是山區各村落中的權威人物
711	電王	琴亞	大膽的少女，向倫倫的兒子示愛，但因誤會而以為他拒絕了她，之後就離開了村莊
712	電王	英生	地質學家
713	電王	曹院長	是著名的婦產科和小兒科醫生，笛立醫生是他求學時的主修教授
714	電王	布恩教授	心理學的教授
715	電王	包令上校	有「找人大王」之稱
716	電王	文依來	是外星人和地球人的混血兒，他們遺傳了父親極強的發電能力
717	電王	范先生（范總管）	非人協會會員
718	電王	要命的瘦子	在「世界七大殺手」中排名可列前三
719	電王	維克先生	澳洲腹地一個牧場的主人，為人熱情好客，和端納是好朋友
720	電王	端納	非人協會會員，是一個有異能的探測師
721	電王	華沙公約組織高級情報將領	領導最精銳的部隊捉文依來兄弟
722	遊戲	巴曼少將	海軍少將，蘇聯黑海艦隊的導彈主管
723	遊戲	普羅科夫	海軍中將，黑海艦隊司令員
724	遊戲	維拉斯基	海軍少將，黑海艦隊參謀長
725	遊戲	文遜上校	隸屬英國海軍情報局
726	遊戲	加丹	土耳其情報人員
727	遊戲	「老情人」	土耳其錫諾普市海洋酒吧老闆，年輕時是一個極其出色的潛水員
728	遊戲	班提斯	深水潛水員，是地中海潛水十傑之一
729	遊戲	韓因中尉	法國海軍軍官
730	遊戲	七種外星人	他們把地球改造成一個適宜產生高級生物的環境，並把自己的遺傳因子和地球最原始的生命結合

序號	初次登場	人物	簡介
731	生死鎖	五散喇嘛	生前是天池老人的朋友
732	生死鎖	金維	非人協會會員，已掌握了靈魂離體的神通
733	生死鎖	天池老人（天湖老人、天池上人）	鐵馬寺中的一位智者，研究轉世現象及靈魂多年
734	生死鎖	天池老人的弟子（天湖老人的弟子）	前生是個心地極好的山賊，為了救一個少女而墜崖而死
735	生死鎖	班德	攀山家
736	生死鎖	丹妮	班德的妻子，班德死後與布平相愛
737	生死鎖	來貝喇嘛（米貝喇嘛）	圓寂後，靈魂進入了班德的身體
738	黃金故事	張拾來	隸屬於哥老會的「金子來」
739	黃金故事	斷腿人	外幫的「金子來」
740	黃金故事	銀花兒	金沙江中的妓女，和張拾來發展了一段令人感動的愛情
741	黃金故事	張堂主	哥老會子字堂堂主，撿到張拾來並將他撫養成人
742	黃金故事	常福	白老大在金沙江時認識的朋友，是龍頭的專用廚子，也是張拾來的朋友
743	廢墟	胡説	當地博物館負責昆蟲部份的年輕生物學家
744	廢墟	陳英蓀	陳長青的祖先，建立六層大屋的人
745	廢墟	李規範	神秘團體的最高統領
746	廢墟	牛一山	神秘團體成員，不願下山
747	廢墟	胡隆	是神秘團體中，與牛一山持不同意見的一幫
748	廢墟	苗英	對神秘團體多年來的自閉生活十分不滿
749	廢墟	田青絲的婆婆	因田青絲的媽媽背叛了神秘團體而藏起了田青絲，不願還給她媽媽
750	廢墟	田青絲的媽媽	因和男人私奔而叛離神秘組織，最後服毒自殺
751	廢墟	田青絲	胡明的戀人，在法國一家女子學校任女校長

752	廢墟	良辰美景	雙生女，輕功絕頂。紅娘子的後人
753	密碼	班登	是柏林大學醫學院年紀最輕的畢業生，騙走了衛斯理手中的怪蛹
754	密碼	原振俠	年輕醫生，傳奇人物
755	密碼	某城的國家安全局局長	在自己的故鄉當局長，是權勢甚大的一個人物
756	血統	費勒醫生	在馬尼拉的精神療養院服務，鄭保雲的主治醫生
757	血統	陳三	是鄭老太的一個不知甚麼遠房親戚，以「舅舅」自稱，身份算是鄭家大宅的總管
758	血統	天龍星人	來自天龍星座的一顆四等星，他們的性格和地球人一樣貪得無厭
759	血統	紅人	紅人性格單純及善良，但模樣恐怖絕倫
760	謎踪	卡諾娃	女教師，另一個身份是蘇聯的少校
761	謎踪	彼得	卡諾娃帶着的小孩子之一，曾對卡諾娃說他知道水的比重恰好是一
762	謎踪	安芝	卡諾娃帶着的小孩子之一
763	謎踪	黛娜	外號「烈性炸藥」，是北大西洋公約組織國的高級情報官，和亞洲之鷹羅開的關係十分親近
764	謎踪	「水銀」	西方集團的情報組織首腦，是黛娜的上司
765	謎踪	大人物	神秘人物，替總統傳達機密任務予巴圖，絕對無法想到她的秘密身份
766	謎踪	失蹤元帥	曾是一人之下，萬人之上的元帥（影射林彪）
767	謎踪	「老狐狸」	蘇聯最好的特工，國家安全局副局長
768	謎踪	浪子高達	傳奇人物
769	謎踪	老將軍	蘇聯軍隊指揮本部的將軍，一直掌管情報工作
770	瘟神	古九非	扒手中的老前輩，中國三大扒手之一
771	瘟神	阿加酋長	他在中東有一塊「領地」，所以有「酋長」的銜頭
772	瘟神	包勃	主宰會駐東南亞聯絡人
773	瘟神	曾原	馬來西亞檳城的警官

序號	初次登場	人物	簡介
774	瘟神	斐將軍	一個算是大國的將軍，幾年前才發動軍事政變，奪了政權
775	瘟神	青龍	傳奇人物，自稱是一個曾死過一次的人
776	瘟神	何爾	良辰美景在瑞士求學時的同學，真正的電腦天才
777	招魂	費力	傑出的醫生，在腦電波測定的研究上，是公認的權威
778	招魂	戈壁沙漠	科學奇才，兩個人志趣相投，成了好友
779	招魂	「朱允文」	他是一個精神病人，被費力醫生將建文帝的記憶組輸入大腦而以為自己是建文帝
780	招魂	「李自成」	他是一個精神病人，被費力醫生將李自成的記憶組輸入大腦而以為自己是李自成
781	背叛	甘鐵生	師長，他帶的兵，一直都被稱為「鐵軍」
782	背叛	方鐵生	副師長，和甘鐵生情同手足
783	背叛	女中音歌唱家	白素的一個僑居外國的朋友，她帶來了君花的小說給白素看
784	背叛	君花	原名君化，和甘鐵生方鐵生屬同一部隊，後變性成為女人（影射周恩來）
785	鬼混	陳耳	於某盛行降頭術的國家任高級軍官
786	鬼混	軍事強人	在該國是頭等重要人物，準備謀取國王的地位
787	鬼混	乃璞將軍	軍方要人
788	鬼混	猜王	降頭師，是史奈的得力助手，藍絲的師父
789	鬼混	關鍵女郎	她是兇案的目擊者，在軍事強人死前曾和他親熱過，因而成了煉鬼混降的關鍵人物
790	鬼混	酒店保安主任	他是兇案的目擊者，口供和溫寶裕不符
791	鬼混	藍絲	白素的表妹，溫寶裕的妻子
792	鬼混	儲君	為了和他心愛的女人在一起生活，和權力中心完全脫離了關係
793	鬼混	儲君的妻子	原本是一個很美麗的女子，但因中了鬼面降而變得恐怖無比
794	鬼混	史奈大師	地位相當於國師，有兩家著名大學的博士頭銜，巴枯大師的徒弟

795	鬼混	巴枯大師	史奈的師父
796	報應	陳麗雪	她是天生的聾啞人，開設了一間小規模的禮品店，會突然回到過去
797	報應	金美麗	金大富的女兒，社交界的第一美女
798	報應	金大富	金美麗的父親，富翁
799	報應	陳定威教授	陳麗雪的父親，著名的細菌專家
800	錯手	哈山	世界著名的航運業鉅子，白老大的好朋友
801	錯手	陳景德	相當成功的商人，和陳宜興是孿生兄弟
802	錯手	陳宜興	相當成功的商人，和陳景德是孿生兄弟
803	錯手	船長	受到白老大以半條船的巨大利誘，洩露了他老闆哈山的躲藏之處，因而十分內疚
804	錯手	領班	曾與哈山一起，從海上撈起了那隻大箱子
805	錯手	雲氏工業系統廠長	雲氏工業系統廠長
806	錯手	雲氏工業系統總工程師	負責用激光儀切割大箱子
807	錯手	雲四風	穆秀珍的丈夫，是一個電子機械的狂熱分子，主持雲氏工業集團
808	錯手	劉根生	是上海小刀會領導人劉麗川的侄子，哈山的父親
809	真相	毛斯．麥爾倫	是「沉船」中麥爾倫的侄兒，因貪得無厭，被劉根生利用容器，將他分解成了億萬分子
810	真相	大半	和小半是兄弟，本來是流浪兒，從小跟着毛斯，對毛斯十分尊重
811	真相	小半	和大半是兄弟，本來是流浪兒，從小跟着毛斯，對毛斯十分尊重
812	真相	史道福	上海文史館的會員
813	真相	哈山的母親	看來像是中東一帶的人，因兒子被劉根生送走而心灰意冷，並離開他
814	真相	雲五風	「天下第一奇船」兄弟姐妹號的主人
815	真相	陳落	兄弟姐妹號的船員
816	真相	李平	兄弟姐妹號的船員

序號	初次登場	人物	簡介
817	真相	史皮匠	史道福的叔叔，劉根生給了他一大筆錢，委託他照顧還是嬰兒的哈山
818	真相	史皮匠的妻子	史道福的嬸嬸，收了劉根生的錢，卻將嬰兒哈山送到了孤兒院
819	毒誓	裘思慶	唐朝時長安數一數二的大商家
820	毒誓	柔娘	於十五歲時成為裘思慶的妻子
821	毒誓	荀十九	柔娘的未婚夫，裘思慶的結義兄弟，裘思慶為了得到柔娘，殺死了他
822	毒誓	瑪仙	是愛神星人在地球上實驗的「產品」，原振俠醫生的密友
823	毒誓	蘇耀西	蘇氏三兄弟的老三，原振俠的好友，小寶圖書館館長，遠天機構執行董事
824	毒誓	天國女主	神秘人物，在沙漠救了裘思慶，並和他成婚，後被裘思慶欺騙而與同伴集體自殺
825	毒誓	侏儒	他曾是荀家的家僮，柔娘的哥哥，從小就被訓練成逗笑的小丑，在雜耍班子裏混生活
826	毒誓	金月亮	她是被裘思慶所殺的匈奴大盜的女人，後復活並和杜令醫生相愛
827	毒誓	漢烈米博士	考古學家，專攻中亞史，研究回教文化的權威，精通古亞述帝國楔形文字的專家
828	毒誓	阿拉伯酋長	他不但掌握着大數量的石油生產，而且也控制着海路交通
829	毒誓	杜令醫生	勒曼醫院的年青醫生，外星人
830	拼命	十二天官	全是藍家峒人，蒙老十二天官收為傳人
831	拼命	藍家峒峒主	他要求溫寶裕到藍家峒旁最高的山峰，消滅「邪惡的力量」，解救第二個月亮
832	拼命	紅綾	衛斯理與白素之女
833	怪物	方如花	方似玉的孿生姐妹，音樂家
834	怪物	方似玉	方如花的孿生姐妹，音樂家
835	怪物	亞罕親王	掌有實權的阿拉伯貴族，是阿拉伯第一刀手尤普多的徒弟
836	怪物	阿國	陳氏機構中的負責接待亞罕親王的職員，高級秘書
837	怪物	雙子大廈管理主任	雙子大廈電腦管理系統的主管，負責檢視電腦的運作

838	怪物	成金潤	雙子大廈管理副主任，他和一群志同道合的人，想過一種自然的遠離現代科學文明的生活
839	怪物	巨無霸	陶啟泉的貼身保鏢
840	探險	殷大德	是一家銀行的行長，在金融界有舉足輕重的影響力
841	探險	殷大德的貼身保鑣	雲南貴州一帶的儸黑人，武功學自陳大小姐
842	探險	上校團長	想搶奪殷大德的煙土，結果被白老大一肘撞落懸崖而死
843	探險	何先達	藍絲的父親
844	探險	陳月梅	陳二小姐，藍絲的母親
845	探險	陳天豪	陳大小姐陳二小姐的父親，白素的外公
846	探險	陳月蘭	陳大小姐，白素的母親
847	探險	衛斯理的朋友	是中國金幣和銀幣的收藏者
848	探險	團長	陳督軍的手下
849	探險	大麻子	雲貴川三省哥老會的第四把交椅
850	繼續探險	海棠	原振俠的親密女友，隸屬於最高情報組
851	繼續探險	陳水	是陳大帥的警衛隊長，也是大帥的貼身侍衛
852	繼續探險	邊花兒	陳督軍的貼身侍衛副隊長
853	繼續探險	哥老會大爺	在哥老會內八堂之中，排名第七，稱為「執掌尚書大爺」
854	繼續探險	鐵頭娘子	哥老會會員，暗戀白老大
855	繼續探險	大滿老九	哥老會中排名第九
856	繼續探險	韓三	是豪富家的子弟，自稱三堂主
857	繼續探險	木蘭花	東方三俠之一，傳奇人物
858	繼續探險	兩名神仙（金甲神）	他們駕着扁圓宇宙飛船來到苗疆
859	繼續探險	雲一風	雲家五兄弟的老大，出身飛賊世家，傾慕陳大小姐

序號	初次登場	人物	簡介
860	繼續探險	兩頭靈猴（銀猿）	牠們照顧及養大紅綾
861	圈套	鐵天音	鐵蛋的兒子，任職醫生
862	圈套	施組長	高級警官，黃堂的同僚
863	圈套	鐵蛋（鐵旦）	衛斯理少年時期的好友，後來成了鼎鼎大名的將軍，並改名鐵旦
864	圈套	陳安安	被黃老四侵佔了身體的小女孩
865	圈套	陳普生	陳安安的父親，商界聞人
866	圈套	陳太太（陳夫人）	陳安安的母親，因陳安安被溫寶裕抱走而和溫媽媽爭吵不已
867	烈火女	金鳳	猛哥的姑姑，當過三年不到的烈火女，想以身相許白老大，但被白老大一口拒絕
868	從陰間來	王大同	世界著名的腦科醫生，李宣宣的丈夫
869	從陰間來	李宣宣	是陰間使者，陰差的繼任人
870	從陰間來	祖天開	王大同家中的老管家
871	少年衛斯理	大塊	是學校所在的縣城的首富，仗勢欺人，行為十分可惡
872	少年衛斯理	祝香香	衛斯理的初戀情人
873	少年衛斯理	大眼神	得過高人的傳授，有持彈弓射物百發百中的本領
874	少年衛斯理	鐵叔叔	曾是殲滅日軍騎兵大隊的指揮官
875	少年衛斯理	王天兵	衛斯理武術的啟蒙師父，三姓桃源之中最傑出的人物
876	少年衛斯理	衛七	衛斯理的七叔
877	少年衛斯理	吳同學	天生的繪畫藝術家，尤其擅長人像畫
878	少年衛斯理	況英豪	祝香香指腹為婚的丈夫，和衛斯理比試槍法而惺惺相惜，成為了好朋友
879	少年衛斯理	宣瑛	祝香香的母親，王天兵的師妹
880	少年衛斯理	祝志強	祝香香的父親，戰功彪炳

881	少年衛斯理	況志強	祝志強的好朋友，統率雄師百萬的將軍
882	少年衛斯理	四號（天兵天將）	鬼竹的主人，他選擇離開一、二及三號，徹底逃避星體上的集體生命方式
883	少年衛斯理	高級軍官	況志強屬下的高級軍官，是使衛斯理接觸現代觀點的第一人
884	少年衛斯理	祝老大	他離開三姓桃源，是為了捉拿兩個逃離山谷的弟弟
885	大秘密	老十二天官	他們身負絕藝
886	大秘密	老老十二天官	老十二天官的師父
887	大秘密	雷九天	外號「雷動九天」，和白老大並稱「南白北雷」，曹金福的師父
888	大秘密	最高領袖（最高當局、領袖皇帝、「人」）	他被抬捧到了「神」的地位，是一個霸氣十足的人，性格多疑（影射毛澤東）
889	大秘密	龍天官	老十二天官之一，是最高領袖失散的兒子
890	陰差陽錯	怪人	代表羅開出席古酒大會
891	陰差陽錯	美少婦	出席古酒大會，未知其來歷
892	陰差陽錯	花旦	韓國金取幫的盜竊高手，排行第五，白老大的結義兄弟，化妝成乾瘦老頭，在愛酒人大會中盜走了陰間之寶
893	陰差陽錯	曹金福	雷九天的徒弟，曹銀雪的弟弟
894	陰差陽錯	曹銀雪	曹金福的姐姐，是一個傳奇性極高的女子
895	陰差陽錯	曹普照	曹金福的祖父，外號「天皇金剛」，是祖天開的義兄
896	陰差陽錯	王朝	是雙性戀，利用祖天開，騙得了曹普照的許願寶鏡
897	陰差陽錯	陰差	白老大結義五兄弟中的老二，陰間使者
898	陰差陽錯	曹夫人	曹普照的續弦，堪稱絕色，後為了不被陰差欺辱，以匕首插入心口而死
899	陰差陽錯	曹世雄	曹金福的父親，七歲時全家被殺，支持他活下去的唯一力量，就是報仇
900	禍根	宣保（警衛連長的孩子）	比鐵天音大兩歲，兩人曾拜過把子，協助衛斯理調查紅綾及曹金福的下落
901	禍根	穆秀珍	木蘭花的堂妹，雲四風的妻子，紅綾的乾媽，東方三俠之一，水性極佳，傳奇人物

序號	初次登場	人物	簡介
902	陰魂不散	崔三娘	人稱催命三娘，白老大的結義兄弟
903	陰魂不散	黃豪（黃老四）	頂着陳安安的身體在人間活動，白老大的結義兄弟
904	陰魂不散	浙東雙虎	兩兄弟，江湖上的成名人物
905	許願	康維十七世	是宇宙間第一個有生命的機器人，是柳絮的丈夫，三晶星機械人
906	許願	金艾花	韓國金取幫第三十七代幫主（現任幫主）
907	還陽	黃蟬（黃芳子）	是十二個以花為名的女特務之一
908	還陽	黃老太	黃芳子現在的「母親」
909	還陽	水荭（水紅）	極權組織十二女特務之一，與陶啟泉一見鍾情
910	還陽	投降將軍	守衛一座古城，因戰敗而投降
911	還陽	樹神（樹人、樹中男女）	外星人用了學兒隻斤貴由皇帝和海迷失皇后的生殖細胞，和樹木的生命形式結合，成為「樹人」
912	還陽	勝軍參謀長	古城的統治者
913	還陽	特務頭子	他把參謀長每夜都往神木居的奇怪行動，向最高當局報告
914	還陽	首長	要黃蟬設法令樹神還陽，十大元帥歸天後，他排名也在十名之內了
915	還陽	勒曼醫院成員	多年之前把植物和人的最早生命形式結合，以培育出另一類人
916	運氣	李遠	一個大機構中的行政人員，曾在巴哈馬群島看見關總裁要殺害夫人，但其實是個妄想症患者
917	運氣	關大鵬（關總裁）	李遠所屬大商業機構的總裁，陳小仙的丈夫
918	運氣	陳小仙	關總裁的夫人，是郭夫人自小在孤兒院相識的好朋友後愛上了金兒，追隨金兒也成了氣體人
919	運氣	金兒	關總裁的左右手，後和陳小仙相愛，氣體人
920	運氣	阿珊	李遠的女秘書，和李遠過分親熱
921	運氣	李蓮	李遠的妻子，不相信李遠的話，反倒以為他有了外遇
922	運氣	辛浦先生	英國商人，和李遠有生意往來，當李遠發狂的時候，是他召來警察的

923	開心	神鷹	自小由天工大王養大，它和紅綾非常熟稔，後經過「上帝」的力量而成精變人
924	開心	獸醫	與衛斯理相熟，曾治療過大戰老貓而受傷的老布，這次衛斯理請他治療被打傷的神鷹
925	開心	希布稜斯·倫三德（天工大王）	波斯人，其工藝巧奪天工，所以有「天工大王」這個稱號
926	轉世暗號	衛家三老太爺	衛七的兄長
927	轉世暗號	登珠活佛	在上一任二活佛圓寂時，他是唯一聽到了二活佛遺言的人
928	轉世暗號	寧活佛	在當年去見衛七的四十九個喇嘛中負責帶隊
929	轉世暗號	莫嫂	好奶媽，衛七急於為嬰兒穆秀珍找奶媽，但她已被穆家莊請去了
930	轉世暗號	二活佛	雖得到三寶，對上了暗號之二，卻因錯過了最佳時機，使得身份無法確立
931	將來	狄可	他們的星球發明了思想儀
932	將來	一、二、三號	陰間主人，也是第二十九組的四名宇航員的其中三個
933	改變	考古隊長	日本女子，姓江本，曾和齊白一起考察過成吉思汗墓，但沒有發現
934	改變	游俠	傳奇人物，與列傳是好友
935	暗號之二	一個奇人	衛斯理有求於他，但未提及是甚麼事
936	暗號之二	秋英	十二金花之一，另一個身份是喇嘛教十二女護法神之首的丹瑪女神
937	暗號之二	對海東青有研究的朋友	告訴衛斯理，海東青一雄配多雌
938	闖禍	杜彰	來自一個閉塞及獨裁的強權社會，但在文明社會形成了一股可以「上達天門」的強大新興勢力
939	闖禍	雷日頭	他的遠房族叔是雷九天，是丹頂鶴保護區的主任，兼任保護區軍方的負責人
940	闖禍	老人家	他曾以柳絮及水葒的自由，在勒曼醫院換取了二十年的青春（影射鄧小平）
941	闖禍	杜小基	杜彰的兒子，和紅綾曹金福打架，被曹金福捏碎手指
942	闖禍	奏琴人	宣保的高級會所的一名奏琴者，因為衛斯理不肯告之姓名，他便揚長而去
943	闖禍	游夫人	她的生命模式很古怪，是四號經儀器發出的一股能量，游俠的妻子
944	闖禍	列傳	傳奇人物，與游俠是好友

序號	初次登場	人物	簡介
945	在數難逃	穆秀珍的母親	她被人追捕時，在船上遇見衛七，把一個女嬰交給她
946	在數難逃	胡隊長	衛七的相識，本是江湖中人，後來從了軍
947	在數難逃	穆莊主	穆家莊莊主，把穆秀珍當作親生女兒養育，和衛七一見如故
948	在數難逃	柳絮	十二金花的大姐，康維十七世的妻子
949	在數難逃	星際會議與會成員	與會成員包括三晶星人、把海棠變成外星人的星體及白素母親所屬星體等等
950	在數難逃	李達承	衛七的老戰友，是另一個極權國家的政體中的第三號人物，隨時可能躍居為一號人物
951	在數難逃	頭號人物	另一個極權國家政體的頭號人物
952	解脱	天池上人的七名首徒	他們七人心靈完全相通
953	遺傳	朱槿	極權組織十二女特務之一，和大亨有「夙世情緣」
954	遺傳	曲先生	神秘男士，約了米寄生博士在朱槿家中會面
955	遺傳	米寄生	是外星人製造的兩對「樹人」之一
956	遺傳	大亨	是一個頂級奇人，成吉思汗的後代，不但財產龐大，而且甚有權勢
957	爆炸	研究所所長	在一個獨裁政體之中，他是獨裁者之下的第一人，也是獨裁者的同卵子雙生兄弟
958	爆炸	獨裁者	獨裁者以鐵腕統治，用極卑鄙的手法對付異己，劣蹟舉世聞名
959	爆炸	研究員甲和乙	兩人都是生物工程及遺傳工程方面的專家
960	爆炸	寶先生	是金取幫四大高手之一，花旦是他的師兄
961	水晶宮	阿花	極年輕艷麗的少女，陶啟泉非常憐愛她
962	水晶宮	阿水	阿花的哥哥，曾到過「水晶宮」，後與水晶宮壯婦一起生活
963	水晶宮	張盛	阿水在蒙古結識的漢人哥兒們
964	水晶宮	老路	老嚮導，會説漢語，提醒張盛他們高地曾是湖底，不能在上面過夜
965	水晶宮	水晶宮壯婦	她是阿水在「水晶宮」遇到的第一個人，兩人很快就發生了關係

966	水晶宮	來客	是一位突如其來的客人，他帶來了一個新故事，但後來就沒再提起
967	前世	弗林．埃蒙頓（牛頓）	是倫敦一家小商行的簿記員，後得了遺產而成為富翁，愛上了阿佳
968	前世	方琴	曾是聖十字醫院的婦產科護士，遇上一個極其特別的嬰兒
969	前世	阿佳	做過妓女，藝名小水仙，十九歲時被人害死，臨死前，只想投胎成為男子來報仇
970	前世	約克	阿佳的舊男朋友，要為她報仇，被弗林監視了五年
971	前世	玫玲	當過妓女，藝名也叫小水仙，是阿佳的前任，也是阿佳轉世後的母親
972	前世	魯魯	德國漢堡的淫業大亨，外號「花街之虎」
973	前世	曼達	德國警察總監的聯絡人
974	前世	殺手	他的絕技是飛刀斬人頭，來自中國
975	前世	親王	原先是一個亞洲小國的親王，但被新掌權者奪去大權
976	前世	嗜殺狂魔	把鏟除了親王的奪權者趕下台，成了新的獨裁者
977	前世	小唐	也有前世記憶的少年，和青龍有過一段奇情故事
978	新武器	石亞玉	阿拉伯地區一家大學的「考古系主任」
979	新武器	埃德．皮爾	極出色的潛水人
980	新武器	山下官子	山下堤昭的孫女，模仿本領十分高
981	新武器	金秀四嫂	原是一位草莽英雌，水性極好，黃堂的母親
982	新武器	梅蘭竹菊	金秀四嫂手下的四大金剛
983	新武器	山下堤昭	日本海軍搜索神戶號隊的副隊長
984	病毒	田活	細菌學家
985	病毒	公主	猜王國家的公主，將來也有可能成為女皇
986	算帳	「博士」	他的學問極廣，幾乎上至天文，下至地理，可說無所不知

序號	初次登場	人物	簡介
987	算帳	核心	老人家安置核心來接替他的位置
988	算帳	亮聲	勒曼醫院的外星人，原來的名字意思是「很響亮的聲音」
989	算帳	浮蓮	十二金花之一，野心勃勃，想要出人頭地，是某貪官的情婦
990	算帳	雌半雄	雙性人，力大無比
991	算帳	雌半雄的同伴	是一名女子，屬一流高手
992	原形	丁真	全球著名的發明家，為陶氏集團主持研究室
993	原形	何可人	是雌性的納塔蛇精
994	原形	何正漢	「何氏雞場」主人，衣冠禽獸，落迷藥想要玷污何可人
995	原形	九斤黃	能和何可人互相溝通
996	原形	三六五號母雞	牠能聽懂鷹的語言，亦能聽懂人的語言
997	原形	禽類學專家	對禽類的行為很有研究
998	活路	古意教授	是一個出色之至的外科醫生
999	活路	易琳	古意的學生，經常聽到「別繼續向死路走，走活路，向活路走，向活路走！」的召喚
1000	活路	柏芳婉	易琳的同學，易琳把她當朋友，她卻把易琳的秘密告訴了大家
1001	活路	易父	易琳父親，是一位工程師，易琳是他的獨女
1002	活路	易母	易琳母親，在政府部門工作，職位頗高，易琳是她的獨女
1003	活路	朱警官	住在易家的樓下，易琳失蹤後易父易母首先向他求助
1004	活路	陳民舊貨店主人	他守着祖傳下來的店舖，並給了易琳一個以梅花瓣形鑰匙開啟的盒子
1005	活路	附在古物上的陰魂	陳民舊貨店中，在爭吵的眾鬼魂
1006	活路	沈萬三的靈魂	他一直在考慮是否要走「活路」
1007	活路	蛙仙	外形和青蛙相當接近的一種外星生物

1008	雙程	大豪	白老大的老朋友，是一方大豪
1009	雙程	暴戾警官	想欺負衛斯理，但被衛斯理小懲
1010	雙程	雙程奇人	他是四巧堂的高手，曾有奇遇，從而得到雙程生命
1011	雙程	機場主管	不相信雙程奇人的忠告，不肯停止機場的運作
1012	雙程	魯健	機場控制室的副主任，留下來和大家一起了解「雙程」事件的進展
1013	雙程	最高警察總監（警務總監）	指控黃堂和恐怖組織有勾結，使黃堂不能再做警察
1014	雙程	四巧堂長老	雙程奇人的養父
1015	雙程	巨宅主人	陳長青巨宅上代的主人
1016	雙程	長辮老者	雙程奇人養父的朋友
1017	雙程	S．W．H	舉世聞名的物理學家，是個殘而不廢的奇人，即霍金
1018	洪荒	黃而皇之	非人協會會員，魚人都連加農的徒弟，黃堂的弟弟，簡稱黃而
1019	洪荒	張泰豐	青年警官，代替了黃堂的位置
1020	洪荒	廉莿廉不負	「法醫師公」
1021	洪荒	都連加農（都加連農）	非人協會的會員，有魚人之稱，最初版本出場時曾叫作都加連農
1022	洪荒	黃天功	黃堂的父親，外號是「大海中的金腦袋」
1023	賣命	權力老人	他們在極權組織掌握了權力，非常熱衷「生命配額」
1024	賣命	水	地球上種種生命都是「水」孕育出來的
1025	賣命	高個子	非人協會會員
1026	賣命	矮個子	非人協會會員
1027	賣命	非人協會會員	共有七位非人協會現任會員
1028	考驗	天嘉土王	是世界上碩果僅存的一位既有權勢，又富甲天下的土王
1029	考驗	海高	覬覦天嘉土王王位的爭奪者

序號	初次登場	人物	簡介
1030	考驗	圖生王叔	王族中輩份最長的長老
1031	考驗	天神	天神為了宇宙的和平，反對製造思想儀，因而背叛了自己的星體
1032	考驗	教長	地位很高，身份神秘，負責給天嘉土王一支很響亮的號角
1033	傳說	加城國家武裝部隊總司令	「加城」的國家武裝部隊總司令，「加城」元首失蹤後，陶啟泉秘密選定總司令接任元首的位置
1034	傳說	加城國家武裝部隊參謀長	「加城」的國家武裝部隊參謀長
1035	傳說	加城經濟部長	「加城」的經濟部長
1036	傳說	加城外交部長	「加城」的外交部長
1037	傳說	加城元首	從小與陶啟泉相熟
1038	傳說	元首別館侍衛長	負責整個別館的保安工作，直屬元首指揮，後用槍自盡
1039	傳說	開國元勳大元帥	曾被當時還只是警察的「加城」元首救了一命
1040	傳說	碧綠降頭師	有無數碧綠飛蟲佈滿在他的身上
1041	傳說	別館的主管	從元帥建了這屋之後，就擔任了別館的主管，因元首失蹤而被總司令軟禁
1042	豪賭	年羹堯	雍正皇帝最親信的大將
1043	豪賭	生念祖	年羹堯的後代，因避禍而改為「生」
1044	豪賭	王常勝軍長	和李司令是同鄉，賭局輸給了李司令
1045	豪賭	李司令	賭局贏了王軍長
1046	豪賭	生副官	生念祖的父親，家傳的相術十分高超
1047	豪賭	小勤務兵	跟隨王軍長和生副官來到廣州從商，是個商業天才
1048	豪賭	董事長	他的父親就是小勤務兵，他是一家銀行的董事長
1049	豪賭	生副官的父親	他的相術出神入化，曾碰見一個具有帝王之相的青年人，並把家族寶物的秘密告訴了他
1050	真實幻境	韓正氣	大學生物系主任

1051	真實幻境	湯普生教授	屬於美國南部一家名不經傳的大學
1052	成精變人	「上帝」	宇宙其他星球上所有高級生物的知識能力總和，還不及他們的億萬分之一
1053	成精變人	「天使」	他們是精密無比的機器人，是「上帝」造人時的助手
1054	未來身份	陳醫生	曾和原振俠做過同事
1055	移魂怪物	廉正風	法醫祖宗廉不負的姪子，「獨立調查員」
1056	人面組合	胡克強	深受自己的身世之謎困擾
1057	人面組合	游宇宙	胡克強的好朋友，很有智慧，亦有很強的記憶力
1058	人面組合	飛斧老大	四個同門師兄弟中的大師兄
1059	人面組合	胡正氣	四個同門師兄弟中的二師兄，外號「玲瓏巧手仙」，胡克強的祖父
1060	人面組合	毒刃三郎	四同門之中的老三
1061	人面組合	朱秀蘭	四個同門師兄弟中的小師妹
1062	人面組合	胡疑	樣貌非常酷似毒刃三郎，玲瓏巧手仙因不能肯定自己是否他的親生父親而為他取名為胡疑
1063	人面組合	葫蘆生	降頭師，藍絲是他的掌門
1064	人面組合	賽觀音（竇巧蘭）	河南伏牛山的寨主「女諸葛賽觀音」，於是的母親
1065	人面組合	盧迪克醫生	醫院院長
1066	人面組合	老院長	盧迪克醫生的父親，有很多醫學上的創新研究，全都是超越時代的
1067	本性難移	陳名富	無意中冒名為游救國，娶得美女，並繼承了盧振中的銀號，將銀號發展成銀行
1068	本性難移	游救國（平地青雄）	和陳名富逃難時因意外面部嚴重受損，因無意中被誤認而頂替了平地青雄的身份，後加入忍者組織
1069	本性難移	游道聖	游救國的父親，神秘人物
1070	本性難移	盧振中	是游道聖的結拜兄弟，曾和游道聖約定結為親家，把女兒嫁給游救國
1071	本性難移	盧喜鵲	盧振中的女兒，後來和陳名富結婚，兩夫妻恩愛無比
1072	本性難移	典希微	因為在蓄水湖旁見到一高一矮兩隻「鬼」而結識張泰豐，並成為他的女朋友

序號	初次登場	人物	簡介
1073	天打雷劈	費南度	巴拿馬全國警察副總監，負責處理特殊事件
1074	天打雷劈	喬安嬙嬙	自稱是女巫，很多民眾都相信她掌握神秘力量，有疑難時都會找她
1075	天打雷劈	里納安度	反政府游擊隊的首腦，有如魔鬼的罪犯
1076	天打雷劈	果報之神	他們能逆轉犯罪者腦部的信號，以維持地球上高級生物的秩序
1077	天打雷劈	努力大師	非人協會會員，是極高明的催眠術大師
1078	另類複製	金翡翠	儲小翠的母親，有一樁疑難要向衛斯理請教
1079	另類複製	儲小翠	她在婚禮當天，跟了一個神秘男人離開
1080	另類複製	儲中望	他不能生育，臨死前質問妻子儲小翠的父親是誰，但金翡翠堅稱他就是女兒的父親
1081	另類複製	霍建平醫生	外科專家
1082	解開密碼	湯達旦	是一個探索家
1083	解開密碼	明白	非人協會會長，化粧術出神入化，不知是男是女，名副其實的千面人
1084	解開密碼	大分工	在勒曼醫院主持研究怪蛹的外星人
1085	異種人生	三名神仙	他們宣示會運用力量徹底改變充滿罪惡的情況
1086	偷天換日	於是	任職國家歷史研究所現代史研究員，很尊崇她父親，但對母親的態度卻很輕視疏遠
1087	偷天換日	於放	於是的父親，和鐵蛋同期，是一個為主義灑熱血的革命軍人
1088	偷天換日	軍師娘子	本是一位賣唱的姑娘，在成為馬匪頭子軍師的妻子之後變成了強盜群中出色的人物
1089	偷天換日	那女人	略具姿色，神情跋扈，地位很不簡單（影射江青）
1090	偷天換日	主席、中央首長等領導層	他們極有信心能建立一個理想的人類社會
1091	偷天換日	軍師	他本是教師，後來成了關外的馬匪頭子
1092	閉關開關	長老	當年參加改造地球的七種外星人之一，行動失敗後覺得要改變地球目前的狀況，必須大規模減少地球人口
1093	乾坤挪移	姚大湖	是全球礦務公司的董事，在地質學和礦物學上的成就非凡